Stefan Ferdinand Etgeton

Das Glück meines Bruders

Stefan Ferdinand Etgeton

Das Glück meines Bruders

Roman

C.H.Beck

Verlag C.H.Beck oHG, München 2017

Umschlaggestaltung: Rothfos & Gabler, Hamburg
Umschlagabbildung: Vogelschwarm © Jo Fischer
Satz: Fotosatz Amann, Memmingen
Druck und Bindung: CPI – Ebner & Spiegel, Ulm
Gedruckt auf säurefreiem, alterungsbeständigem Papier
(hergestellt aus chlorfrei gebleichtem Zellstoff)
Printed in Germany
ISBN 978 3 406 71181 7

www.chbeck.de

Seitdem die Scheune
zu Asche wurde,
sieht man wieder den Mond

Bashô

Toastbrot und Käse

Alles beginnt im Grunde mit einem Haus, also der wichtige Teil der Story beginnt mit dem Haus, und es stand schon länger leer, und wir hatten auch gar nicht vorgehabt, da noch mal hinzufahren, weil es auch genauso gut hätte sofort abgerissen werden können, weil neun von zehn Häusern leer standen damals in der Straße und in ganz Doel. Eigentlich war das Leben fast gänzlich gewichen aus diesem Ort, und ob es ihn heute überhaupt noch gibt, das sage ich noch, doch es war ein feines Häuschen mit einem kleinen Garten dahinter und sogar noch einem Schuppen für Geräte und Hühner und einem Plumpsklo, das aber niemand mehr zu benutzen brauchte, und Hühner gab es auch keine mehr. Doch Warmwasser gab es, und direkt am Deich gelegen war all das, aber mit dem Dorf ging es bergab, denn Doel ist zwar der Geburtsort meiner Großeltern, und in der Liefkenshoekstraat stand deren Haus, in dem sie bis zum Ende gewohnt hatten, in dem mein Vater geboren wurde, in dem mein Bruder Arno gezeugt wurde und in dem überhaupt sehr viel passierte, was sich später mal als richtungsweisend für meine Familie herausstellen würde, aber dann starb Opa, dann starb Oma zwei Monate später, und seitdem vermoderte alles, und wenn man aus dem Küchenfenster sah, konnte man auf das mächtige AKW blicken, das dort am Fluss stand und manchmal einen Schatten warf über Doel, und selbst bei Nebel konnte man zumindest noch die roten Hindernisfeuer sehen, die oben am Rand der Kühltürme angebracht waren, und, *godverdomme*, das

AKW war ein Pannenkraftwerk, und über die Jahre verabschiedeten sich fast alle Menschen aus Doel, aber nicht, weil sie keine Lust mehr auf Plutoniumpannen hatten, und das hätte ich sogar verstehen können, und ob sie den Meiler irgendwann endgültig heruntergefahren haben, weiß ich gar nicht, aber das ändert auch nichts mehr, sondern es ging um den Hafen, der erweitert werden sollte: der Hafen von Antwerpen sollte ein fünftes Containerdock bekommen und dafür musste Doel weg und es liefen Zwangsenteignungsprozesse oder der Hafenbetreiber kaufte die Häuser auf und Tristesse machte sich breit und sogar die Polizei schloss ihre Wache und überließ das Dorf sich selbst, und Opa hatte mal gesagt, dass es ein Gefühl des Nichtgewolltseins, der drohenden Beraubung und der Ungewissheit sei, aber er starb dann ja einfach, und wer von den anderen Bewohnern was Schönes woanders fand, zog schweren Herzens weg und vermied die stete Demütigung und wohnte dann lieber ein paar Kilometer weiter in Kieldrecht oder in einem der anderen Dörfer ringsherum oder in Antwerpen und ergab sich. Aber mein Bruder und ich, wir wollten noch mal hin nach Doel und ein letztes Mal schauen, und zu jener Zeit, 2010, waren meine Großeltern schon rund zwei Jahre tot, aber es gab noch immer das Haus, und vielleicht gab es ja etwas Spannendes dort, oder irgendetwas passierte oder nichts passierte, oder wie auch immer, so dachten wir und wollten hin, auch weil es Sommer war und wir keine Pläne hatten, und ich mag Belgien sehr, obwohl meine Eltern schon seit 1978 in Südhessen wohnten und arbeiteten. Erst jobbten sie beide im Baumarkt und dann eröffneten sie irgendwann ihre kleine Zoohandlung, für die sie krass blühen, und ich bin auch in Südhessen geboren und meinen Bruder Arno hatten sie mitgebracht, und ebenda wuchs ich auch auf, in Zwingenberg, um genau zu sein, aber nur, um ein paar Jahre später für den Zivildienst nach Bochum zu ziehen und dort zu bleiben und mein Abitur nachzuholen, und habe dann sogar studiert und bin Lehrer geworden und im Sommer 2010 hatte ich meine zweiten echten Schulferien aus Lehrersicht und war sogar Klassenlehrer gewesen, saß dann aber mit meinem arbeitslosen Bruder Spezi trinkend auf der Terrasse meiner Eltern, weil wir versprochen hatten, einmal im Jahr zu Besuch zu kommen, und das machten wir lieber im Sommer als zu Weihnachten, aber Südhessen ist lahm, Zwingenberg ist lahm und von allen Städten Südhessens vielleicht die lahmste, und Arno war eine ganze Nacht oben auf dem Speicher und fand dort dann Bilder, die unser Großelternhaus in Doel zeigten und uns als Kinder mit witzigen Klamotten.

Auf den Fotos war ein schönes Haus zu sehen, backsteinrot mit backsteingelben Verzierungen und zweistöckig mit winzigem Dach und vorne an der Küche ein Standerker und alles eingeklemmt zwischen weiteren Häusern und der ganze Straßenzug verblichen von der rauen Nordseeluft. Und dann war plötzlich alles wieder präsent und vertraut in meinem Kopf, und es war schnell beschlossene Sache, und wir luden am nächsten Morgen den nötigsten Kram und ein bisschen Werkzeug in den alten Drecksvolvo und riefen Anja an, die auch gerade bei ihren Eltern war, und fragten Anja, ob sie mitkomme, und holten sie gegen Mittag ab und fuhren zunächst nach Frankfurt, weil Vater wollte, dass wir bei einem Polstermöbelrestaurateur namens Arnold noch einen Gecko ablieferten, aber dann fuhren wir geradewegs nach Doel und rasten so auf der Autobahn und der fantastisch goldenen Abendsonne entgegen und quälten die Zylinder richtig und rechtslinks nur vorbeihuschende Bäume und Schlieren von Leitplanken und Froschzäunen, im Kassettendeck lief irgendeine Punkmusik rauf und runter und wir sangen mit und Arno trommelte auf dem Armaturenbrett.

Anja fragte mehrmals, ob es dort gefährlich sei, denn das mit dem AKW besorgte sie plötzlich sehr, und wir hatten ihr tatsächlich auch erst kurz vor der Grenze und ganz beiläufig erzählt, dass es in Doel ein AKW gab, aber Arno und mich kümmerte das kaum, weil wir als Kinder jedes Weihnachten in Doel verbracht hatten und auch jeden Sommer und häufig sogar noch die Osterferien und was sollten da schon ein paar Tage ändern und so schlimm würde es wohl nicht sein. Ich hatte keine Angst vor Kernspaltungen.

Anja war Arnos Perle und auch Lehrerin, an einer Schule in Kassel, wo sie und Arno gemeinsam wohnten, und dort waren ebenfalls Sommerferien. Ich war übrigens für Mathe und Kunst angestellt an einer Gesamtschule in Bochum. Die beiden kannten sich zwar noch von früher, waren aber erst seit Kurzem ein Liebespaar, und ich sag das alles nur schon mal, weil es später noch äußerst wichtig werden wird, und die beiden hatten sich kurz zuvor verlobt, und Anja ließ sich wegen des AKWs letztlich auch beruhigen, und die Punkkassette lief rauf und runter, und wir schenkten uns gegenseitig Kaffee aus der Thermoskanne ein und wurden angesaugt von der Sonne und unsere Haare wurden vom Fahrtwind aufgewirbelt, und erst gegen Abend kurbelten wir die Fenster wieder hoch, weil die Hitze endlich nachließ und unsere schweißnassen Rücken langsam trockneten, aber da waren wir auch schon durch Lüttich durch und an Hasselt vorbei und beinahe in Doel und an der Brutstätte meiner Existenz und dicht beim Grab meiner Großeltern, und ich fragte mich, ob sie die wohl irgendwann umbetten würden, wenn erst mal das neue Containerdock kam – und was wohl mit Lenie passiert war?

Lenie, die früher immer mit uns abhing, wenn wir zu Besuch waren, wo sie wohl steckte? Daran dachte ich, als wir über Entwässerungsgräben hinweg und an Feldern vorbei unserem Ziel und der Nacht näher kamen, und haben dann an einer Tanke und in der Dämmerung noch einen Kasten Malzbier und Toastbrot und Käse gekauft und sind dann auf den Antwerpener Ring abgebogen, um gar nicht durch die Stadt zu kurven, denn um nach Doel zu kommen, fährt man am besten auf den Ring und Richtung Scheldemündung, und dann sind wir von der Autobahn runter und Richtung Nordwesten und durchs Hafengelände und schließlich in den Engelsesteenweg eingebogen und am Horizont war dann schon das kleine und verdammte Doel zu erkennen mit seinen winzigen Straßenlaternen, und ein, zwei Kilometer weiter links ragt die *Kerncentrale Doel* aus der Landschaft. Angekommen in Doel, tuckerten wir am Deich entlang, über das klapprige Kopfsteinpflaster der Liefkenshoekstraat und dann zur Hausnummer 4 und erkannten das Haus erst gar nicht, weil alles verlassen wirkte, und parkten an der Straße, und der Bürgersteig war schon grün bewachsen und die Hausfront mit einem großen Rattenmotiv zugesprayt. Wir hebelten das Brett vor der Eingangstür mit einem Stemmeisen weg, gingen hinein und alles roch ein wenig verbraucht, aber die Fenster waren dicht und alles wie erwartet – es roch einfach nur streng und es war dunkel, aber das lag nur an der Sicherung: Wir drehten eine neue rein und plötzlich strahlten die meisten Birnen wieder hell und wir konnten unsere Taschenlampen einstecken, und dann war's seltsam und ruhig und ich hab Arno umarmt und ganz fest gedrückt.

Wir haben die Küche notdürftig entstaubt und die Bretter vor den Frontfenstern entfernt und gelüftet und die Sommernacht hereingeholt, saßen am Tisch und machten die erste Flasche auf und Anja fragte: «Wart ihr gern hier?» und ich sagte: «Was denkst du denn? Ja! Klar waren wir gern hier, war immer toll, Oma und Opa waren hier und die besten Leute, das war die stärkste Zeit: abhängen, umherwirbeln, Sonne und Süßigkeiten oder Schnee und Orangen, es war immer was los, oooh, Anja, was waren wir für naive Geschöpfe auf umfassender Erkundungstour und im Abenteuermodus, und Wilde waren wir und haben unsere Räder geritten hier durch die Straßen oder manchmal waren wir mit Opa und Lenie in Antwerpen, um *frietjes* zu essen und durch die Fußgängerzone zu tollen und Kaugummis am Automaten zu ziehen. Das war gut, jawohl, das war eine große Bestäubung!», und ich sah meinen Bruder an, der ganz verloren aus dem Fenster schaute, und da stotterte ich faserig und ungenau weiter und sagte doch selig und glücklich: «Jene Sommer und auch die Winter und Osterfeste waren das Beste, weil es Unikate waren und wir rollten und schrien oder saßen, und schauten Oma beim Kartoffelschälen zu und überhaupt dieses Gefühl, hier zu sein im kleinsten Dorf und direkt daneben ein großer Fluss, und Tanker und Kähne kamen da vorbei mit Hunderttausenden von Containern oder Öl – das können wir dir morgen mal zeigen, da staunst du, Anja, man muss nur den Deich hochgehen und dann sieht man's!» – Ich sah auf Anja und sie lächelte und nickte und lauschte weiter gespannt: «Wir standen also früher am Ufer und haben gewunken und gezittert, wenn einer dieser Giganten sein kolossales Horn geblasen hat, und unsere Körper vibrierten vom Schall, und dazu noch der turbulente Wind, der uns manchmal wegwehen wollte, das sind intensive Erinnerungen, und rund um Weihnachten gab es diese Abende nah am Kachelofen, und an Heiligabend kriegten wir Geschenke, und jeder war immer satt und wurde abends eingewickelt in sattes Tannengrün, und dann konnten wir aber nicht schlafen, weil wir wachgehalten wurden von dieser Feiertagsaufgedrehtheit. Das stimmt doch, Arno, oder? Wir waren doch glücklich hier, oder?» Arno nickte und fügte hinzu: «Glücklich, irgendwie waren wir glücklich hier, klar, aber vielleicht ist das auch die falsche Kategorie und letztlich kann ich all die Gefühle nicht mehr haargenau auseinanderklamüsern, oder das wäre müßig, wo ich doch die allgemeine Richtung, das Gierige und Wilde und furchtbar Krasse, niemals vergessen werde, das mich immer prägen wird, und da war auch Glück dabei, sicherlich, aber die Details sind nach hundertfachem Zurückerinnern aufgegangen in einem großen milchigen Seelenrefugium oder sind nun ein allgemeingültiger Anker, der mich, in Gott vertrauend und an das Leben glaubend, hier in dieser Welt festhält. Irgendwas ist hier passiert, und selbst wenn dieser Ort mal verschwindet, bin ich immer noch da. Das habe ich daraus mitgenommen, und als ich später dann mal richtig runter war, war es wichtig, an Doel zu denken, weil diese Jugend hier mir sehr wohl bewiesen hat, dass es sich lohnt, nicht aufzugeben, ihr wisst, was ich meine, und danke noch mal, Botho, ich weiß, was du für mich getan hast und noch tust, und es hat auch gedauert, aber ich komme immer wieder, mich besiegen sie nicht mehr, und hier und heute geht es ja um die Zukunft, die wundervolle Zukunft, oder einfach nur darum, etwas zu essen: es geht im Grunde doch nur um eine Scheibe Toast, das würde reichen, das wäre die größte Köstlichkeit.»

Anja lächelte und sprang auf und ihr Lächeln war wirklich schön, obwohl sie manchmal überfordert wirkte, und ich dachte auch noch darüber nach, was Arno gesagt hatte, weil ich das so noch nie gehört hatte, und war leicht verwirrt, und Anja meinte, dass wir sitzen bleiben sollten, obwohl sowieso niemand aufstand, und kramte nach Tellern und ließ erst mal lange das Wasser laufen, weil es anfangs bräunlich schimmerte, und ich drehte mich zur Wand und obwohl ich auch lächeln wollte, weil es in mir leuchtete, liefen nur ein, zwei Tränen, aber das war mir egal, ich strich über die schmockige Tapete und betrachtete meine schwarzen Fingerkuppen, und dann hatte Anja das Messer und Teller abgewaschen und Ketchup-Käse-Toasts gemacht und auf den Tisch gestellt und gefragt, wer Lenie ist, und sich dann noch ein Malzbier aufgehebelt und umhergeblickt und sagte: «Auf euch!», ging um den Tisch herum und küsste Arno, und ich war entzückt, weil Anja genau das war, was Arno brauchte, und ein guter Mensch, aber um ihre Frage zu beantworten, erzählte ich von Lenie, die aus dem Dorf war und in unserem Alter und immer dabei war, wenn wir glimmend über die Felder zogen und uns den Pelz verbrannten oder nach den Sternen griffen und polternd und alles erforschend durch Doel zogen, und war später das allererste Mädchen, das ich in meinem Leben küsste, und schnell waren die Sommerferien vorbei und darauf folgte dann die längste Unendlichkeit, die es gab, bis ich sie im Winter wiedertreffen konnte und schneeumhüllt vor ihrer Tür stand, und angestrahlt vom gelben Laternenlicht zitterte ich und klingelte, ein Geschenk unter dem Arm, an Heiligabend bei Lenie an der Haustür, und Gunther, ihr Vater, holte mich rein und wollte mir einen Schnaps geben, aber ich wollte keinen Schnaps, weil ich nur Lenie sehen wollte und ihren Zopf und das beste Lächeln und die größten Zähne. Den Folgesommer das Gleiche noch mal oder vielleicht noch intensiver und wir kamen uns wirklich näher und alle meinten, dass wir bestimmt mal heiraten würden, aber dann wurde es immer seltsamer, und in meiner Seele breitete sich etwas Graues aus, und passend dazu sagten auch alle Leute nicht mehr, dass wir heiraten sollten, und Gunther trank mehr denn je und genau bekomme ich das auch nicht mehr zusammen, aber es ging um den Hafen, und alle hatten Streit im Dorf, und mein Opa und Gunther hassten sich plötzlich, und weil ich schon immer ein zartes Gemüt gewesen war, quälte mich das, und sowieso hat Liebe mit fünfzehn oder sechszehn oder siebzehn immer bloß eine Halbwertszeit und dann war es plötzlich auch schon vorbei, und ich hatte sie fast vergessen und noch mal zwei Jahre später kam ich schon überhaupt nicht mehr nach Doel, weil ich nämlich tausend andere Dinge im Kopf hatte, aber die Dinge hatten nichts zu tun mit Belgien, mit Lenie, meinen Großeltern oder Doel, sondern nur mit mir und meinen Freunden in Zwingenberg, und ich empfand dann auch alles, was mit diesem Ort zu tun hatte, als Ballast, und das lag nicht an Lenie, sondern daran, dass meine Kindheit und Unschuld aufgebraucht waren und ich nichts mehr von diesem Ort brauchte, auch wenn der Ort niemals nur ein Ort gewesen war, und weil Opa immer grausamer wurde – nicht gegen mich, aber gegen das Leben im Allgemeinen – gab es nichts mehr, das mich dorthin zog, und vielleicht lag Opas Unleidlichkeit auch an seinem Alter, aber irgendwann war die Stimmung wirklich gekippt, weil man ihn nicht mehr ertragen konnte. Er war ein verbitterter alter Mann geworden. Und der Enthusiasmus, der mich lange nach Doel getrieben hatte, war fort, und plötzlich war selbst Lenie nur noch irgendeine Person. Das hier ist zwar meine Jugendheimat und meine Sommerheimat gewesen, aber als mir sogar meine Elternheimat in Zwingenberg irgendwann zu viel wurde, brach alles zusammen, und ich wollte gar keine Heimat mehr und nicht mal mehr eine Lenieheimat und brauchte auch keinen Schutz mehr, weil all das auch kein Schutz mehr sein konnte, und brauchte Doel nicht mehr und niemanden, obwohl Lenie eigentlich eine wundersame Person war! Damals wollte ich nur noch nachmittags mit Freunden rauchend neben dem Schwimmbad stehen und außerdem die Schule rumkriegen, und zur Feuerwehr ging ich immer seltener und irgendwann wollte ich nur noch weg.

Ich sah aus dem Fenster und es war nun tiefste Nacht und die Luft strömte kalt in die Küche, sodass ich mir einen Pullover anzog, und dann stützte ich mich mit den Händen auf den Tisch und ein paar Zentimeter über mir baumelte die Lampe und ich grübelte und sah zu Anja und sagte: «Lenie hat so lange den Unterschied gemacht, bis sie später gar nichts mehr machte, weil sie plötzlich für mich verschwunden war, weil ich für sie verschwunden war, aber trotzdem ist nun alles wieder lebendig, weil wir jetzt wieder zurückgekommen sind. Und in der modrigen Küche zu stehen und Malzbiere in den Händen zu halten und daran zu denken und die Vergangenheit herbeizufühlen, zeigt mir, dass es niemals ein Doel ohne Lenie gegeben hat und dass sie ein guter Mensch ist, und obwohl das zehn oder noch mehr Jahre her ist, fühlt es sich seltsam vertraut und wohlig an, und ob sie noch hier wohnt? Ich weiß es nicht.»

Wenn man bedachte, dass Lenie mir immer nur in Doel und in Doel jedes Mal begegnet war, konnte es gut sein, dass sie noch dort war, aber ich war skeptisch, weil ja fast niemand mehr geblieben war, doch es wäre aufregend und erfrischend gewesen, sie zu sehen und zu berühren und ihre Existenz nochmals zu erfahren, und am nächsten Morgen wollte ich einfach mal gucken gehen und wahrscheinlich wäre sie nicht da, weil Gunther Vermeylen, ihr Vater, der größte Hafenverfechter gewesen war und Lenie da mit reingezogen hatte, und da hätte es schon etwas Ironisches gehabt, wenn gerade die Vermeylens bis zuletzt geblieben wären, und außerdem war Lenie schon lange nicht mehr in einem Alter, in dem man noch bei seinem Vater wohnte.

«Ich glaube nicht, dass sie noch hier ist, aber wenn ich morgen hingehe, dann weiß ich's sicher», sagte ich, «und wenn ich ehrlich bin, würde ich in just diesem Moment ungefähr alles geben dafür, noch mal mit ihr auf dem Deich zu sitzen und in die Ferne zu schauen! Ich glaube, ich vermisse sie!» Und dann war's erst mal ruhig, weil ich da gerade ein Stück Seele aus mir hervorgekramt hatte und tief in den Marianengraben meines Daseins hinabgetaucht war, aber Arno lächelte, und immer, wenn er lächelt, weiß ich, dass alles gut ist, dann ist er da und zufrieden. Da sagte Anja: «Ähm, aber dann geh doch besser jetzt, dann weißt du es schneller, oder?», und ich habe keine Ahnung, warum ich da nicht selbst drauf gekommen war, aber ich zögerte nur kurz, schaute die beiden abwechselnd an, wie sie mich mit einem freundlichen und stillen Nicken ermunterten, zog meine Schuhe an und sprang zur Türe, rannte mit hungrigen Augen am königlichen Deich lang und an zumeist düsteren Fenstern vorbei und sah nur hinten im Mondschein noch ein weiteres Auto auf der Straße, lief in die Camermanstraat, Katzen kamen mir entgegen, und versuchte dann noch mal, das Tempo zu erhöhen und schnell zu sein und furchtlos und kolossal zu sprinten, und das Haus mit der Nummer 13 hatte immer schon den Vermeylens gehört, da wohnten Lenie und Gunther und Gonzo Vermeylen, wobei Gonzo Lenies Bruder war, aber mir war schon aus einiger Entfernung klar, dass das unbewohnt war, und ich wurde langsamer und spürte das Dunkle dieses Ortes mit Wehmut, und dann, die Tür verrammelt, die Fenster mit Sperrholz versiegelt, sah ich an der Dachrinne ein Bettlaken mit großen gesprayten Lettern hängen, *«Eind goed, al goed!»* – aber sonst war da nichts. Bestimmt auch keine Lenie, denn da wohnte überhaupt niemand mehr. Dort, wo im ersten Stock im linken Fenster vor Ewigkeiten manchmal Lenies Gesicht geleuchtet hatte, hing eine große Pressspanplatte. Auch die Vermeylens waren also weg, was ja auch nur konsequent war, weil der alte Gunther, im Gegensatz zu allen anderen, ja wirklich einen Job bei der Hafengesellschaft hatte und selbst am allermeisten und energisch gefordert hatte, dass Doel verschwand, und meine ursprüngliche Ekstase war, all das bedenkend, in Sekundenschnelle in eine Ermattung umgeschlagen, und im spärlichen Licht der Laternen war das pure Tristesse und völlige Kapitulation.

Ich lachte traurig, drehte um, schaute auf die vernagelten Häuserfassaden und fragte mich ernsthaft, warum denn der Rest der Leute ebenfalls verschwunden war? Wo war der Knall geblieben? Dann machte ich noch einen Schlenker und erklomm den Deich und im kniehohen Gras stolperte ich fast und schrie in die verdammte Stille: «DANN HALT NICHT, WAR JA NUR EIN ANGEBOT, ABER ICH HÄTTE LENIE GERN NOCH MAL GESEHEN!» Und ich war echt so enttäuscht, wie eigentlich nur Kinder enttäuscht sein können, und bin dann wieder in die Küche, wo Arno und Anja eng umschlungen zu Schlagermusik tanzten, die knarzend aus dem Küchenradio kam, und ich sah ihnen zu, obwohl ich gar nicht wollte, und war ganz schön verwirrt.

«Ist das nicht Juliane Werding?», fragte ich und sie wandten sich mir zu, und Anja sagte: «Weiß nicht, vielleicht! Haben wir auf der Mittelwelle gefunden, den Sender. Stark, oder? Aber ich wusste ja gar nicht, dass du dich für so alte Kamellen interessierst.» – Ich grinste, und sie versuchten, wieder in den Takt zu kommen, und tanzten ruhig und gefühlvoll weiter. Ich sah ihnen zu und war beeindruckt. Ich wusste nicht mal, welcher Tanz das war, ich hatte das nie gelernt. Als der Song zu Ende war, setzten wir uns an den Tisch und ich sagte: «Ach, nein, ich mach mir mittlerweile auch nichts mehr aus Schlagern, aber ich hab sie früher mal nächtelang gehört. Halb freiwillig auch nur, denn ich war ja mal Nachtportier am Schauspielhaus in Bochum, zwei Tage die Woche …» – «Du warst mal Nachtportier im Schauspielhaus?», fragte Arno und ich sagte: «Ja, hab ich das denn nie erzählt? Fast drei Jahre lang habe ich das gemacht, aber viel zu erzählen gibt's da auch nicht, ist echt ein langweiliger Job. Immerhin ist man dort zu zweit, das macht es irgendwie erträglich. Wobei auch niemand weiß, warum man eigentlich zu zweit ist. Es passiert ja nichts.» – Und dann erzählte ich ihnen von Wolfgang und vom Schauspielhaus und wie ich Schlager, zumindest für eine Zeit lang, sehr zu schätzen lernte.

Zunächst hatte ich den Job für einen Tag angenommen, weil ich was dazuverdienen wollte, aber dann stockte ich auf zwei Tage auf, weil sie mir irgendwann das BAföG gestrichen hatten. Ich war weder der Beste noch der Jüngste oder Schnellste an der Uni. Ich konnte schon verstehen, dass sie mir das BAföG strichen, auch wenn es hart war. Fleißig war ich allerdings, da kann mir keiner was vorwerfen. Jedenfalls mussten wir damals immer pünktlich um 23 Uhr im Schauspielhaus anfangen, ich arbeitete sonntags und donnerstags und kam dort schon in Uniform hin und löste die Kollegen ab. Wolfgang und ich gossen dann erst mal Blumen, überprüften die Listen, sortierten die abgegebenen Schlüssel und nahmen auch die Schlüssel von den Nachzüglern entgegen, die noch im Gebäude waren. Falls es an dem Tag eine Vorstellung gegeben hatte, waren nämlich auch um 23 Uhr noch einige Leute da, die sich nach und nach abmeldeten. Schlimmer war's, wenn das Stück noch lief, das gab's ab und an mal. Dann dauerte alles viel länger. Besonders Shakespeare war immer für eine Überlänge gut. Aber irgendwann war der Trubel vorbei, und wenn wir den Eindruck hatten, dass keiner mehr im Gebäude war, machte einer von uns den Rundgang, während der andere in der Pförtnerloge blieb und auf die Monitore sah oder auf die Tür achtete, aber es kam dann auch niemand mehr, der rein wollte. Warum auch? Wir hätten ihn eh nicht reingelassen. Der Rundgang war das Herzstück unserer Arbeit. Wenn ich ihn machte, sah ich nach, ob auch wirklich niemand mehr im Gebäude war, ich überprüfte, ob jede einzelne Tür verschlossen war, drehte die Heizkörper in den Treppenhäusern runter, die sollten nachts nicht heizen, die Stadt war schließlich pleite. Dann prüfte ich von außen nach, ob alle Fenster verriegelt waren, ging wieder rein und sah nach, ob das Bühnenlicht abgeschaltet war, ging in den Keller und schaute, ob die Heizung normale Druckwerte hatte, aber das war noch nie anders gewesen, und dann noch ein paar kleinere Aufgaben, und die Sache war getan. Alles in allem dauerte der Rundgang eine Dreiviertelstunde, und falls nichts Weiteres zu tun blieb, konnte man unsere Schicht danach schon als beendet betrachten. Von da an mussten wir nur noch die Zeit absitzen.

Wolfgang, der meist mit mir zusammen Dienst hatte, holte dann das Radio aus dem Schrank, packte die Thermoskanne aus, und wir tranken erst mal einen Kaffee und er schaltete das Radio ein, lehnte sich zurück und sah in die Nacht hinaus, und weil mir WDR4 wirklich auf die Nerven ging, bat ich ihn in den ersten Wochen häufig, einen anderen Sender zu suchen, aber Wolfgang, ansonsten der weltfreundlichste Typ überhaupt, sagte dann nur bestimmt: «Nein, heute leider nicht, Botho. Vielleicht ein anderes Mal.»

Tagsüber durfte man in der Pförtnerloge kein Radio hören, die beneideten uns Nachtwächter geradezu dafür, dass wir Musik hatten. Aber andererseits konnten die nachts schlafen, während wir unsere Stunden absaßen, und, WDR4, ich weiß gar nicht, wie ich das nennen kann, das ist so ein Sender für Schmuser und Träumer und Trauernde, zumindest nachts, glaube ich. Da läuft spätabends bis Mitternacht ganz viel Ruhiges, Instrumentelles und immer mal wieder eine langsame, aber triefende Schnulze, und den Rest der Nacht lassen sie zumindest die Instrumentalmusik weg, aber ich konnte das trotzdem zunächst kaum ertragen, viel zu viele Schlager und Folk- und Blueszeug aus den Siebzigern.

Eines Nachts, vielleicht um drei herum, es war ganz ruhig und dunkel und draußen leuchtete der Vollmond über den Neonreklamen, es war Herbst, wollte ich es dann doch wissen und entschied mich, der Sache auf den Grund zu gehen! Ich wollte wissen, was Wolfgang an diesem Sender fand, und legte mein Buch weg und begann, aufmerksam zuzuhören, drehte ein wenig lauter, lehnte mich zurück und schloss die Augen, und nach einer Weile öffnete ich die Augen wieder, sah nach draußen, sah den Mond, sah die Bäume, wie sie mitschwangen im Wind, sah zwei winzige Autos in einiger Entfernung vorbeisausen, die Wasser verspritzten, als sie durch eine Pfütze fuhren. Es nieselte und im Radio sang jemand, dass ein weißes Schiff nach Hongkong fuhr, es die wahre Liebe aber nur hier gab – oder so was Ähnliches! Und da packte es selbst mich, und ich verlor mich in Gedanken und ließ mich berieseln und war dann auch auf dem Schiff nach Hongkong, faltete meine Hände hinter dem Kopf, atmete tief ein und aus und träumte und wurde umnebelt und geistig schlief ich bereits und dachte nichts mehr: Mein Kopf war leer. So harmonisch und elegant waren diese Songs! Das war Musik zum Wach-Schlafen, Musik, um den Puls zu senken. Manchmal lief auch Tom Waits und krächzte etwas rum, aber insgesamt war das seicht, ABBA kam oft, und das war auch gut so. Plötzlich machte das Spaß. Das war Gegengift für all die Hässlichkeit der Welt.

Seitdem las ich zwar immer noch Bücher an der Pforte, aber versuchte nicht mehr, über die Musik im Hintergrund hinwegzuhören, und manche Songs pfiff ich nach einer Weile sogar unwillkürlich mit.

Ein paarmal lachten Anja und Arno, während ich erzählte, und als ich auserzählt hatte, legten sie mir die Hände an die Brust und versuchten, den aktuellen Song mit Inbrunst mitzusingen, der aber leider überhaupt nichts mit dem zu tun hatte, was ich gerade erzählt hatte: «Flieg, junger Adler, hinaus in die Freiheit, schau nur nach vorn, nie zurück, hör auf dein Herz und folg nur den Gefühlen!», übrigens ein Song von Tom Astor – falls es wen interessiert.

Auch im Referendariat versuchte ich, Wolfgang alle paar Monate nachts im Schauspiel zu besuchen, um ein bisschen zu reden. Zeit hatten wir ja genug. Als ich kurz vor den Ferien noch mal am Schauspielhaus vorbeikam, war er aber nicht mehr dort. Da saßen nur so zwei junge Burschen in der Pförtnerloge, kifften und wussten von nichts.

Anja und Arno und ich inspizierten schließlich gründlich alle Räume und fanden einen Besen und scheuchten all den Staub und Dreck der letzten zwei Jahre aus der Tür und ich beruhigte mich. Arno und Anja legten sich ins Ehebett und ich auf die Wohnzimmercouch, weil das Obergeschoss ein wenig klamm wirkte, und ich war fast schon eingeschlafen, da hörte ich gar nicht so weit entfernt noch wen rufen, aber habe ich dann ignoriert und fort war ich und entschwunden in meine tumulthaften Träume.

Drachen

Am nächsten Morgen räumten wir weiter auf und putzten und schrubbten und tauschten noch ein, zwei Glühlampen aus, hebelten die restlichen der verrammelten Fenster auf und richteten was her und als ich später zum kleinen Kaufladen lief in der Hoffnung, dass es ihn überhaupt noch gab, und aus der Ferne schon Gabriel erblickte, der mittlerweile fast hundert sein musste, aber anscheinend immer noch den Laden betrieb, bedauerte ich, dass es mich so viel Zeit gekostet hatte, um noch mal nach Doel zu kommen. Aber dann stand ich schon vor Gabriel und redete mit ihm, im Laden gab's kaum noch was und Gabriel war tattrig und verwirrt und erkannte mich auch nicht, aber schüttelte mir kräftig die Hand, und mir fiel auf, dass seine Finger und Handrücken rot, aufgequollen und verkrustet waren, und er sagte noch irgendwas von Bulldozern und dass auch er bald wegziehe in eine Villa am Strand, eine große Villa mit drei Dienern und einem Wachhund irgendwo in Frankreich, und ich kaufte Brot und Marmelade und wollte noch Gemüse oder etwas Obst, aber das war gar nicht zu kriegen, und Gabriel zählte die ganze Zeit laut Preise zusammen und schlug mir vor, was ich noch kaufen könnte, dann würde es soundso viel kosten, und schließlich nahm ich noch Kaffee und einen Liter Apfelsaft, blickte auf seine haarigen Arme und die zwei Zentimeter dicken Brillengläser und den ganzen Staub, der den Laden mittlerweile einhüllte, und als ich dann bezahlen wollte, bat er um einen Augenblick und sagte: «Een momentje, nog efkes m'n handen wassen!» – und obwohl ich kein Experte war, was das betraf, dachte ich, dass er diesen Laden wahrscheinlich nicht mehr alleine betreiben sollte und schon sehr hinfällig war oder irgendwelche Zwänge hatte. Ich konnte mich aber auch nicht erinnern, dass er mal eine Familie gehabt hatte, wahrscheinlich war er jetzt, wo es nicht mehr viele Kunden gab, noch viel einsamer. Wie viele Leute wohnten noch in Doel? Vielleicht zehn, wohlmöglich zwanzig, keine Ahnung. War der Apfelsaft überhaupt noch haltbar? Wen kümmerte es! Ich verabschiedete mich mit den besten Wünschen und ging dann zurück – blieb allerdings auf dem Rückweg vor Tanteke Mullers Haus stehen, das noch sehr bewohnt aussah, und klopfte ans Fenster und guckte rein und konnte kaum etwas erkennen, aber die Tür war nicht abgeschlossen, also ging ich hinein, und dabei rief ich: «Tanteke Muller, Botho is hier, Botho van Dijck!» Dann trat ich in die Stube und erblickte einen faltigen Menschen, der allmählich im Sessel zu versinken drohte und nur noch leise zu sprechen vermochte, und redete dann kurz mit ihr und versprach, ein paar Besorgungen im Kaufladen zu machen, weil sie an dem Tag nicht so auf dem Damm war, wie sie sagte. Sie war echt ein wenig verwirrt, aber wusste noch, dass sie mir und Arno oft Limo gegeben oder Brote geschmiert hatte, sie war wie eine Oma für uns gewesen und auch die beste Freundin meiner richtigen Oma. Irritiert hat mich aber sofort der Vogelkäfig, zwei Zebrafinken hockten darin, wie auch früher immer schon Vögel im Wohnzimmerkäfig gesessen hatten, Tanteke Muller liebte die Tiere, aber heute sangen sie nicht, ganz still saßen sie auf ihren Stangen und schauten mich an, schauten sich gegenseitig an und schauten die Schrankwand an.

Dann bin ich wieder zurück zum Kaufladen und habe gründlich eingekauft und alles noch bei Tanteke vorbeigebracht und sie gefragt, ob ich was zubereiten sollte, aber sie meinte nur: «Neen, neen, manneke, dat is niet nodig, dat kan ik zelf ook nog wel doen. Ik kook later wel iets. Gaat gij nu maar terug naar uw broer! En doe de groetjes aan uw oma!» Und dann kochte ich eben nicht für sie und sagte ihr auch nicht, dass Oma schon lange tot war, weil sie das ja wahrscheinlich schon wusste, nur eben mal vergessen hatte, sondern räumte nur die Einkäufe in den Kühlschrank und den Vorratsraum und verabschiedete mich bei dieser gutherzigen, zarten Frau und machte mich tatsächlich auf den Heimweg, um endlich Frühstück zu machen, aber dann war Arno verschwunden, und Anja sammelte Blumen im Garten und wusste auch nicht, wo er hingegangen war, etwas mit einem Dach, glaubte sie, seinen Worten entnommen zu haben, und dann kribbelte es in mir, ich stellte alles ab und lief durchs Dorf und rief ihn und sah ihn dann auf dem alten Haus der van Broeckhovens stehen mit einer Schnur in der Hand und im Himmel über ihm leuchtete etwas Rotes wie eine Fackel und dann erkannte ich, dass das ein Drachen war, und kletterte auf der gegenüberliegenden Straßenseite an einem Hoftor hoch auf den Fenstersims und hievte mich dann an der Regenrinne aufs Dach, lief die ganze Havenstraat auf den Reihenhausdächern entlang und am Ende auf das Grundschulflachdach und mein Bruder lief parallel auf der anderen Straßenseite entlang und weit über ihm flog der Drachen an der Schnur und wir konnten weit entfernt Antwerpen sehen mit den vielen Kirchtürmen und den Containerkränen und aufs löchrige Kirchdach der kleinen Onze-Lieve-Vrouwekerk in Doel schauen, und das AKW erschien uns größer und unantastbarer als jemals zuvor, und die Felder ringsum waren noch flacher, und als wir am Ende der Straße ins grüne Hinterland blickten, begannen die Grachten plötzlich, eine Struktur zu formen, die viel weniger chaotisch war, als ich immer gedacht hatte, und der verdammte Himmel, ich konnte ihn fühlen, *de hemel was dichtbij,* konnte ihn fast greifen und langte nach oben und wollte irgendwas fassen und war glücklich und schwitzte und streichelte meinen Bauch und konnte bloß abwechselnd lachen und grinsen und versuchte, der Sonne Paroli zu bieten, und als ich wieder zur gegenüberliegenden Seite blickte, war Arno schon lange hinuntergeklettert, hatte sich bestimmt am Balkon entlanggehangelt, um dann auf das Hausnummernschild zu treten und von dort auf den Gehweg hinunterzuspringen, und zog nun, mitten auf der Straße laufend, den Drachen hinter sich her, der manchmal kurz vom Asphalt aufzufliegen versuchte, sich dann aber wieder seinem Schicksal ergab und sich schleifen ließ, und ich dachte, wie gut es war, dass wir Anja noch mal zeigten, was Doel eigentlich gewesen war, bevor alles verschwindet, und kletterte selbst dann auch auf den Gehweg runter und folgte Arno, machte mich auf den Rückweg, sprang ein paarmal hoch und klatschte in die Hände oder rannte mit ausgebreiteten Armen in Schlangenlinien die Straße hinab und auch hier: Beinah alle Fenster waren dunkel oder verrammelt, viel

Wildwuchs auf den Bürgersteigen, viele Graffiti. Nur einmal dachte ich, dass das Haus vielleicht noch wen beherbergte, weil unter einem Anarchostern ein Schild mit *«Doel moet blijven!»* angebracht war und Blumenkästen mit blühenden Primeln vor den Fenstern standen, aber dann kamen wir schließlich beide wieder in die Küche und zu meiner Verzückung war schon gedeckt worden und Arno blickte glückselig durch den Raum und man konnte ihm seinen Stolz und seine Freude ansehen, als er von dem Drachen und von Auftrieb und all solchen Sachen erzählte, und er zitterte und war gierig und dann nahm er Anja, die Verdutzte, mit seinen feuchten Händen und küsste sie, um zu beweisen, dass es das Gute war, das ihn antrieb und gerade jetzt durchströmte, und kniff ihr in den Hintern und dann aßen wir alle erst mal. Ich hatte Mordshunger und Kaffee wurde gebrüht und dann war alles richtig und es tat gut, dort in der Küche zu sein, weil ganz Doel in seiner Verlassenheit auch befreiend wirkte, und dann klingelte es, und wir gingen gemeinsam an die Tür und öffneten und dort standen so Alternative mit kaputten Hosen vor der Tür und grüßten und erzählten dann ein wenig und schließlich verabschiedeten sie sich wieder, und zu Anja, die das alles nicht verstand, sagte Arno: «Oh, die waren aus der Havenstraat, wo ich gerade mit dem Drachen war, den haben sie gesehen und haben da ein Haus besetzt, die wollen was Neues machen aus Doel, wollen Freiraum schaffen oder so was und sich gegen den Untergang und das beschissene Hafenbecken stemmen und selbstbestimmt leben, du weißt schon.» Und ich sagte: «Jedenfalls haben sie für heut Abend zum Essen und auf 'nen Drink und so weiter eingeladen.» – «Weiß nicht, sollen wir hin?», fragte Anja. «Ja, voll gerne», sagte ich und Arno nickte und Anja nickte dann auch, aber ich konnte spüren, dass sie eigentlich nicht wollte, aber wir griffen wieder nach unseren Kaffeetassen, sahen nach draußen und auf den Deich oder nach links auf das goldene AKW, das eindrücklichste Denkmal, das eine Gesellschaft sich hätte ausdenken können, um die Moderne zu feiern, aber da rief jemand auf meinem Handy an und ich wollte erst nicht rangehen, weil ich die Nummer unserer Eltern erkannte, sagte dann aber zu meiner Mutter, die fragte, ob das Haus noch stehe und wir gut schlafen könnten, dass alles gut sei, und stellte auf Lautsprecher und alle redeten durcheinander und weil unsere Eltern doch jetzt auch nicht mehr anzufangen brauchten, sich wegen uns zu sorgen, legten wir irgendwann unvermittelt auf und gingen nach dem Frühstück in den Garten, pflückten Kirschen vom Baum, und plötzlich malträtierte ein Welt zerschneidendes Knarren meinen Gehörgang, als Arno auf der rostigen Schaukel Schwung holte, und das ließ er dann schnell auch wieder bleiben, aber ich konnte ihm ansehen, dass er schon bald alles auf der Suche nach Drahtbürste und Öl auf den Kopf stellen würde, und so war es dann auch, weil in ihm bestimmt etwas brannte, und das war die Sehnsucht nach Kindheit, weil sie ihm dieses Kindliche einst möglichst gründlich hatten abtrainieren wollen, er aber hatte sich immer gewehrt und tat das noch heute.

Ich hatte in meinem Leben schon genug geschaukelt, genug für ein hundertjähriges Leben, ging wieder rein, nahm mir ein Malzbier und öffnete es und ging vorne raus auf die Straße und wollte noch mal bei Lenies altem Haus vorbei und vielleicht etwas genauer schauen, entschied mich aber anders und ließ mich blenden von der Sonne und kletterte den Deich hinauf, ging zum Ufer und sah zum Hafen mit den Kränen und Tankern und Ölspeichern und Containerpyramiden herunter und danach blickte ich zum gegenüberliegenden Ufer, das, einen guten Kilometer entfernt, nur ein grüner Strich am Horizont war, denn hier am Ausgang von Antwerpen hörte die Schelde auf, ein schmaler Fluss zu sein, und wurde breiter und zum Fächer oder zur Trompete, die rauströtete in die Welt, und schließlich schaute ich hinunter Richtung Meer und in mir brodelte es, denn man konnte das Meer nicht sehen, aber sehr wohl erahnen, wie sich der Fluss über die nächsten zehn oder zwanzig Kilometer ausdehnte und erweiterte, um irgendwann den Wellen der Nordsee einverleibt zu werden, dort mischen sich Süß- und Salzwasser und schwappen gemeinsam nach England oder ans Ende des Planeten und alles war durchsetzt mit kleinen Fischen und Muscheln oder winzigen Plankton- und Plastikpartikeln, und Wasser ist zwar allgemein eher einfarbig und unaufregend, aber dadurch, dass man es nicht fassen kann und nicht verstecken und nicht ignorieren und nicht letztgültig erklären, und weil es überall hinkann und auch hinkommen wird, ist es aufregend und merkwürdig oder zumindest geheimnisvoll und das wühlte mich auf.

Ich wollte ein Foto von diesem Eindruck der Unbändigkeit und Unendlichkeit machen und knipste auch eins, aber zu sehen war nur Wasser und ein wenig Ufer, das Gefühl von Weite und Entfernung und das Mysteriöse musst du in deiner Seele abspeichern und nicht in einem Fotoapparat, aber einen Versuch war es vielleicht wert gewesen, weil es im Erfolgsfall das größte Foto aller Zeiten geworden wäre, so wichtig erschien mir das alles plötzlich, und ich setzte mich erst mal, schnipste ein paar Steinchen und atmete durch und ließ den Moment auf mich einwirken und mich zertrümmern, legte mich hin und schloss die Augen und genoss das Rauschen und verlor mich und wollte auch ein bisschen schlummern, aber das ging nicht, weil das Rauschen immer lauter wurde, als würde die Welt gerade lärmend auf den Abgrund zusteuern, bis ich es letztlich zitternd nicht mehr aushielt, die Augen aufriss und mich aufrichtete und das Wasser ungläubig bestaunte und ehrlich beneidete um seine Kraft und es wusste: «LIEBE, DAS IST LIEBE UND DIE PURE LEBENDIGKEIT, DIE AUS DIESEM KLEINSTEN MOMENT HIER HERAUSEXPLODIERT!!!» Und dann sammelte ich mich, drehte mich seufzend um und kletterte über den Deich zurück und ging durch die Küche in den Garten und Arno hatte die Schaukel geölt und gebürstet und sie knarrte weit weniger, und er strahlte, wie er da durch die Luft schwang, und Anja war in den Kirschbaum geklettert und saß dort oben und sagte nichts und schaute nur umher oder tippte was in ihr Handy und ich war zufrieden und setzte mich auf die kleine Gartentürtreppe und konnte meinen inneren Motor hören, wie er Gas gab, und sah in den Himmel und alles ging einfach weiter, bis Arno in hohem Bogen von der Schaukel sprang und sagte, dass er duschen gehe, und Anja vom Baum herunterkam. Sie setzte sich neben mich, trank von meinem Malzbier und redete und mir war es fast ein wenig ungemütlich, denn es ging um die Hochzeit, weil Arno und sie ja heiraten wollten, und sie sagte zu mir: «Ist ja kein großes Ding und deswegen frag ich nun einfach so: Willst du unser Trauzeuge sein? Für Arno wäre das gut. Das würde ihn freuen, aber er hat sich bislang nicht getraut, dich zu fragen. Ich schätze, weil er dir keinen Druck machen wollte. Aber ich bin überzeugt, dass du der Richtige bist, und deswegen frage ich dich jetzt. Willst du?», sagte sie und mich rührte das und wühlte ganz viel auf und Arno kam in dem Augenblick wieder heraus mit einem

Handtuch um die Hüfte und nassen Haaren, und ich umarmte ihn und schüttelte ihn und sagte: «Was denkst du denn?! Natürlich will ich euer Trauzeuge sein, ist doch voll turbo, das mache ich doch gerne, pass ich ein bisschen auf, dass ihr 'ne gute Ehe habt, ja natürlich!» Arno war ein wenig verdutzt, hatte aber auch Tränen im Gesicht und sagte: «Oh, Botho, es ist doch wohl eine der besten Welten! Ja! Ich freue mich aufrichtig, merci, yeah, das ist echt herzensgut und eine Erleichterung und ich habe mich wohl einfach nicht getraut, dich zu fragen!» – «Das bedeutet mir extra viel und pumpt süße Liebe durch meine Hauptschlagadern!», sagte ich und drückte ihn nochmals feste, und Anja war neben mir stehend plötzlich zu einem Freudenreaktor geworden und leuchtete und drehte sich Funken sprühend, und mit seligen Blicken sah sie auf die Welt und all die Objekte und auf mich und Arno, und mir ging das Herz auf, wie sie da in ihrem Sommerkleid umweht wurde von ihrer strohblonden Haarpracht, und sie grinste über beide Wangen und strahlte auf die ehrlichste Weise. Sie liebte Arno und wollte Gutes für ihn und sicherlich wusste sie auch, dass es zwischen ihm und mir noch nie so richtig einfach war, und nun war ich zumindest ihr Trauzeuge und Komplize. Alle waren zufrieden, weil wir abgemacht hatten, dass die beiden heiraten würden und ich dabei wäre und sozusagen auch ein bisschen «Ja!» sagen würde, und mein damaliger Geisteszustand muss wohl euphorisch bis ekstatisch gewesen sein und sicherlich auch zuversichtlich.

Wir fantasierten herum, ob ich wohl einen krassen Anzug für die Hochzeit brauche und ob der dunkel- oder hellblau oder grau oder beige oder burgund sein solle oder ob auch einfach eine Jeans mit einem meiner zerschlissenen C&A-Sakkos ausreiche. Danach lasen die beiden und ich fand im Schuppen eine Schere, mit der ich die Hecke schnitt, und anschließend ging ich im Obergeschoss umher und suchte die Faltmatratzen, auf denen wir früher immer geschlafen hatten, und fand sie und trug eine runter und entdeckte noch eine elektrische Fliegenfalle, ein Gerät, in das Fliegen hineinsurren und dann sterben, weil sie die Drähte berühren, und stellte das Gerät in die Küche, aber es funktionierte nicht, und frickelte daran herum, aber gab irgendwann auf. Später gingen wir zu den Hausbesetzern rüber, es gab erst Erbsensuppe und dann saß ich letztlich mit einem Jeroen auf der Couch, was mir gefiel, weil wir auf dem Nintendo Mario-Kart spielten und über Flugzeuge redeten, und weil Anja kein Flämisch sprach, entwickelte sich ein Kuddelmuddel aus Deutsch und Englisch und Flämisch, und alle amüsierten sich prächtig und lachten und redeten durcheinander und wir tranken noch die Kiste Malzbier, die wir mitgebracht hatten, und die Besetzer tranken ein paar mit und lobten, tranken aber außerdem noch reichlich Schnaps.

Ich glaube, ungefähr sieben Leute lebten da in dem kleinen Haus, eine wilde Truppe und keine Indoktrinierten, sondern Träumer und keine Verkrampften, sondern Selige, aber niemand teilte Arnos und meine tüchtigen Erinnerungen an Doel, denn für diese Hippies war das einfach ein leerer Ort ohne Vergangenheit, der zwar Möglichkeiten bot, aber keine Vorgeschichte hatte. Nur Jeroen hatte in Doel vor etlichen Jahren eine Ausbildung in der Schreinerwerkstatt gemacht, aber auch er kannte Lenie nicht, und die anderen hatten von Doel zum ersten Mal aus der Zeitung und im Zusammenhang mit der Hafenerweiterung erfahren und waren dann ein paar Jahre später hingezogen, als alles und vor allem das Leben dort schon stockte, und obwohl sie liebevoll und lebensfroh waren, konnte man manchmal zwischen den Wörtern ein *Morgen, morgen, nur nicht heute!* hören, auf jeden Fall war nach dem Hausbesetzen und Herrichten nicht mehr viel passiert, das merkte man schnell, und wenn eines Tages die Bulldozer kommen und die Abrissbirnen schwingen, dann sind da bestimmt auch keine Hippies mehr, dann ist da niemand mehr, das würde ein einsamer Abriss werden, das wurde mir an dem Abend klar.

Im Grunde war das aber auch egal: Ich war gerne dort zu Gast in dem netten Wohnzimmer, auf der Couch, und ein schöner Abend war's, und am nächsten Vormittag setzte ich mich an einen Unterrichtsplan für das nächste Schuljahr, den ich schon lange geschrieben haben wollte, und so verging die Zeit und ich wusste gar nicht, was Arno und Anja taten, aber wahrscheinlich genossen sie einfach die Stille der Umgebung auf einem langen Spaziergang.

Abends nahmen wir den letzten Bus nach Antwerpen und holten uns Baguettes und später gingen wir in ein Musikcafé und lauschten einer jungen Deutschen, die ein paar Songs vortrug. In einem wiederholte sie mehrmals die Zeile «Ich schulde dem Leben das Leuchten in meinen Augen – wann strahlst du?», und das fesselte mich und nach der Show ging ich zu ihr und sagte: «Das war alles sehr gut und ich konnte mich wiederfinden in dieser lebensbejahenden Dankbarkeit!», und sie entgegnete: «Du bist also Deutscher» – «Ja, und auch Belgier, aber eigentlich weiß ich es nicht so genau, und es ist mir auch nicht wichtig, aber was machst du überhaupt hier und warum?» – «Ich spiele vielerorts Musik, um unterschiedliche Menschen und ihre immer gleichen Träume kennenzulernen.» – «Warst du mal in Minsk?» – «Nein, nie, du?» – «Nein, bisher noch nicht.» – «Warum fragst du?» – «Ach, weiß ich jetzt auch nicht, vielleicht, weil ich irgendetwas sagen wollte, aber auch, weil Minsk bestimmt noch mal ganz anders ist.» – «Weil du Angst davor hast, dass ich weggehe, wenn kein Wort fällt, weil du weiter mit mir reden willst, deshalb hast du einfach irgendetwas gesagt? Oder weil du Angst hast vor Stille?» – «Nein, Quatsch, hä? Nein, deshalb nicht, höchstens am Rande, denn hauptsächlich habe ich das gesagt, weil Minsk noch mal was anderes sein kann, ich habe mal eine Doku gesehen über Minsk, es muss anders sein.» – «Stille bedeutet nicht Unterbrechung, bedeutet nicht Abbruch!», sagte sie dann und ich sagte: «Ach, was, nein, so war das alles nicht gemeint, aber schön, dass du hier bist!» Wir tranken dann noch sehr viel, ich ein paar Säfte und sie bestimmt einen Liter Bordeaux, und schlängelten uns durch den weiteren Abend und Arno und Anja standen an der Jukebox und lachten oder machten irgendwas anderes und Anja zog sich so richtig den Kahn zu, aber das durfte sie auch mal, dachte ich, und dann versuchte die Sängerin, mich mit Gedanken zu bestäuben, bis ich irgendwann am nächsten Morgen mit Anja und Arno im Arm in den ersten Bus stieg, und der Frau sagte ich Lebewohl, und dann düsten wir in der Morgendämmerung Richtung Doel, der Busfahrer drückte auf die Tube und nahm jedes Schlagloch mit und ruinierte seine Stoßdämpfer, aber ich sah still aus dem Fenster und muss beseelt ausgeschaut haben und staunte, was auf den grauen Feldern so wuchs, und stellte mir vor, Bauer zu sein und mit dem Vollernter durch die Reihen zu fahren und vollautomatisch Tausende von Karotten zu ernten, oder stellte mir vor, nach der Karottenernte an einem anderen Tag in Stiefeln am Ackerrand zu stehen und den Weizen zu knispeln und dann zu telefonieren und zu sagen: «Reif, der Weizen ist reif! Wir können ernten, die große Ernte beginnt!

Baby, lass uns die Ernte einfahren und die Speicher füllen mit diesem goldenen Weizen!», aber natürlich saß ich nur in einem schnellen Bus und war berauscht und auch kein Bauer und plötzlich waren wir wieder in Doel, aber ich schlief nicht gleich ein, weil ich nämlich in Aufruhr war, weil ich an die Musikerin denken musste. Arno hatte mich auf der Rückfahrt gefragt, warum ich nicht zumindest mit ihr rumgeknutscht hatte, aber ich war so oft verwirrt gewesen, wenn sie etwas gesagt hatte. In unseren Gesprächen waren wir über Verwirrendes nicht hinausgekommen. Vor allem, weil sie viel zu lange über mich redete, sie hatte immer nur über mich geredet, wahrscheinlich war es das. Das konnte ich überhaupt nicht haben. Sie war hübsch, keine Frage. Aber es hatte sich keine Spannung aufgebaut. Ich glaube, das war mir alles zu kompliziert. Ich konnte mich nicht darauf einlassen, weil sie immerzu versuchte, mir zu erklären, was ich fühlte.

Während ich mir also einen Reim auf unsere Unterhaltung zu machen versuchte und mir auf der Matratze liegend immerfort Sachen durch den Kopf gingen, schlief ich allmählich ein. Vielleicht hätte ich mal die eine Songtextzeile googeln sollen, um zumindest ihren Namen herauszufinden. Denn ihre Texte hatten mir ja gefallen. «Ich schulde dem Leben das Leuchten in meinen Augen – wann strahlst du?»

Lenie

Am nächsten Morgen trottete ich schlaftrunken in die Küche, und weil niemand dort war, lief ich in den Garten, pflückte eine Kirsche und spuckte den Stein aus und fasste mir in die Haare und sah in die Sonne, bis sie in den Augen brannte, und ging dann wieder rein und in die Küche und ärgerte mich über die hellen Schlieren im Blickfeld, die aber wieder verschwanden, setzte mich an den Tisch und stand sofort wieder auf und kramte überall herum und natürlich fand ich Zigaretten: Mein Opa hatte schließlich bis zum letzten Atemzug geraucht, immer und überall, und hatte auch an dem Abend geraucht, als er sich auf einem Geburtstagsfest in irgendeinem Garten mit Gunther Vermeylen gestritten hatte, Lenie und ich hatten damals an den Gartenzaun gelehnt dagestanden und uns an den Händen gefasst, weil das alles nicht gut war, und als Gunther meinem Opa eine Ohrfeige gab und mein Opa dann auch Gunther schlug und schließlich alle Leute dazwischensprangen, schmerzte mich das, und die Party war dann für uns vorbei und ich küsste Lenie noch und ging mit Opa und Oma nach Hause und Lenie ging mit ihrem Vater Gunther mit und winkte noch, und zu Hause nahm Opa dann seinen Flachmann und verschwand im Hof auf dem Plumpsklo und ich weiß nicht, was er da eigentlich machte, aber wahrscheinlich trank er nur und genoss seinen Rausch, aber ich musste mir die nächsten zwei Tage einen Vortrag über meine Urgroßeltern anhören, wie die gegen die Nazis gekämpft hätten und aufrecht gewesen wären – «Hier in Doel was er geen plaats voor nazi's!» – und dass es ein Verbrechen wäre, diesen Ort, der sich äußerst widerwillig und nur äußerlich der nationalsozialistischen Besatzung gebeugt hätte, nun leichtgläubig und verschüchtert für ein paar Arbeitsplätze oder ein bisschen Containerumschlag aufzuopfern. Opa war ein stockkonservativer Kommunist, aber das hatte ich damals noch nicht begriffen, weil ich dachte, dass alle Leute stockkonservativ wären. Opa war aber außerdem auch grausam und fluchte über Gunther und nicht nur über

Gunther, sondern machte Lenie und Gonzo lächerlich, weil sie zu ihrem Vater hielten, aber dann waren die Sommerferien auch vorbei und ich war wirklich und zum ersten Mal in meinem Leben froh, wieder nach Deutschland zurückzudürfen, und, dort angekommen, schlugen meine Eltern dann aber in dieselbe Kerbe und gaben Opa recht, und ich sagte, dass Lenie damit nichts zu tun habe, und warf meinen Eltern vor, dass sie ja selbst auch nicht mehr in Doel wären, aber ihre eigene Inkonsequenz lächelten sie dann weg – so als ob ich das mit meinen zarten sechzehn Jahren eh noch nicht verstehen könnte, oder warum auch immer.

Jedenfalls weiß ich letztlich nicht, warum das eigentlich geendet hatte mit Lenie, denn ich schrieb ihr oft Postkarten, aber fuhr immer seltener hin, weil mir irgendwann nichts mehr vorgeschrieben wurde und ich selbst entscheiden durfte, ob ich nach Doel fuhr, und dann fuhr ich oft nicht, weil ich meinem Großvater nicht mehr traute oder zumindest nicht mehr wusste, ob er im Leben auf meiner oder auf der anderen Seite stand, und Arno fuhr sowieso nicht mehr hin, und dann hätte ich alleine dort sein müssen, während Arno in Zwingenberg blieb, wo ja auch all meine Freunde abhingen, und bald fuhr ich also gar nicht mehr, und zwar hauptsächlich, weil ich beschlossen hatte, alle Erwachsenen seien Idioten und nur meine Freunde in Zwingenberg zählten, und Lenie war, von heute aus betrachtet, das Bauernopfer, aber vielleicht wäre es auch ohne den Dorfzwist mal geendet, aber sie war immerhin der einzige Mensch, zu dem ich dort eine tiefe Verbundenheit verspürte, die niemals ganz zu Bruch ging, denn Lenie und ich hatten einen Seelenkontrakt, der einfach nur verblasste, aber nicht starb: ganz im Gegensatz zu den übrigen Bekanntschaften dort, die ich bewusst vernachlässigte oder getrost verneinte, und letztlich litt ich auch gar nicht darunter, dass Doel und die Sommer dort sich in meinem Herzen immer mehr in ein wüstes Hinterzimmer verkrochen, weil ich mir einen Kokon baute aus Erwachsenenhass, und ich war mir selbst genug und machte tausend Dinge und dachte nie mehr an Belgien, ignorierte meine Großeltern, ignorierte meine Eltern, so gut ich konnte, oder provozierte sie, wann immer sich die Gelegenheit bot, und stellte auf taub, wenn irgendwer etwas sagte, und trank viel. Nach der Realschule tat ich ein Jahr lang nichts und suchte mir dann eine Zivildienststelle in Bochum in einem Krankenhaus, in dem ich auch wohnen konnte, und war weg, und später holte ich in Bochum auch noch das Abitur nach, und dann war ich erst richtig weg, weil es immer deutlicher wurde, dass ich nie wieder zurückkehren würde, und um zu verstehen, warum ich es nun schon so lange in Bochum aushielt, muss man wissen, dass es mir fast egal war, wo ich wohnte, solange es nicht in Zwingenberg war. Ich hatte keine Ziele, die mich irgendwo anders hätten hintreiben können, lange war mein Hauptantrieb gewesen, möglichst nichts mehr zu tun zu haben mit meinen Eltern, und Belgien war verblasst und ich sah Lenie nie wieder. Außerdem hat man, glaube ich, nirgendwo mit seinem bisherigen Leben weniger zu tun als in Bochum, denn Bochum ist eine Geheimstadt. In Bochum war niemand von meinen Freunden und niemand kam da hin und ich war allein und das war gut und ich studierte dann sogar dort und fand neue Freunde. Ich liebte die baumbestandenen Straßen in einer endlosen Stadt, staunte über den vergangenen Reichtum, der sich manchmal noch in den verzierten Fabrikfassaden zeigte. Ich genoss es, mitten in der Nacht Currywurst zu essen. Ich spazierte auf den alten Halden.

Meine Eltern sah ich höchstens noch zweimal im Jahr, ein paarmal sagte ich sogar Weihnachten ab, weil ich behauptete, ich hätte eine Freundin und ihre Eltern wollten sehr, dass ich an Heiligabend zu ihnen komme, und meinen Eltern, und das schmerzt mich am meisten, glaube ich, war das alles ganz recht. In letzter Zeit war es zwar wieder besser oder entspannter geworden, aber eigentlich waren sie immer noch wirre Gestalten. Ich wusste nicht, was ich ihnen sagen sollte.

Aber nun war ich also wieder in Doel und steckte mir eine Zigarette an und versuchte, alles zu ordnen, und malte mir tausend Dinge aus, die ich sogleich wieder verwarf, stattdessen wollte ich nachschauen, wo Lenie jetzt war, weil ich sie plötzlich mehr als alles andere wiedererleben wollte, und all das nicht in einer bestimmten Weise oder an einem bestimmten Ort, ich wollte auch nicht mit ihr schlafen, sondern prinzipiell wollte ich mich aufs Neue überraschen lassen vom Universum und von Lenie und wollte eine Plastiktüte sein im Wind des 21. Jahrhunderts, und Lenie wäre dann auch eine Plastiktüte, und gemeinsam ließen wir uns fortwehen, und fast ungeraucht drückte ich die Kippe wieder aus. Ich musste Lenie finden, um zu erfahren, was passieren würde, nachdem wir uns gefunden hatten, und all das war wirklich gar nicht sexuell gemeint, ich wollte sie einfach umarmen und den Augenblick mit ihr erleben. Ich wollte diese Reise zurück in die Lenieheimat. Und so beschloss ich, Lenie zu suchen, gar nicht mal, weil ich dachte, dass sie alles aufklären könne oder solle, denn es gab auch überhaupt nicht viel aufzuklären, und sie sollte mich auch nicht in eine bestimmte Richtung verändern oder Orientierung sein, ich wollte sie einfach nur sehen, und sie sollte einfach nur Lenie sein! Und wenn es nicht gut ginge, dann ginge es nicht gut, aber das war ja immer so.

Ich setzte mich also an meinen Laptop, schob den Schulkram beiseite, stand auf und holte mir ein Malzbier, setzte mich wieder und öffnete den Browser, und als ich eine Fehlermeldung sah, erinnerte ich mich wieder daran, dass es hier gar keine Internetverbindung gab, und lehnte mich zurück und trommelte mit den Fingern auf dem Tisch herum, klappte dann den Laptop zu und war erst mal ratlos, wo Lenie wohl steckte, obwohl ich mir sehr sicher war, dass sie höchstens ein paar Kilometer weiter genau jetzt in einem Liegestuhl saß und Eistee trank. Ich wusste nur nicht, wo.

Tag am Meer

Später überzeugte Anja Arno und mich, einen Ausflug zu machen: «Ich war noch nie an einem Nordseestrand und alle Leute sagen immer die tollsten Dinge darüber und lasst uns deswegen doch mal ans Meer fahren und baden.»

Und so machten wir einen Ausflug zum Strand nach Ostende, fuhren mit dem Auto zur Küste, suchten ewig nach einem Parkplatz, breiteten schließlich unsere Handtücher aus und wateten ins Meer und schwammen und taten weiter kaum was und schwiegen viel. Es war windig, aber trotzdem sehr warm und ein herrlicher Tag, und einmal holte ich Eis und dann lagen wir wieder still und zufrieden auf unseren Handtüchern irgendwo ganz unverdächtig auf diesem ewig langen Sandstrand, der auf beiden Seiten bis zum Horizont reichte, als wir plötzlich ein Mädchen schreien hörten. Wir schreckten hoch und Arno sprang auf und das Kind deutete auf einen roten Ballon, der ihr aus der Hand geglitten war, und weil es so windig war, sauste der jetzt den Strand entlang oder wurde hin und wieder ein paar Dutzend Meter nach oben gesaugt. Arno stürmte hinterher und die nächsten vier Stunden sahen wir ihn nicht mehr wieder, und erst als es deutlich kühler wurde und die Sonne allmählich unterging, tauchte er, ein paar Schrammen am Bauch, mit einem Verband um die Hände und dem Ballon am Handgelenk, wieder auf und fing an zu erzählen, wir packten unterdessen unsere Sachen zusammen und ich schüttelte den Kopf, obwohl ich sehr gespannt war, was er zu berichten hatte, und er redete dann auch den ganzen Rückweg über, Anja strich ihm durchs Haar und küsste ihn und setzte sich dann ans Steuer und ich saß auf der Rückbank und blickte aus dem Fenster und lauschte, wie es ihm ergangen war: «Ja, zunächst bin ich einfach dem Ballon hinterher und der fliegt so schnell, Leute, ich komme einfach nicht hinterher, aber plötzlich verheddert der sich an einem Rucksack und dann entheddert er sich wieder, kurz bevor ich ihn greifen kann. Der wilde Wind schickt den Ballon wieder im Zickzack über den Sand und durch die Luft, aber dann bleibt er nochmals an einem kleinen Schäufelchen hängen. Es sind Kinder in der Nähe und deshalb schreie ich noch zur Warnung: ‹Opzij, daar!›, dass die weggehen, und bin plötzlich ganz nah dran dann und schmeiß mich drauf, weil ich den Ballon nicht nochmals entgleiten lassen will, weil ich total außer Atem bin und weil ich schon einmal hingefallen bin, gleich zu Anfang hat's mich schon mal voll aufs Maul gepackt und ich habe mir dabei die scheiß Hand an einer verdammten Muschel aufgeschnitten, jetzt bin ich dann aber ganz nah am Ballon und die Kinder drumherum kreischen und weichen dann wirklich zur Seite und ich lande und umklammere den Ballon, der sich wölbt und quietscht und verformt, und kaum spür ich ihn, da platzt er auch schon, weil ich mich ja mit meinem ganzen Gewicht draufgeworfen habe, und klar – klar platzt er! Aber glaubt ihr, darum geht's mir noch? Nee, das ist mir vollkommen egal, weil ich mittlerweile nämlich so einen Hass auf den Ballon habe! Ich liege also im Sand, unter mir begraben ein Stück Plastik, und schnaufe und schaue mich um, und alle schauen mich an und die Kinder weinen verstört und die Eltern schütteln nur die Köpfe, einer ruft was und ich stecke den Gummifetzen in die Hose und fange an zu pfeifen und ignoriere, was die Leute sagen, und bin erleichtert, dass es vorbei ist. Ein wenig verwirrt mache ich mich also auf den Rückweg, und während ich kleine Sandkörner aus der Wunde an meiner Hand ziehe, fluche ich gelegentlich, weil es schmerzt, aber eigentlich bin ich gelassen, bis plötzlich doch noch das kleine Mädchen und ihr Vater mir entgegenkommen, die ich fast schon vergessen hatte, und schlagartig bin ich wieder nervös, weil ich nicht weiß, wie ich erklären soll, was passiert ist, und der Vater fragt, ob ich den Ballon bekommen hätte, aber er sagt es nur im Scherz, was ich sogar begreife, ich begreife das ja sogar, aber trotzdem bin ich traurig, weil ich's verneinen muss: ‹Neen, dat was echt niet mogelijk, niets aan te doen, man! Sorry!›, und dann beginnt die Kleine zu weinen und mir wird ganz komisch, weil ich Tränen gar nicht mag, und halte es letztlich überhaupt nicht aus und frage, wo sie wohnen, dass ich einen neuen Ballon vorbeibringen kann, ich sage das nur, damit die Kleine aufhört zu weinen, weil ihre enttäuschten Blicke mich fertigmachen, aber der Vater sagt, dass das alles nicht so wild sei, sie haben sogar noch ganz viele Ballons daheim, da widerspricht das Kind aber und sagt, dass sie gar keine Ballons mehr haben, weil das der letzte war, und fängt noch lauter an zu schluchzen und der Vater verzieht das Gesicht und plötzlich fällt sein Blick auf meine Hand, von der es blutig in den Sand tropft, und er schaut sich das an und sagt, dass sie genäht werden muss und zwar schnell. Er sagt, dass er sich auskennt und Arzt ist und das Krankenhaus kennt und mich dorthin fährt, und fragt, wie das passiert ist, und ich erzähle von den Muscheln und den Strandkörben, denen ich ausweichen musste, und er lauscht und verspricht dann, sofort wieder da zu sein, weil er nur schnell den Autoschlüssel von seiner Frau holen und die Kleine dort deponieren will und dann zurückkommen und mich abholen, und nimmt also das Kind auf den Arm und trabt davon, und ich stehe plötzlich blutend am Meer und weiß nicht, wie mir geschieht, und wate ins Wasser und wasche meine Wunden aus, die natürlich tierisch brennen wegen dem Salz in dieser niederträchtigen und überkandidelten Nordseesuppenwelt, und der Schmerz ist so schlimm, dass ich total überfordert in den Himmel schaue und dann wieder in die Weite des Ozeans, und ich zittere und greife in die Tasche und lege den roten Gummifetzen auf die Wasseroberfläche und lass ihn davontreiben.

Und dann entschließe ich mich abzuhauen und will nur noch weg von dort und renne zur Strandmauer, und weil gerade keine Treppe in der Nähe ist, hieve ich mich dort zur Uferpromenade hoch und dabei schramme ich mir dann noch den halben Bauch weg, weil die vermaledeiten Miststeine im Waschbeton dort so spitz sind, laufe einfach fort und blicke mich auch nicht mehr um, laufe einfach in die Fußgängerzone und verstecke mich zwischen den Leuten und werde langsamer, komme an einem Café vorbei, und alle sitzen auf der Terrasse und haben ihre kräftigen Biere vor sich stehen und Bierschaum im Bart oder sie haben rotweinblaue Lippen und lachen mich an mit ihren falschen Goldkettchen und gefärbten Haaren, sie wollen bestimmt, dass ich rüberkomme, dass ich dabei bin, dass ich auch lache und mit ihnen rede und einen schütte, und alles ist total verdreht, und ich gehe weiter, aber plötzlich ist mir speiübel, denn ich will tatsächlich mittrinken! Das will ich! Ich will in dem Moment einfach mal wieder einen trinken, nur ein kleines Gläschen, wieder reinkommen will ich, und natürlich mach ich's nicht, aber trotzdem geht es mir schlecht und ich schäme mich, dass ich so schwach bin, abgesehen davon, dass ich ja ohnehin wie ein blutender Gorilla auf der Suche nach einem sicheren Versteck, um mich auszukurieren, durch die Fußgängerzone trotte, und werde allmählich panisch und bin letztlich gänzlich von der Rolle!» – Und da unterbrach ich ihn, während Anja nur auf die Straße schaute und stumm blieb: «Was hast du schließlich gemacht, Arno? Du hast dir nichts zu trinken geholt! Also entspann dich, alles ist locker, ja?» Und Arno sagte darauf: «Schon gut, ich weiß es doch auch, ich habe mir nichts bestellt! Ich will dann einfach weg von dort, fort aus der Gefahrenzone, versteht ihr? Ich sammle meine letzten Kräfte und entferne mich, muss weg von all den Menschen und nach einiger Zeit komme ich zu einem feinen Park, lege mich dort schwitzend unter ein paar Bäume, dass ich wieder ruhiger werde und alles vorbeigeht, und der Küstenwind spült über meinen Körper, und ich muss einfach nur kurz da liegen und entspannen, weil das echt knapp gewesen ist, weil ich noch nie so knapp da dran gewesen bin, wieder was zu bestellen, aber es ist ja noch mal gut gegangen, und irgendwann will ich wieder zurück und denke, dass ihr euch vielleicht Sorgen macht, aber just in dem Moment kreisen ein paar Möwen über mir und ich entdecke das Schild vom Krankenhaus und denke, dass ich mich vielleicht doch hospitalisieren lassen sollte, und das ist im Grunde auch schon alles, es dauert aber ewig in der Notaufnahme und ich muss mich rechtfertigen, weil ich keinen Versicherungsnachweis dabeihabe, und die rechte Hand muss tatsächlich genäht werden, aber das ist halb so schlimm, links ist sowieso nur ein großes Pflaster drauf, denn da wurde gar nicht genäht, und rechts sind zwei oder drei Bahnen Verband drüber, aber das ist alles ein bisschen übertrieben, denn das waren kaum vier Stiche, glaube ich!», sagte er und redete noch weiter, war kaum zu halten und erzählte von den Krankenschwestern und dem Kaffee, den er da getrunken hatte, und fing wieder an mit dem Mädchen, das so geweint hatte, redete von einem Schachgeschäft und was ihm noch alles durch den Kopf ging, und ich habe das zwar nicht gezeigt, aber ich war entnervt, weil Arno so knapp dran gewesen war, wieder zu trinken, obwohl er seit zwei Jahren keinen Tropfen mehr angerührt hatte und ich mir immer so viel Mühe gab, dass er es nicht tat, aber er wandelte noch immer beständig am Abgrund, und diese Aufregung, die wird es gewesen sein, die hat ihn durchgeschüttelt, die hat ihn beansprucht und geschunden, aber was willst du tun, du kannst es nicht vermeiden, weil es halt mal passiert, selbst wenn es nur wegen eines Ballons ist, und dann musst du einfach Glück haben, aber ich war trotzdem gereizt und sagte nur nichts, weil ich nicht unbedingt alte Wunden aufreißen wollte, und hatte sowieso das Gefühl, dass das Erzählen ihm guttat, um die Aufregung wieder abzubauen, aber im Grunde war ich es auch leid, und diese Gleichgültigkeit erschreckte mich selbst.

Arno hatte seit seiner Jugend ein Alles-Problem entwickelt und Alkohol war da nur ein Baustein und das betrübte mich, weil er doch mein Bruder war, und vielleicht hatte er mich auch deshalb nicht fragen wollen, ob ich ihr Trauzeuge sein wollte, weil er endlich mal allein zurechtkommen wollte, aber ohne Anja und mich wäre Arno noch immer ein Wrack, da bin ich sicher, und nach Hilfe zu fragen, ist meiner Meinung nach auch gar kein Makel, aber Arno konnte das lange nicht, konnte nicht fragen, konnte nicht bitten.

Arno war immer der freundliche, der liebende, der nah an der Aufopferung über sich hinauswachsende Mensch, aber niemals war er der, der verarztet wird. Und das ging lange so mit ihm, und er kam gehörig ins Schlingern, aber mittlerweile waren wir wieder die besten Brüder, obwohl wir beide dünnhäutig waren und schon immer gewesen sind, und glichen uns im Grunde auch in dem Willen, das Leben zu genießen, aber manchmal ist so was schwer, und dass wir uns so sehr entsprachen, hatte ich lange vergessen, und wir verstehen uns auch erst seit Kurzem wieder gut, denn das war früher mal so gewesen, aber dann lange nicht, denn eine Zeit lang waren wir uns überhaupt nicht mehr nahe gewesen und ich kannte ihn nicht einmal mehr, und das ist erst über die letzten zwei Jahre zurückgekehrt, in denen wir uns oft schrieben oder uns Zeitschriftenartikel schickten. Angefangen hatte das alles 2008, also vor zwei Jahren, als wir einen ganzen Sommer miteinander verbrachten, und damals hatte ich erst begriffen, dass er all die Jahre, in denen wir entfernt voneinander gewohnt hatten, genutzt hatte, um abzubauen und hart zu saufen und sich seelisch zu raspeln, und 2008 kamen wir beide aus unterschiedlichen Gründen wieder nach Zwingenberg: Arno war völlig fertig und dabei, fast alles zu ruinieren, und frühstückte regelmäßig in der Apotheke, und ich war einfach orientierungslos und wollte noch was mit meinen Eltern klären, und hab ihm damals die Angst vor Ärzten, vor Psychologen und Freunden genommen, und wenn ich sage, dass ich damals auch runtergewirtschaftet war, dann war ich ja trotzdem nicht auf Arnos Weise verbraucht, denn eigentlich ging es mir gut und ich war vielleicht nur müde von allem, konnte ihn aber gut verstehen und glaubte zu wissen, was ihn so zersetzte, und dann sind wir beide raus aus unseren Löchern, sind zusammen hervorgekrochen und wollten niemals mehr aufgeben, egal, was das Leben uns bescherte, und das schweißte uns zusammen und machte uns die Bedeutung guter Menschen klar und wollten dann füreinander diese guten Menschen sein, aber vor allem begann Arno, ganz viel Ballast abzustreifen von sich. Vielleicht war es, als es mit Arno bergab ging, zunächst schwierig zwischen uns, weil wir uns vom Wesen her ähneln, aber eigentlich nicht ähnlich sein wollten, weil wir ja jeder etwas Besonderes sein wollten und mussten, weil ja unsere Eltern schon so Unnachgiebige und Störrische waren, die harte Arbeit und Bescheidenheit zu ihrem Motto erhoben hatten und dann am Abend die eine oder andere Flasche Rotwein kippten. Mit meinen Eltern bin ich letztlich nie mehr klargekommen, im Moment unserer größten Schwäche waren die keine Hilfe, sondern Teil des Problems, weil sie mich vielleicht liebten, aber doch nie kennenlernen wollten oder konnten, obwohl ich ja ihr Kind war, aber sie schwiegen dann einfach, und deswegen haben sie vielleicht auch eine Zoohandlung, weil sie mit Tieren schon immer besser ausgekommen sind als mit Menschen.

Eines Tages standen sie mal unverhofft vor meiner Tür in Bochum, als ich schon ein paar Semester studiert hatte, und sagten, dass sie mir ein Auto kaufen wollten, und weiß der Geier, woher sie das Geld hatten, aber sie wollten mir jedenfalls ein Auto kaufen. Meine Mutter hatte an dem Tag ein viel zu feines Kleid an und hatte Lippenstift aufgetragen und mein Vater trug ein Kurzarmhemd und sein Schnurrbart war buschig und eine fette Sonnenbrille, die er auch beim Sprechen nicht absetzte, thronte auf seiner Nase. Aber ich wollte nichts besitzen, und in der Stadt braucht man kein Auto, und ich wollte ihnen auch nicht erlauben, mir so etwas zu schenken, weil ich ihnen das nicht gönnte. Ich hätte damals nur gewollt, dass sie sich dafür entschuldigten, dass sie niemals meine Eltern gewesen waren. *Betrug* ist ein Anagramm von *Geburt.* Ich hätte nur gewollt, dass sie mich einen Tag lang genau so akzeptierten, wie ich war, und ohne Einschränkung stolz waren auf mich. Akzeptierten, dass ich nicht in ihr Scheißdorf zurückwollte und dass ich niemals Tiere verkaufen würde in ihrer Zoohandlung, nicht ein einziges, und dass ich fickte, wen ich wollte, und arbeitete, was ich wollte, aber am liebsten wäre mir gewesen, sie hätten einfach mal mit mir geredet, denn das hatten sie noch nie getan. In meinem ganzen Leben haben wir nicht einmal richtig miteinander gesprochen. Nur wenn wir uns anbrüllten, drangen wir vor in unsere Gedanken und Gefühle, aber wir brüllten schon lange nicht mehr. Natürlich haben sie nichts in der Art unternommen, sich nicht entschuldigt. Sie haben nicht mal gefragt, wie es mir geht, sondern nur, wie es mit dem Studium läuft. Wir sind dann noch kurz in der Innenstadt gewesen und haben gegessen und dann sind sie auch schon wieder gefahren und haben gesagt, dass sie es nur gut gemeint hätten mit dem Auto. Solche Menschen waren sie. Ich war zwar manchmal auch stolz darauf, dass sie es mir nicht leichtmachten und so waren, wie sie nun mal waren, aber eigentlich durfte ich nicht stolz darauf sein, weil ich durch alles, was meine Herkunft ausmachte, von Kindesbeinen an von so vielen Mauern umgeben war, dass ich mich zwar umsehen, aber nichts erkennen konnte, und diese Mauern habe ich irgendwann erst mal überklettern müssen oder habe zumindest die meisten überklettert: Ich zog aus, zog weg, machte mein Abitur am Berufskolleg, arbeitete, studierte, liebte die Freiheit, kaufte Bücher, hurte ein wenig in der Stadt rum und eines Tages blickte ich mich um, blickte zurück und sah wieder diese Mauern, sah lauter Steine und sonst nichts, aber diesmal stand ich auf der anderen Seite und sah nicht mehr, was dahinter lag, aber ich hatte es natürlich nicht vergessen: Ich wusste noch genau, was dahinter lag, da lagen meine Vergangenheit und die vielen Dinge, die für mich vorgesehen gewesen waren, und dort war meine Familie, das war ja das Schmerzhafteste: Hinter den Mauern waren auch meine Eltern, die ich, das weiß ich mittlerweile mit Bestimmtheit, glücklich machen wollte, aber das Gegenteil war geschehen. Wir konnten uns nicht mehr erreichen.

Über all die Mauern hinüberzuklettern und abzuhauen, tat nämlich einerseits gut, weil diese Mauern unnütz und beschränkend waren, aber andererseits war es ein Verrat! Es war ein Verrat! Aber niemand konnte mich noch einholen, um mich dafür zu bestrafen, und deshalb hätte ich zufrieden sein müssen mit meinem neuen Leben, aber das war ich nicht, doch das ist ein anderes Thema.

Mein Opa jedenfalls passte auch gut in diesen ganzen Wirrwarr, war im Grunde komplett am Ende und hatte seine Seele kaputt getrunken. Ich erinnere mich, dass ich ihn einmal in der Pinte abholen musste und ihm von Oma sagen sollte, dass er heimkommen solle, weil das Abendessen auf dem Tisch stand, aber er gab mir nur höhnisch und betrunken grinsend eine Ohrfeige, und als ich dann weinend aus der stickigen Pommes- und Rauchluft ins Freie rannte, wandte er sich einfach wieder seinen Tresenkameraden zu, und Oma sagte einfach nichts dazu und wir aßen dann ohne ihn und ich weinte und weinte und Arno machte sich die Bierflasche auf, die eigentlich für Opa bestimmt gewesen war, und kippte sie in zwei oder drei Zügen runter, da war er vielleicht vierzehn, aber das ging – wie gesagt – auch nicht immer so zu, denn eigentlich war ich sehr gerne in Doel und fühlte mich dort aufgehoben, wenn wir die Sommer bei unseren Großeltern verbrachten, nur halt nicht immer, und warum dann alles gerade über Arno zusammenbrach, versteht man oder auch nicht, denn es gab durchaus Hoffnung, weil Arno nämlich Gott entdeckt hatte, und das ist eigentlich selten schlecht, und Arno hat dann zwar zweimal die komplette Bibel gelesen, ist überhaupt der Einzige, den ich kenne, der die komplette Bibel gelesen hat, jede einzelne Seite, aber trotzdem hätten sie ihn fast eingebuchtet, um ein Haar wäre er im Gefängnis gelandet! Kann man das glauben? Das ist zwar eine andere Geschichte, aber was ich ja nur sagen will: dass zumindest noch mehr dahinterstecken musste, wenn er so abstürzte, das war nicht nur Pech, und eigentlich ist immer alles ultrakomplex im Leben, aber ich schwöre: Unsere Eltern und Großeltern sind mindestens mitschuldig, denn Arno ist eigentlich ein Guter, und wenn einer, der schon zweimal die Bibel gelesen hat, beinahe im Knast landet, dann ist doch irgendwas im Argen, denn ich glaube, Arno hat sich echte Mühe gegeben, aufrichtig und gutmütig zu sein, er hat das wirklich versucht, aber manchmal klappte es nicht, und vielleicht liegt das wirklich auch an unserem Vater und seinen cholerischen Anfällen, liegt an meiner lethargischen Mutter, liegt an meinen knüppelharten Großeltern, solche Leute dürfen sicher nie ausgeklammert werden, wenn man zu verstehen versucht, wie man über diesen Planeten und alles andere denkt und redet.

Arno hatte lange die Eigenart, nichts Tolles mehr vom Leben zu erwarten, und war traurig, da war eine ganz ehrliche Traurigkeit in ihm, die ihn langsam nach unten zog, weil er sich keine Hilfe suchte, weil er niemandem zur Last fallen wollte und selten aufmuckte und auch einfach keine Zuversicht hatte, aber wo kam das her? Ich hab ihm das auch nicht einfach so eben mal abtrainiert, aber ihm zumindest klargemacht, dass das nicht ewig so bleiben muss, und da bin ich stolz drauf! Da bin ich echt stolz drauf! Aber später, als er begonnen hatte, seine Schwierigkeiten nicht mehr aus Scham zu verschweigen, wurden sie überhaupt mal sichtbar und zusätzlich auch irgendwann zur Last für mich, so kann man das vielleicht abrunden. Ich wollte ja damit umzugehen lernen, weil diese Schwierigkeiten sich nämlich niemals ganz auflösen: Sie flackern immer mal wieder auf, auch heute noch, nur war ich plötzlich näher dran und hörte deshalb ebenfalls auf mit dem Trinken, damit er merkte, dass ich nah dran bin, obwohl ich auch schnell feststellte, dass mir das sogar half und mich kaum Mühe kostete, während es ihn zerfraß: Arno litt richtig.

Er hatte dieses Saufen ohne Grund und das Saufen mit Grund schon sehr in seinen Alltag eingebaut gehabt, das war lange Zeit sein Klarkommenskonzept gewesen. Eine ausufernde Schwärze hatte seinen Körper ergriffen und wucherte in seinen Muskeln und drangsalierte seine verdammte Seele. Alkohol, diese gesellschaftliche Pilzinfektion. Aber irgendwie haben wir das geschafft, auch wenn er noch viel zu oft rückfällig zu werden drohte, und nach jenem Sommer damals, das war 2008, kam er mit Anja zusammen und zog bei ihr in Kassel ein und war weiter in Behandlung, und ich fing mein Referendariat an einer Schule in Bochum an, aber die Verbindung blieb und wir besuchten uns jeden zweiten Monat und manchmal öfter, und obwohl es noch eine Weile dauern würde, bis er mich nicht mehr brauchte, wünschte ich es mir so sehr.

Meine Eltern hingegen sah ich nur noch aus Versehen oder aus Routine und in der Folgezeit sogar noch seltener, da war kein Antrieb mehr. Für mich hatten sie verschissen und, nachdem sie ihre Unfähigkeit bei der Sache mit Arno erneut unter Beweis gestellt hatten, nur noch mehr verschissen, und ich wollte das nicht mal mehr groß ansprechen: Der Zug war abgefahren.

Aber um jetzt noch mal zum Eigentlichen oder zur Chronologie zurückzukommen: Arno erzählte also vom Krankenhaus, wie sie ihn genäht hatten, und anderen Dingen und die Nacht kroch über den Himmel und irgendwann waren wir endlich auch wieder in Doel und er beendete seine Geschichte doch noch versöhnlich und schloss, gerade als wir den Wagen vor dem Haus parkten, dann folgendermaßen: «Ich hab auf dem Marktplatz bei einem *Partij van de Arbeid*-Wahlkampfstand noch einen neuen Luftballon mitgenommen, also den hier. Gut, oder? Aber schade, dass das Mädel eben nicht mehr da war, ich hätte ihr diese Freude gerne gemacht, das hätte mein Herz aufblühen lassen. Hätte ihr bestimmt gefallen, denn der hier ist sogar mit Helium gefüllt, das heißt, eigentlich ist es kein Luftballon, es ist ein Heliumballon.»

So endete seine Geschichte, und als wir drei aus dem Auto ausstiegen, musste ich grinsen, weil es wirklich komisch war, seine fragile Freude mitzuerleben. Ja, ich brauchte Arno trotz alledem, trotz alledem! Aber einfach war es nie mit ihm, konnte es vielleicht auch nie mehr werden.

Und dann blickte ich zu Anja rüber, wie sie die Fahrertür schloss, den Schlüssel im Schloss drehte und abzog, und sah in ihr Gesicht. Wirklich gut kannte sie nur den einen Arno und war also begeistert von Arnos Hingabe und Leidenschaft und seiner komprimierten Verrücktheit, aber wann immer er sie dazu zwang, sich vorzustellen, was auf Arnos anderer, dunklerer Seite noch so schlummerte, bereitete ihr das großen Kummer, da war ich mir ganz sicher, und heute war wieder so ein Tag gewesen, und ich konnte ihr die Angst vor Arnos selbst- und alleszerstörerischer Seite ansehen. Aber letztlich sagte sie einfach nichts.

Arno hatte vor dieser anderen Seite ja selbst auch Angst, seit jeher Angst vor ihr gehabt, ich auch, alle hatten Angst. Und dann ließ er den verdammten Ballon los und der entschwand irgendwo am Horizont, ohne dass ihm irgendwer noch lange hinterhergeblickt hätte.

Wir gingen dann sehr bald schlafen oder zogen uns zumindest zurück. Was die beiden in ihrem Zimmer machten, weiß ich nicht, ich jedenfalls lag auf dem Bett, las noch einen Krimi aus dem Wohnzimmerregal, machte mir dann noch einen Tee, konnte mich aber nicht auf die Story konzentrieren, weil ich immerzu an den Nachmittag am Strand denken musste: Das Meer und der leichte Schaum auf den Wellen wurde untermalt vom Gedudel des Eismanns und in den Kühlboxen der Mütter stapelten sich die Kühlakkus und Wasserflaschen, während die Kinder beim Schwimmen aus Versehen Salzwasser tranken, und der Sand, in dem die Füße der Menschen versanken, war warm, aber als dann plötzlich der Ballon auftauchte und am Strand entlangflog und Arno verschwand, während sich oben am Himmel die Möwen auswichen und kreischten, blieb ich einfach sitzen und staunte und setzte mir gegen die Sonne eine Kappe auf. Aber warum war er verschwunden und nicht ich? Warum hatte ich nur zugesehen und er war gerannt? Das waren die Dinge, die ich nicht verstand, aber letztlich spielte es keine Rolle mehr und mir fielen sowieso schon die Augen zu.

Mit der Säge im Wald

An einem anderen Morgen sah ich durch Zufall auf dem Stückchen Brachfläche am Ende der Liefkenshoekstraat den alten Campingwagen der Familie de Boer stehen. Bisher war er mir nicht aufgefallen, wahrscheinlich, weil er, seit ich denken konnte, im Sommer immer schon dort gestanden hatte. Aber eigentlich passte er nicht mehr in das Dorf, weil nichts mehr hineinpasste, weil Doel gerade abgeladen wurde auf dem Komposthaufen der Zivilisation.

Vor der Wohnwagentür war jedenfalls alles schon ein wenig ausgelatscht, ringsherum wuchs Unkraut, überall lag Müll, aber Familie de Boer war bisher noch jeden Sommer da gewesen und zwar schon seit Dekaden oder Generationen und so auch diesen Sommer wieder, und unbeeindruckt vom allgemeinen Niedergang der Ortschaft hatten sie ihr Lager aufgeschlagen, das Auto an der Straße geparkt, den Campingwagen zehn Meter von der Straße entfernt mittig auf der Baulücke platziert, und vom Nachbarhaus lief ein Stromkabel rüber. Früher war mir das nie falsch vorgekommen, weil es ja schon immer so gewesen war, aber nun musste ich darüber nachdenken, dass es nie einen Grund dafür gegeben hatte, hier Urlaub zu machen, und nun noch viel weniger einen gab, weil Doel kein Ferienort war, sondern ein unbedeutendes, charmantes, aber sicher nicht schönes Fleckchen Erde, zumindest nicht schön im touristischen Sinne und auch nicht idyllisch: links das AKW, rechts der Hafen, dahinter die endlosen Äcker und Wiesen und davor, wenn man über den Deich blickte, eine der meistbefahrenen Wasserstraßen Europas. Da macht man eigentlich keinen Urlaub, zumindest nicht auf herkömmliche Weise und besonders nicht auf einer Baulücke stehend, aber Familie de Boer war offensichtlich wieder da, selbst jetzt noch, wenn niemand mehr da war.

Ich ging also hin und klopfte und sie öffneten und kannten mich noch und zeigten sich erfreut, Vater de Boer und Mutter de Boer: Walter und Judith. Früher waren auch mal Kinder dabei gewesen, aber ich hatte ihre Namen, vielleicht sogar ihre Gesichter vergessen. Walter klappte die Stühle unter dem Vordach auf und Judith verschwand im Innern und kam wenig später mit Kaffee heraus und wir plauderten darüber, wie sich alles verändert hatte, seitdem ich das letzte Mal da gewesen war, und ließ mir erklären, wer denn überhaupt noch da war, und fragte, ob sie wussten, wo Lenie sei, die kleine Lenie, die später die große Lenie gewesen war, die Tochter von Gunther Vermeylen, und dann überlegten sie und wussten, dass Gunther an Lungenkrebs gestorben und ihre Mutter schon lange davor zu ihrem Neuen nach Kortrijk gezogen war. Aber Lenie, ach, Lenie, die musste vor Jahren nach Amsterdam geflüchtet sein, aber was sie dort machte, wussten Walter und Judith dann auch nicht: «Nee, geen idee, jongen, dat kan ik je niet zeggen. Ze heeft nota bene in Antwerpen een tijdje design gestudeerd aan de universiteit, en toen is ze naar Amsterdam vertrokken en hebben we haar hier nooit meer gezien!», aber ihr Bruder Gonzo, der wohnte angeblich noch ein paar Kilometer weiter in Kieldrecht mit seiner Frau.

Dann sagten wir noch ein paar übliche Sätze, dass die Zeiten sich verändert hatten und dass das Wetter gut sei, und so weiter, und erzählten uns noch Anekdoten und die Stunden vergingen und ich wollte gerade aufbrechen, da boten sie mir an, mich in einer Woche in Amsterdam abzusetzen, damit ich dort Lenie besuchen konnte, weil sie sich dann sowieso aufmachen wollten, um zurück in ihr Heimatstädtchen Lemmer am Ijsselmeer zu fahren, und dann war es ohnehin kaum ein großer Umweg. Sie schärften mir aber ein, dass auch sie keine Adresse hätten, keine Nummer, nichts: An der Centraal Station würden sie mich vielleicht rauslassen oder woanders, den Rest musste ich selber machen, am besten, ich fände Lenies Bruder in Kieldrecht, den sollte ich doch nach einer Adresse fragen, wenn's mir wirklich so wichtig sei. Es sei nur ein Angebot, ich sollte es mir überlegen.

Ich bedankte mich erst mal, aber das überforderte mich dann doch, weil ich bisher nicht daran gedacht hatte, dass Lenie mal so weit wegziehen könnte, irgendwie hatte ich mir das nicht vorstellen können, weil ich sie ja nur von hier kannte, aber im Grunde war es dann doch nicht so überraschend, weil junge Leute nun mal wegzogen, und das war ja auch gut, aber Amsterdam, das war mir jetzt doch wieder zu weit und ich sagte, dass ich es mir wirklich noch gründlich überlegen müsse, und dann verabschiedete ich mich und machte noch einen Spaziergang.

Ich lief auf dem Deich entlang und vorbei an der alten Windmühle, «Wij gaan hier niet weg, al moet het over ons lijk!» stand auf einem weißen Schild, das im Auge des Rotors befestigt war, sich aber nicht drehte, weil die Flügel, schon seit ich denken konnte, blockiert waren, und «Dorpsmoordenaars zullen gestraft worden door God!» stand auf einer kleinen Tafel seitlich am Mühlengebäude. Irgendwie hatte dieser vereinzelte Protest etwas Herbes. Alles wird sterben, Doel zuerst. Mich schmerzte das, aber dann wurde mir irgendwie auch wieder wärmer. Ich wusste nicht, wie viel mir eigentlich noch an Lenie lag, weil ich sie ja ewig nicht mehr gesehen hatte und bestimmt kaum mehr erkennen würde, aber es war auch naiv gewesen, zu glauben, dass sie noch in der Nähe war, da sie mittlerweile ein anderer und älterer Mensch war. Sie hatte sich auf die eine oder andere Weise entfernt vom Ausgangspunkt ihres Lebens.

Ich lief weiter und folgte dem Deich, während der Wind mich umwehte, und gelangte schließlich an den Zaun, der das AKW-Gelände umspannte und mir den Weg versperrte. Früher waren wir mit dem Rad immer mal wieder bis hierher gefahren und hatten durch den Zaun gespäht und gerätselt, wie wohl alles funktionierte, und auch an diesem Tag blickte ich wieder auf die vielen grauen Gebäudezeilen und Hallen und Rohre und auf den grünen Kuppelbau, und die großen Kühltürme stießen friedlich Wasserdampf aus, während irgendwo dort drinnen munter Kerne gespalten wurden. Ich fand es eindrucksvoll, dass man mithilfe so einer Anlage ganze Städte mit Energie versorgen konnte, einfach durch das Aufknacken einiger Kerne und nicht etwa mithilfe Tausender Tonnen Kohle. Etwas Großes fand dort statt!

Weil es aber am Flussufer oder auf dem Deich nicht weiterging und hinter dem Kraftwerk sowieso nur noch feuchtes Land folgte, stieg ich den Deich hinab und ging auf einem Feldweg landeinwärts. Am Horizont konnte man ein kleines Waldstück erkennen. Ich entschied mich, dorthin zu gehen. Ich kannte diesen Wald.

Der Feldweg war fast gänzlich zugewachsen, zum Glück

trug ich eine lange Hose, sonst hätte ich mich an den vielen Brennnesseln verbrannt. Unterwegs kam ich an der Rückseite des alten Sportplatzes vorbei, der inzwischen einer ungemähten Wiese glich, auf der sich schon erste Pionierbäumchen und Büsche zeigten. Ich schlüpfte durch ein Loch im Zaun und kletterte über die Bande und bahnte mir den Weg quer übers Spielfeld. Dann stieg ich über die Bande an der anderen Seite und sah mir die Umkleidekabinen an, die sowohl zugesprayt als auch zugesperrt waren. Außen gab es einen Wasserhahn und ich ließ eine halbe Minute lang Wasser durchlaufen, bevor ich mich darunterbeugte und trank, aber das Wasser schmeckte metallisch und schal, und ich spuckte es aus und drehte den Hahn wieder zu. Weil sonst nichts Interessantes zu sehen war, setzte ich meinen Weg Richtung Wald fort, und nachdem ich ewig an Kartoffelackern und Kuhwiesen und Kühen vorbeigelaufen war, wechselte ich auf einen asphaltierten Weg, kam an drei Häusern vorbei, um dann erst auf einer Schotterpiste und schließlich nur noch zwischen zwei Feldern weiterzulaufen, und plötzlich stand ich im Wald.

Ich begann, auf dem weichen Waldboden zu rennen, und lief ein paar Hundert Meter, sprang über Äste, Stämme und Mulden und konnte spüren, wie es kühler und ein wenig dunkler wurde, und wusste noch, dass der Wald in weniger als einer Viertelstunde ganz zu durchqueren war, also blieb ich stehen, sah nach oben, drehte mich ein paarmal um mich selbst und setzte mich dann auf einen Baumstamm, um zur Ruhe zu kommen. Ich atmete tief durch.

Als Kind war ich genau zweimal in diesem Wald gewesen. Das erste Mal mit meinem Großvater, um einen Spaziergang zu machen, weil man im Wald die Landmaschinen und die Schiffshörner nicht hörte. Hier war es so still wie nirgendwo sonst.

Das zweite Mal war ich mit Lenie hier gewesen. Das muss kurz vor Weihnachten gewesen sein. Ich war außer mir gewesen, weil weder mein Vater noch mein Großvater sich bequemt hatten, einen Christbaum zu besorgen. Ich war damals zehn, vielleicht auch elf. Weil uns die Zeit allmählich davonlief und es sowieso nicht das erste Weihnachten ohne Baum gewesen wäre, holte ich mir eine Säge aus dem Werkzeugschrank und steckte sie in meinen Rucksack, zog meine Gummistiefel an, setzte meine Pudelmütze auf und schlich mich aus dem Haus. Draußen war es nicht kalt, aber es windete. Vielleicht fiel auch ein wenig Regen. Ich ging zu Lenie und klingelte, bat sie mitzukommen und zusammen marschierten wir den langen Weg zum Wald. Wir liefen quer über die Felder, weil wir dachten, dass es so kürzer ist, und mussten aufpassen, nicht stecken zu bleiben im Matsch.

Ich erzählte, dass ich nun meinen eigenen Baum hole, den ich nach Hause schleppen und eigenhändig schmücken würde, und dass dann alle Leute schon sehen würden, was ich alles kann. Lenie war aufgedreht und freute sich, dass ich sie mitgenommen hatte.

Endlich angekommen, fielen mir all die hohen Fichten auf, die natürlich viel zu riesig waren. Ein paar Laubbäume gab es auch noch, die besonders traurig wirkten, weil sie so grau und kahl waren. Kleinere Nadelbäume sah ich nicht viele, und wenn, dann waren sie auf einer Seite kahl, hatten drei Spitzen, eineinhalb Stämme, waren doch zu groß oder waren winzig.

Schlussendlich sah ich ihn aber doch – am Rande einer kleinen Lichtung! Pfeilgerade mit einer perfekten Spitze und unglaublich vielen, dichten Zweigen. Etwa bis zur Brust ging mir der Baum, zu zweit konnten wir ihn also gut tragen. Ich griff in meinen Rucksack und zog die Säge heraus und rief: «Lenie, ik heb er eentje gevonden! 't Is een prachtige boom!» – und ich konnte hören, wie Lenie angerannt kam, und wie kleine Zweige unter ihren Füßen zerbrachen, während ich weiter den Baum musterte und mich bereits darauf freute, bei meinen Großeltern durch die Tür zu treten, und dass dann alle stolz wären auf mich, weil ich Weihnachten gerettet hatte mit Belgiens schönstem Baum! Ich hörte, wie hinter mir Lenie keuchend zum Stehen kam, und spürte ihren Blick in meinem Nacken, aber sie sagte nichts. So stand ich also dort: mit der Säge im Wald. Am Rande einer Lichtung, umweht von Sprühregen und erregt.

Dann kniete ich mich hin und Lenie sagte, dass ich «v-v-v-voorzichtig» sein solle, sie hatte schon immer ein wenig gestottert, aber das wir mir egal. Ich legte die Fuchsschwanzsäge an den Stamm und begann, sie vor und zurück zu bewegen, genau wie ich es gelernt hatte. Immer schön ruhig bleiben und konzentriert sein, sodass man mit dem Sägeblatt auf keinen Fall abrutscht. Abrutschen war gefährlich. Als ich drei Viertel durch war mit dem Stamm, hörte ich auf zu sägen und trat behutsam und gezielt einmal mit dem Fuß gegen den Baum und er kippte. Ich sah Lenie an, die grinste, und bat sie, mir zu helfen. Der Rückweg dauerte doppelt so lange, weil der Baum doch ganz schön schwer war und wir andauernd im Acker stecken blieben. Ich war Lenie sehr dankbar, dass sie mir half. Sie hat mir immer geholfen.

Mein Vater war erbost, er hatte sich Sorgen gemacht, weil es draußen schon so dunkel war, als ich mit dem Baum heimkam. Mein Großvater stand dann vom Sofa auf, begutachtete den Baum und gab mir einen Klaps an die Schulter.

Ich war ein wenig betrübt, weil ich riechen konnte, dass er den Nachmittag wieder in der Kneipe gehockt hatte. Er lächelte und sagte, dass man manches im Leben halt selbst in die Hand nehmen muss, weil es ja sonst keiner macht. Arno fand es auch spitze, dass wir endlich einen Baum hatten.

Nun, etwa zwanzig Jahre später, suchte ich die kleine Lichtung, fand sie aber nicht mehr. Der Wald hatte sie wieder verschlungen. Wie groß wäre der Baum inzwischen wohl, hätte ich ihn nicht abgesägt? Fünf oder zehn Meter hoch? Ob Lenie wohl auch noch mal wiedergekommen war und ebenso den Duft der Stämme eingeatmet hatte, vielleicht sogar den nadeligen Waldboden betastet, einen Pilz gesehen hatte, einen Specht oder ein Eichhörnchen?

Je länger ich darüber nachdachte, desto mehr war mir jeder Aufwand recht, um Lenie wiederzusehen. Ich wollte mich bedanken für die schöne Jugend, die ich mit ihr gehabt hatte.

Ich kehrte um und lief den kurvigen Feldweg zurück zum Deich, kam am Sportplatz vorbei, hatte Durst, lief zum Laden und kaufte bei Gabriel zusätzlich zu einer Cola auch noch Eier und passierte Tomaten, weil ich Hunger hatte, und ging dann durch die verlassenen Straßen, vorbei an den traurig verrammelten Fassaden und trank die Cola und traf in der Küche auf Arno und Anja, die mich erwarteten, und Anja sagte: «Essen! Du musst essen! Wo warst du nur so lange, bist du nicht hungrig?» Ich antwortete nicht, aber lächelte zufrieden. Sie war sehr gut. Sie war das Beste, was Arno passieren konnte.

Während wir am Tisch saßen und Suppe löffelten, sprach Arno über oberirdische Stromleitungen und Erdkabel und deren Vor- und Nachteile und dann fragte ich, ob nicht viel mehr Leute etwas über Erdkabel wissen sollten, und wir kamen auf immer neue Themen und schließlich sprach Anja noch darüber, wie es war, Lehrer zu sein, und fragte mich, ob mir das auch Spaß machte: «Was bedeutet es dir, Lehrer zu sein?» Ich war verdutzt, weil ich in dieser Weise noch nie drüber nachgedacht hatte: «Spaß? Das ist halt mein Job. Wenn Lehrer sein Spaß machen würde, bekämen wir sicher nicht so viel Geld dafür. Was man so als Lehrer verdient, finde ich schon unheimlich. Und überhaupt muss man nicht für jeden Job brennen und muss nicht immer mit Herzblut dabei sein und ich weiß auch nicht, wie es dir dabei geht, aber ich kann das nicht. Man sollte sich zwar der Verantwortung bewusst sein, aber ich bin nicht Lehrer, weil es Spaß macht, sondern weil es ein Job ist, und vor allem bin ich ja nicht Lehrer, sondern Botho: Zuallererst bin ich immer Botho van Dijck. Ich versuche, den Kids was beizubringen, nicht nur in Bezug auf den Stoff, sondern auch über das Leben will ich denen was erklären, und ich gehe da auch gerne hin, aber einfach weil ich gerne etwas zu tun habe, aber das ist doch meistens so. Ich wäre wahrscheinlich mit der gleichen Gründlichkeit und Ehrlichkeit und Zuverlässigkeit und Genauigkeit auch Busfahrer oder Gebrauchtwagenhändler oder Altenpfleger oder Steuerbeamter oder Friseur oder Bankberater oder Kassierer, aber nun speziell Lehrer zu sein, macht mir keinen überragenden Spaß, aber ich beschwere mich nicht, weil ich trotzdem zufrieden bin. Warum muss auch alles Spaß machen?», fragte ich, aber ich merkte, dass mir das naheging, weil ich dieses Ideal, seinem Beruf einen Sinn abzuringen, gefährlich fand, denn ich lebte nicht für meine Arbeit, weil Arbeit nicht das Leben ist, sondern eigentlich das Gegenteil, und deshalb redete ich einfach weiter und wurde auch nicht boshaft, aber trotzdem merkte man mir meine Irritation bestimmt an, weil diese Vorstellung doch schrecklich naiv war, obwohl Naivität ja eigentlich etwas Gutes und Ehrliches ist, und schließlich sagte ich noch: «Ich hab Spaß in meiner Freizeit und ich liebe mein Leben, aber wenn ich nun auch noch täglich mit einem breiten Grinsen vor der Klasse stehen müsste, würde mich das echt überfordern, auch wenn es vielleicht schön wäre, aber ist es denn wirklich so verwerflich, dass ich ganz oft keine Lust habe, aufzustehen, und all das nur mache, weil ich denke, dass es gut ist, aber eigentlich viel lieber ausschlafen würde? Ich mache das, weil es meine Pflicht ist, irgendwer zu sein. Ich *muss* das machen, aber ich werde mir nicht einreden lassen, dass ich es selbst auch *will* oder brauche. Jeder muss irgendwas sein und ich bin dann halt Lehrer. Sonst würde ja alles auseinanderfliegen, wenn alle nur das machten, was ihnen gerade beliebt, oder nichts mehr machten. Spaß ist nämlich eine sehr egoistische Sache. Aufrichtigkeit und Nächstenliebe sind wichtiger und helfen mir, meinen Job gut zu machen und auch ein guter Mensch zu sein. Dafür brauche ich keinen Spaß, ich will ihn auch gar nicht.»

Da schaltete sich Anja wieder ein und erzählte irgendwas von Stiller, aber ich wusste nicht, wer Stiller ist. «Stiller ist eine Figur aus einem Buch», sagte sie, «und es geht darum, dass er einfach behauptet, er sei nicht mehr Stiller, sondern ein anderer. Alle widersprechen ihm, doch er gibt nicht nach, und am Ende erhängt sich seine Frau, weil sie überhaupt nicht damit klarkommt! Ich weiß auch nicht mehr genau, warum er plötzlich behauptet, ein anderer zu sein, aber ich glaube, ihm war das alles zu langweilig und seine gesellschaftliche Existenz zu wenig mit seinem Wesen verknüpft, und deshalb war er irgendwann plötzlich Mister White und weg aus seinem Job und von seiner Frau fort und ging erst mal in ein anderes Land und kam viel später wieder zurück und stritt dann seine Vergangenheit ab, und ich glaube, er machte das, weil er niemals richtig brannte für das, was er war, und bist du dann nicht so was Ähnliches? Drohst du nicht, ein Beliebiger zu werden, der seine Identität austauscht, wenn's ihm zu fad wird? Läufst du nicht auch Gefahr, irgendwann aufzustehen und zu sagen, dass du nicht mehr Lehrer bist, sondern ganz was anderes, weil dir das alles nichts bedeutet? Also das macht mir schon ein wenig Angst, wenn ich darüber nachdenke!» Darauf sagte ich: «Ja, dann wäre ich nicht mehr der Lehrer und, wenn ich das jetzt mit Stiller richtig verstehe, wäre ich nicht mal mehr Botho van Dijck, weil ich das dann auch ändern würde, aber was ich nicht ändern könnte, was tiefer in mir drin ist als alles andere, ist doch die Liebe zu meinen Mitmenschen, also das müsst ihr mir doch glauben, oder?» – «Also, das weiß ich jetzt nicht mehr so genau, wie das bei Stiller war, weil das schon ewig her ist, dass ich das gelesen habe, aber das ist wahrscheinlich der Punkt: Er hatte noch diese Güte und Liebe, aber niemand konnte sie mehr erkennen, weil es für die Leute so schrecklich war, dass er sich seiner früheren Identität verweigerte. Das konnten sie nicht akzeptieren», sagte Anja. Da meldete sich Arno: «Ach, ich sehe das alles halb so wild, vielleicht wäre es sogar mal gut, wenn man Berufe ab und an mal anprobierte wie Kleider und auch Namen annähme wie Flyer auf der Straße! Und vielleicht sollte jeder Mensch in seinem Leben einmal zum Bahnhof gegangen sein, um einen beliebigen Zug zu nehmen und eine Weile wegzufahren. Und am Ende kommen sie doch alle wieder, aber auch gestärkt. Vielleicht lernen wir dann mehr über die Beliebigkeit unserer Existenz oder so was! Selbst wenn wir am Ende anders riechen, wir werden ja niemals vergessen, wo wir hergekommen sind!», und Anja lachte und ich meinte: «Na ja, aber wenn sich am Ende jemand erhängt, wegen des Schocks, dann ist auch niemandem geholfen, oder? Ich kann jedenfalls als euer Trauzeuge nur hoffen, Arno, dass du dir nicht kurz vor dem Traualtar noch überlegst, nicht mehr Arno zu sein, das fände ich bitter und Anja wohl auch, denn, nun ja, das wäre ja schon was!» Und dann lachten wir alle drei und Arno stand auf und stieg auf den Stuhl und dann auf den Tisch und schlug sich fast den Kopf an der Decke, hatte ein Glas Saft in der Hand und hielt es hoch und sagte stolz: «Oh Anja, egal welches Jahrzehnt wir haben und welcher Klub gerade die Meisterschaft gewinnt und ganz egal, welchen Namen ich trage und ob wir Geld haben, um in Urlaub zu fahren, egal, wie oft wir uns schon gestritten haben bis dahin oder ob ich vielleicht verschwinde zwischendurch, ich komme wieder und, vertrau mir!, wir werden immer ein Kernreaktor der Liebe sein, wir werden immer pures Glück ausmachen! Das verspreche ich!», und stieg dann wieder hinunter und gab ihr einen Kuss und sie schüttelte geschmeichelt ihren Kopf, während sie versuchte, ihren Toast zu kauen und irgendwas in Arnos großen und unruhigen Augen zu erkennen. Sie muss mittlerweile genau gewusst haben, dass sie einen Wahnsinnigen heiraten wollte, und das war ja auch kein Verbrechen, aber ich habe in dem Moment trotzdem sehr gehofft, dass all das stimmte, was Arno soeben über sich und Anja gesagt hatte. Irgendwann gingen wir schlafen und ich verriet erst mal niemandem, was ich vorhatte.

Spaghettieis

Am nächsten Morgen wachte ich auf und fühlte mich schlecht, ich hatte einen üblen Traum gehabt, den ich in Abwandlungen schon Dutzende oder Hunderte Male geträumt hatte: Ich sitze bei meinen Eltern in der Küche am Tisch und habe eine Zahnbürste im Mund. Ich bin auf Besuch. Meine Zeit als Zivildienstleistender in Bochum ist zwar schon länger rum, aber ich wohne trotzdem noch dort und arbeite in einer Spedition, und nun rede ich mit meinen Eltern darüber, was jetzt wird, wie es mit mir weitergehen soll, und sage ihnen, dass ich in Bochum bleiben möchte, um mein Abitur an einer Abendschule nachzuholen, sage ihnen, dass ich nicht mehr nach Zwingenberg zurückkomme, aber sie verstehen mich kaum, weil ich ja die Zahnbürste im Mund habe. Ich wiederhole es zehnmal, bis sie es begreifen, aber dann wird mein Vater zornig und fragt mich auf Deutsch – obwohl er in der Familie nie Deutsch spricht –, ob ich denke, dass jeder Mensch einfach mal so Abitur machen kann. Ich schaue zu Boden und murmele: «Nein, das glaube ich nicht!» – «Aber du bist so schlau, dass du es einfach machen kannst?» – «Nein, Papa, ich glaube nicht, dass das so einfach wird. Aber ich will es trotzdem!» – «Und warum?» – «Weil ich mal studieren will! Darum brauche ich Abitur!» – Und dann fragt er mich, ob ich denke, dass jeder Mensch einfach mal so studieren kann, und wieder antworte ich, dass ich das nicht glaube, aber dass ich es zumindest gerne versuchen will. Und dann mischt sich meine Mutter ein und sagt, ein Studium sei nur was für Leute, die gierig sind, und dann sagt sie noch: «Du weißt schon, dass irgendjemand mal den Laden übernehmen muss. Es wird Zeit, dass du wieder zurückkommst nach Hause.» – Dann fange ich an zu weinen und will etwas antworten und sehe die beiden mit verheulten Augen an und kann aber nichts sagen: Aus meinem Mund kommen nur Zahnpasta und Bläschen. Und dann schreit mein Vater mich an, dass ich gefälligst antworten soll, und sagt: «Wenn du so schlau bist, dann erklär uns doch bitte, wer den Laden übernehmen soll. Arno vielleicht? Haben wir den Laden aufgebaut, damit du einfach abhaust?» – Und dann renne ich auf mein Zimmer und eine Schulglocke läutet und schnell packe ich meine Tasche und renne die Straße entlang zu meiner alten Grundschule, aber oben am Tor steht nun «Abendgymnasium». Ich haste die Treppen hoch, weil ich nicht zu spät kommen darf, weil es der erste Tag ist, und als ich mich im Klassenzimmer an einen Tisch in der Mitte setze, lachen alle über mich, weil ich ja noch die Zahnbürste im Mund habe, und sie reden auch ganz schnell und ich verstehe nichts und dann kommt die Lehrerin auf mich zu und sieht enttäuscht aus und klatscht mir einen ganzen Berg Klassenarbeiten auf den Tisch und sagt ganz langsam: «Botho, ich war großzügig bei der Korrektur, aber trotzdem sind das alles nur Fünfen!» – Alle vergeigt! An meinem ersten Tag! Und dann wache ich meistens auf.

Die Realität, die hinter diesem Traum steckte, schmerzte mich noch immer. Ich wollte meinen Eltern das irgendwann verzeihen, aber das war nicht so einfach.

Das mit dem Abitur habe ich nämlich trotzdem probiert. Ich behielt meinen Job bei der Spedition und schrieb mich am Berufskolleg für das Abendabitur ein, und im ersten Semester regnete es wirklich nur schlechte Noten, aber dann erklärte mir im Sekretariat wer, wie ich BAföG beantragen konnte, damit ich nicht mehr nebenher arbeiten musste. Zum Folgesemester wechselte ich dann in den Zweig, der tagsüber Unterricht hatte, und war auch beim Arzt, um besser schlafen zu können, und dann lernte ich jeden Tag und am Wochenende wie ein Verrückter. Meine damaligen Mitbewohner, Jörg und Annegret, die beide schon studierten, halfen mir, wenn ich mal etwas nicht verstand.

Drei Jahre später endete das Abendabitur-Abenteuer und ich nahm mein Zeugnis in Empfang, das war kurz nach meinem dreiundzwanzigsten Geburtstag, und meine Eltern kamen sogar zur Entlassfeier extra aus Hessen. Ich bin mir sicher, dass sie letztlich sogar stolz waren. Bestimmt hatten sie nicht vergessen, dass sie mich einst davon hatten abbringen wollen, Abitur zu machen, aber wir haben nie wieder darüber gesprochen. Mittlerweile hoffte ich, dass sie mich nur vor einer Enttäuschung hatten bewahren wollen. Der Zahnpastatraum meines Scheiterns aber, der verfolgte mich noch jahrelang.

Warum ich ihn gerade jetzt wieder träumte, verstand ich nicht. Ich versuchte, ihn zu vergessen, stand auf, wusch mir das Gesicht und traf Anja und Arno am Frühstückstisch, setzte mich dazu und aß nicht sonderlich viel, und nach dem Zähneputzen holte ich ein Fahrrad aus dem Keller, pumpte die Reifen auf und überprüfte eine halbe Stunde später den Druck nochmals: kein Druckverlust.

Ich radelte los Richtung Kieldrecht, um Lenies Bruder Gonzo zu finden, und schoss also an den Feldern entlang und spürte kleine Insekten, wie sie auf mein Gesicht regneten, und die gelangweilten Blicke von Hunderten Kühen, die auf den Wiesen standen, und fuhr noch schneller und sah mehrere Schmetterlinge. Später in Kieldrecht ging ich zunächst in die Eisdiele und setzte mich und der Schweiß rann mir über den Rücken und ich sah über den Kirchplatz und die Leute mit Einkaufstüten vorbeiziehen und musterte die Plakate an der Litfaßsäule: Am Wochenende gab's ein Fest, die legendäre Ü-40-Party sollte in irgendeinem Gasthof in der Nähe gefeiert werden. Ich war froh, dass es so etwas gab. Der Gedanke beruhigte mich, dass sich ein paar Dutzend oder sogar ein paar Hundert Frauen und Männer aus dem gesamten Umland bestimmt jetzt schon auf den Samstag freuten und nicht aufsteckten, sondern auch mit über vierzig noch etwas suchten im Leben.

Ich war versunken in der Vorstellung, dass nichts jemals endet, als plötzlich mein Spaghettieis-Becher kam. Ich löffelte ihn aus, aber das Eis kühlte mich kaum ab, und dann ging ich in eine Telefonzelle und schlug *Vermeylen* nach. Wie Gonzos richtiger Vorname lautete, wusste ich nicht. Alle hatten immerzu bloß Gonzo gesagt, selbst sein Vater. Zum Glück gab es nur einen Eintrag unter Vermeylen. Mit der notierten Adresse in der Hand fragte ich mich durch und stand ein Viertelstündchen später schon vor einem schmalen Reihenhaus mit Vorgarten. Ich klingelte und Gonzo öffnete und erkannte mich nicht gleich, aber nach ein paar Erklärungen umarmten wir uns.

Er bat mich rein und seine Kinder wuselten im verdunkelten Wohnzimmer herum und seine Frau hieß Hannelore und hatte noch ein Glas Eistee für mich und fragte, ob ich in die Sonne wolle, aber ich lehnte ab. Ich genoss die Ledercouchkühle und fragte nach ein paar Floskeln recht unvermittelt, was eigentlich mit Lenie passiert sei, und Gonzo lachte laut auf: «Ik wist ónmiddelijk dat gij hier waart om te vragen hoe het met Lenie is, gij paljas, ik wist het meteen!», aber er musste mich enttäuschen und wusste auch nicht viel: nicht, was sie trieb oder wie sie lebte. Er hatte sie nie besucht. Sie war wiederum in den letzten Jahren auch nur einmal zu Besuch gewesen und auch nur kurz und nur um die Kinder zu sehen. Sie war nun wohl in Amsterdam, aber mehr konnte er mir nicht sagen. Sie hatten irgendwann beschlossen, ihr jeweils eigenes Leben zu führen. Nicht mal an Weihnachten sah man sich. Bloß eine Postkarte schrieb sie gelegentlich mal. Ich lehnte mich zurück, trank Eistee und sah durch die Jalousienschlitze und fragte nach dem Warum: «Waarom, waarom is ze weggegaan?» Und Gonzo sagte nicht viel dazu, außer dass sie wohl ein paar Probleme hatte: «Ja, waarom, waarom, ... Geen idee! Ik denk dat ze wel wat problemen gehad heeft. En dat ze daarom naar Nederland is vertrokken.» Und dann sprach er noch von der Beerdigung seines Vaters, das war wohl alles nicht leicht gewesen, und um die Zeit war er auch in Kieldrecht mit seiner Frau in das neue Haus gezogen. Lenie hatte, nachdem sie zu Hause ausgezogen war, erst in Antwerpen gewohnt und studiert und irgendwann war sie noch weiter weggezogen, man sah sich kaum noch: «Ze wou altijd een beetje verder weg. Ik denk dat ze in Amsterdam een nieuw leven begonnen is!» Da fragte ich noch mal nach den Problemen, die sie angeblich hatte, aber er sagte nur: «Gewoon problemen. Allez, net als iedereen, 't leven is niet simpel», und dann meinte er noch, er sei manchmal auch nicht zufrieden mit den Dingen, aber letztlich müsse jeder sein eigenes Päckchen zum Markt tragen. War das ein Sprichwort? Hatte ich noch nie gehört. Ich fragte nach ihrer Adresse, aber Gonzo schüttelte stumm den Kopf. Damit könne er nicht dienen.

Ich wusste also über Lenie weiterhin nur wenig, schaute

mir noch den Garten an und kickte noch ein paar Bälle mit den Kindern, aber die Sonne brannte so, dass bald alle die Lust verloren. Ich verabschiedete mich und wollte gehen und war schon fast wieder aus der Tür raus, als Gonzos Frau Hannelore mir noch einen Zettel zusteckte und besorgt guckte, Gonzo sah das alles nicht, weil er mir für den Weg noch eine Dose Cola aus dem Kühlschrank holte, ich stopfte den Papierfetzen schnell in die Tasche, nahm die Dose in Empfang und legte sie in den Fahrradkorb und winkte und weg war ich.

Auf dem Rückweg machte ich auf halber Strecke halt, öffnete die Dose, setzte mich in den Straßengraben und faltete das Blättchen auf. *Lenie takelt af. Haar laatste adres: Palmstraat 90, 1015 Amsterdam.* Und das war genug für mich: Lenie *takelt ab*, es geht ihr nicht gut und Gonzo redet nur unbedarft daher, aber seine Frau steckt mir einen Zettel zu, und ich? Was soll ich da jetzt machen? Was bedeutet das, *abtakeln*? Ich seufzte. Jetzt da ich überhaupt erst die Adresse hatte, hatte ich doch plötzlich wieder das Gefühl, dass es vielleicht keine gute Idee war, hinzufahren. Es hörte sich alles nach Schmerz und Chaos an, und ich wusste sowieso auch nicht, wie ich bei so was behilflich sein konnte. Vielleicht kannte ich Lenie nicht mehr? Sie war weit entfernt. Sie hatte sich abgesetzt.

Vielleicht saß sie ebenfalls gerade in einem Straßengraben oder in ihrem unaufgeräumten Wohnzimmer, vielleicht setzte sie sich einen Schuss und dachte nicht länger an ihre Räumungsklage oder prostituierte sich oder hatte Krebs, aber das glaubte ich dann doch wieder nicht, so schlimm würde es wohl nicht sein, aber mir war plötzlich dennoch gar nicht gut, und als ich auf dem Fahrrad sitzend erneut den Fahrtwind spürte, wurde es nur leidlich besser. Fünfter, sechster, siebter Gang, immer schneller, immer heftiger, die Wehmut in die

Pedale tretend, dachte ich: Lenie, ach, Lenie, du Zauberin, was ist nur mit dir?

Kirschbaum

Wieder in Doel angekommen, betrat ich den Garten, hielt inne und sah mich um. Da war die Schaukel. Die Schaukel, die Kindern eine Idee von Grenzenlosigkeit geben kann, auf der man versuchen kann, zu entkommen und wegzufliegen in eine andere Galaxie, in eine neue Freiheit: Ein bisschen mehr Schwung, noch ein bisschen mehr Schwung, dann schafft man es. Man muss versuchen, sich mit Armen und Beinen, dem ganzen Leib kräftiger reinzulegen in die fallende Schaukel und dann hochzuschwingen und alles aus der Verankerung zu reißen und raus in den Himmel! Bewegung, Kraft, Kraft! Aber am Ende fliegt doch niemand mitsamt der Schaukel hinaus ins Irgendwo. Alle sinken immer wieder zur Erde zurück, werden auf den Grund zurückgeholt, und selbst der nächste Versuch und der übernächste, sie alle bleiben erfolglos. Man kann diese Welt nicht hinter sich lassen, zumindest nicht auf einer Schaukel sitzend.

Ich blickte weiter um mich. Rechter Hand zwischen Büschen stand noch der alte Hühnerschuppen, aus dem früher die Hennen herausstaksten, um stolz durch den Garten zu marschieren, die wir nicht erschrecken durften, weil sie ansonsten keine Eier mehr legten, und die wir trotzdem erschreckten, und dennoch legten sie Eier. Sie konnten wohl nicht anders.

Dann das Plumpsklo, das schon seit Jahrzehnten keiner mehr zu benutzen brauchte. Seit Doel eine Kanalisation bekommen hatte und meine Großeltern sich ein WC in ihr Haus hatten einbauen lassen, hatte es meinem Großvater gelegentlich noch als ruhiger Ort zum Schnapstrinken gedient.

Und dann noch der Kirschbaum. Wie oft hatte ich mit Opa darüber geredet, ob man dort ein Baumhaus bauen könnte, aber wir haben's niemals getan. Oft hatte ich als kleiner Junge unter dem Kirschbaum gesessen, im Sommer auf einer Decke, und manchmal Erdbeeren gegessen. Eines Tages saß ich, schon ein wenig älter, mit Lenie unter dem Baum und wir spielten Karten und ich glaube, sie ließ mich absichtlich gewinnen und wir lachten, als wir fertig gespielt hatten, tollten herum und ich griff sie und wollte sie umwerfen und lag auf ihr und sie hatte sich mit dem Gesicht auf die Decke gedrückt, scheinbar ergeben, und machte plötzlich doch wieder eine Kraftanstrengung, um sich aus meiner Umklammerung zu lösen, und warf mich ab und schnaubte und ich schnappte nach Luft und lag mit dem Rücken auf dem Boden, alle viere von mir gestreckt und glücklich und sah durch die Äste hindurch auf die Wolken und sie legte sich erschöpft neben mich und wir lagen kurz so nieder da und regten uns nicht und es war ruhig und dann wollte sie mir, schätze ich, einen Kuss auf die Wange geben, aber weil ich just in dem Moment meinen Kopf zu ihr drehte, trafen sich unsere Münder. Das war unser erster Kuss. Sie wurde rot und ging schnell weg. Ich war ein oder zwei Tage durch den Wind und traute mich auch nicht, sie anzurufen, feilte aber an einem Liebesbrief, in dem ich ihr gestehen wollte, wie lang ich schon verknallt in sie war.

Ich konnte nicht die richtigen Worte finden und wusste oftmals auch nicht, wie man sie denn schrieb, ich kannte sie ja nur vom Hören. Weil der Brief aber perfekt sein sollte, dauerte es eine Weile, doch da stand sie schon wieder vor unserer

Tür, Oma rief mich nach unten und wir gingen wieder in den Garten, kletterten auf den Baum, redeten und irgendwann wurde mir das zu bunt und ich fasste ihr mit der einen Hand ins Haar und mit der anderen hielt ich mich an einem Ast fest, wir wären fast heruntergefallen, aber dann hatten wir zum zweiten Mal unseren ersten Kuss: einen Kuss, der nicht aus Versehen geschah, sondern bewusst. Ein Kuss, der besagte, dass aus unserer jahrelangen Freundschaft eine Liebschaft geworden war. Wir waren nun reif dafür und ich strahlte und sie strahlte.

Jetzt legte ich mich unter jenen Baum, schloss die Augen und sah das alles wieder vor mir. Nach kurzer Zeit kam Anja dazu, setzte sich und lehnte sich gegen den Stamm, und ich erzählte ihr von Gonzo und dass es Lenie vielleicht schlecht ging und ganz viel von Lenie, der kleinen Lenie, und wie sich der Sommer unseres ersten Kusses für immer eingewoben hatte in meinen Leib, weil ich das erste Mal das Gefühl gehabt hatte, nichts sein oder erledigen oder schaffen zu müssen, sondern nur Botho war, der durch die Straßen lief und gegen Cola-Dosen trat und dann ein paar Meter rannte und aufpasste, dass seine Kappe nicht runterfiel, immer auf dem Weg zu Lenie.

Und dann schwieg ich, bis Anja sich aufrichtete und mich verwundert ansah und ihre Hand auf meine Brust legte und sagte: «Los, los! Du musst los!», aber ich war verwirrt und fragte: «Wohin?» Und sie sagte: «Nach Amsterdam», und ich sagte: «Meinst du wirklich?», und sie sagte: «Ja, ganz bestimmt musst du – zumindest für den Fall, dass du nicht ewig darüber nachdenken willst, was gewesen wäre, wenn. Du versuchst, das zu verstecken, aber es ist doch ganz offensichtlich, dass du hinwillst. Darum hast du mir das doch alles erzählt. Du hast mir das erzählt, damit ich am Ende sage, dass du los musst!» – «Muss ich sie retten?» – «Hä, retten? Nein. Wahrscheinlich muss sie gar nicht gerettet werden, aber wenn doch, dann wirst du es wohl nicht können, aber trotzdem musst du hin, wenn es dich selbst so bedrückt, nie erfahren zu haben, was mit ihr geschehen ist.» – Und dann ging sie ins Haus und ich sah den blassen Wolkenschlieren zu, wie sie über den Himmel zogen, aber konnte nicht entscheiden, ob ich wirklich wollte oder nicht wollte. Ich wusste nicht genau, wohin mit mir. Ich lag noch lange da.

Ich musste an meine zittrigen Hände denken, als ich im Frühling nach unserem ersten Kuss in Zwingenberg in der Drogerie stand, fünfzehn oder sechzehn werde ich gewesen sein, und ganz beiläufig eine Packung Kondome auf das Band legte. Ich war schon ewig im Laden und wusste überhaupt nicht, welche Kondome ich kaufe sollte, es gab zu viele Sorten, und außerdem wollte ich auch nicht dabei gesehen werden, wie ich vor dem Kondomregal stand und grübelte, und deshalb brauchte ich so lange, weil ich immer mal wieder wahllos durch den Laden lief. Letztlich hatte ich mich entschieden, aber noch gewartet, bis kein anderer Kunde an der Kasse stand, und war total nervös und legte, um die Beiläufigkeit meines Kaufes zu unterstreichen, noch eine Zahnbürste dazu und sah dann hoch zur Kassiererin und genau an diesem Tag war es nicht eine von den alten Frauen, die dort sonst arbeiteten, sondern die große Schwester von Annika aus meiner Klasse. Wenn ich jetzt daran zurückdenke, könnte mir nichts gleichgültiger sein, aber damals war ich total erschrocken, weil ich dachte, nun würde die ganze Stadt erfahren, dass ich vorhatte, in den Sommerferien Sex zu haben mit Lenie. Aber wahrscheinlich wusste Annikas große Schwester nicht einmal, wer ich war, und auch nicht, wer Lenie war oder wo Belgien lag, und wahrscheinlich war ihr das alles ohnehin auch herzlich egal.

Ich hingegen war verwirrt: Niemand sprach mit mir über Sex oder das Thema kam nur mal am Rande auf, aber dann hieß es gleich, dass es auch gefährlich sei, weil die Frau schwanger werden kann. Andererseits hatten sie in Filmen andauernd Sex, besonders wenn sie sich wirklich liebten, aber ansonsten ebenfalls, und meine eigenen Masturbationserfahrungen ließen mich zum Schluss kommen, dass Sex ganz bestimmt Spaß machen würde. Und gegen Schwangerschaften hatte ich ja nun Kondome. Ich wollte das auch gar nicht erzwingen, aber ich wusste, dass es in Doel keine Drogerie gab, und meine Großeltern wollte ich ganz bestimmt nicht bitten, mir Kondome zu besorgen.

In den Sommerferien konnte ich es dann gar nicht erwarten, Lenie wiederzusehen. Ich hatte sie das letzte Mal am Neujahrstag gesehen und seitdem hatten wir ein paarmal telefoniert, aber ich wollte sie so sehr küssen und anfassen, ich wollte mit ihr sprechen und ihr ganz nah sein. Ich wollte ihr zeigen, dass ich ein guter Typ war, und erklärte ihr auch, dass ich gut in der Schule war, obwohl das eigentlich nicht stimmte, erzählte ihr von Toren beim Fußball und wie beliebt ich bei meinen Freunden war, aber sie schien das nicht sonderlich zu interessieren. Manchmal sah sie mich an und lächelte und drückte mich und antwortete nicht.

Manchmal trafen wir uns in der Scheune von Bauer Dirckx. Außen war eine Leiter zum Heuboden angebracht und vom Wohnhaus sah man uns nicht, wenn wir hochkletterten. Dort oben redeten wir stundenlang und lachten, aber es war eben ein Heuboden und staubig und manchmal ein wenig stickig. Wenn wir uns bei mir trafen, kam allerdings meine Oma auffallend oft rein, um uns eine Limo zu bringen oder so etwas, das war unglaublich nervig, aber meine Oma wusste natürlich genau, was vorging. Wir redeten nämlich immer erst eine Zeit, aber nach einer Weile hatten wir genug davon und gingen zum Küssen über und später langten wir uns in die Hosen und machten Reißverschlüsse auf, und so weiter, ich werde hier nicht ins Detail gehen, aber es dauerte Wochen, bis wir uns mit den Eigenheiten unserer Körper vertraut gemacht hatten, und obwohl meine Oma damals überhaupt nicht zu Hause war, brauchten wir ein paar Anläufe, weil ich nämlich trotzdem nervös war, aber dann hatten wir so was Ähnliches wie Sex. Wahrscheinlich war ich so nervös, weil ich Lenie auf keinen Fall schwängern wollte. Wahrscheinlich hing meine Nervosität aber auch damit zusammen, dass ich noch nie Sex gehabt hatte. Unser erstes Mal war denn auch nicht wunderschön oder so was, ich habe es eher als angestrengt in Erinnerung. Aber sicherlich fiel eine Last von mir ab. Und eigentlich war es doch schön! Zumindest, dass wir danach noch nackt auf meinem Faltbett im Haus meiner Großeltern nebeneinander lagen und uns fest umklammert hielten. Das war mit das Schönste, was ich bis dahin gefühlt oder erlebt habe. Ganz fest hielt ich sie.

Ich hab ihr, dort liegend, auch noch mal gesagt, dass ich sie liebe, und sie hat mir das auch gesagt. Irgendwann hat sie mich angesehen und gestrahlt und dann meine Brust geküsst und ganz sanft meinen Mund und dann noch mal und noch mal.

Lenie war so pur und gut und eine Goldfreundin. War sie zumindest früher gewesen. Kein verdammter Machiavelli, sie war aufrichtig. Sie war die Beste. Nur irgendwann im Laufe des nächsten Jahres muss ich das allmählich vergessen haben. Oder war Doel allgemein mehr ein Kriegsschauplatz geworden als ein Dorf hinterm Deich? Drehten dort nicht alle Leute wegen der verdammten Hafenerweiterung durch?

Vielleicht trank ich aber auch in Hessen das erste Mal Bier mit meinen Freunden, rauchte meine erste Zigarette mit Freunden, ging wenig später auf Schützenfeste mit Freunden, ging zelten, machte alles Mögliche – mit Freunden, die ich jeden Tag sah, das ganze Jahr über, die mir immer wichtiger wurden und die ich hätte verlassen müssen, um in den Ferien irgendein Mädchen und meine Großeltern in Belgien zu besuchen. Meine Freunde hätten es nicht verstanden, wenn ich ohne sie verreist wäre. Vielleicht hätte mir das egal sein sollen! Nur war es für diesen Gedanken etliche Jahre zu spät. Wir schrieben 2010. Nicht 1995.

Freilich ging es Lenie bestimmt ähnlich. Auch sie hatte Freunde, wurde auf Partys eingeladen, hatte außerdem die Schule gewechselt und fand alle Leute dort sehr toll. Bei jedem Telefonat kannte sie fünf neue Wörter, die ich noch nie gehört hatte, die sie dann aber nur noch benutzte. Das war spannend, aber ich konnte nicht daran anknüpfen. Wäre ich in die Schule gegangen und hätte meinen Freunden erklärt, dass man nicht mehr asozial sagte, sondern *marginaal*, hätten sie mich vermutlich nur schief angeschaut. Mir war immer peinlich gewesen, dass meine Eltern aus Belgien kamen. Ich weiß gar nicht, warum. Vielleicht, weil mir meine Eltern allgemein peinlich waren. Jedenfalls konnte ich Lenie und mein eigenes Leben nicht mehr so gut miteinander verbinden.

Telefonierten wir deshalb immer seltener? Wurden unsere Gespräche deshalb kürzer? Bis irgendwann niemand mehr anrief? Und niemand mehr zu Besuch kam?

Futterknödel

Ich ging ins Haus und packte meine Sachen, packte Hemden und zwei Bücher in meine Tasche. Plötzlich heulte eine Sirene durchs Dorf. Ich verließ das Haus, trat auf die Straße und blickte mich um, während die Sirene näher kam, schließlich bog vom Engelsesteenweg her ein Krankenwagen mit Blaulicht in die Liefkenshoekstraat ein, ratterte über das Kopfsteinpflaster und fuhr die nächste wieder rechts und ich dachte sofort an Tanteke Muller und fing an zu rennen und rannte wie ein Besessener durch die heillose Verlassenheit eines verdammten Dorfes auf der Suche nach den letzten Menschen, letztlich verstummte die Sirene und Stille legte sich wie ein leichter Nebel auf die Welt und Häuser zogen nur noch als mattrote Schlieren im Augenwinkel vorbei und keine Gesichter, nein, nirgends Gesichter, und ich rannte. Als ich den Krankenwagen entdeckte, der nun tatsächlich vor Tantekes Haus stand, wurde ich langsamer und ging vorsichtig auf die Haustür zu, von drinnen hörte ich nervös-laute Stimmen, ging nicht rein, sondern wartete und sprang beiseite, als zwei Sanitäter Tanteke Muller auf einer Liege herausschoben und in Eile in den Wagen luden. Der eine Sanitäter stieg hinten ein, der andere klappte die Türen zu und wollte gerade den Wagen anlassen, als er mich, durchs Seitenfenster blickend, an die Hauswand gelehnt sah: «Bent u familie?», fragte er. «Geen familie. Ik ben een goede vriend», sagte ich. Darauf sagte er: «Het ziet er niet goed uit voor haar, bel straks maar, we gaan haar naar het Agatheziekenhuis brengen in Beveren!», und dann ließen sie mich einfach stehen und brausten los.

Ich atmete durch und trat ins Haus, da die Tür noch immer weit offen stand. Nichts Auffälliges, alles, wie ich es in Erinnerung hatte: die Küche aufgeräumt, Geschirr einsortiert in ein Abtropfgitter neben der Spüle und ein Stapel Zeitungen auf dem Küchentisch. In einer Obstschale noch ein paar braune Bananen.

Und dann fielen mir die Vögel wieder ein. Ich ging in die Stube und musterte sie, wie sie von einer Stange auf die andere sprangen und nicht verstanden, was geschehen war. Ich setzte mich aufs Sofa und schaute mir die Bilder und Fotos an den Wänden an und versank im Polster. Nach einer Weile raffte ich mich wieder auf. Ich fühlte mich hilflos. Ich ging zurück und erzählte Arno: «Sie haben Tanteke Muller mitgenommen und in einen Krankenwagen geladen. Die Sirene eben. Ich glaube, es geht ihr sehr schlecht, sie war bewusstlos, als sie rausgetragen wurde, und blass, ja, was weiß ich, sehr blass!»

Arno ließ sich nichts anmerken und schlug im Telefonbuch nach, ob noch einer der anderen Mullers in Doel wohnte. Es gab zwar zwei Einträge, aber beide Anschlüsse waren tot. Er kochte Kaffee und sah hinaus auf den Deich, aber dann griff er doch noch mal zum Telefon, und im Krankenhaus sagten sie, dass sie nichts sagen dürften, wenn er nicht zur Familie gehörte, doch Arno meinte nur, dass sie auf der Stelle sagen sollten, was los sei mit Tanteke Muller, oder er werde richtig sauer, und da sagten sie zumindest, dass sie vielleicht stirbt, und Arno legte auf und als er zwei Stunden später noch mal anrief, sagten sie, dass Tanteke mittlerweile hirntot sei, und Arno wiederholte alles, was am Telefon gesagt wurde, laut, vielleicht für uns, vielleicht nur für sich selbst. Nun ging es um die Geräte, ob man die abstellen solle oder wann man die abstelle, aber das müssten sie jetzt mit den Angehörigen abklären, ob Arno wohl eine aktuelle Nummer habe, aber Arno legte einfach auf.

Er ging dann in den Garten, stellte sich auf den Schaukelsitz, hielt sich an den Ketten fest, sah gen Himmel und schrie: «Geef hen eeuwige rust, o Heer!» und aus der Küche brüllte ich: «En het eeuwige licht schijne over hen!», und Anja fragte, ob das eins von diesen Rosenkranzgedichten sei, aber ich war mit meinen Gedanken woanders und vergaß, zu antworten, und Arno kam wieder in die Küche und fletschte seine Zähne und lief im Kreis, Anja war überfordert, weil sie keine Ahnung hatte, wer Tanteke eigentlich gewesen war, und ich hatte keine Lust, es ihr zu erklären. Ich war auf eine etwas komplizierte Weise traurig, weil Tanteke ein guter Mensch gewesen war, aber weil ich mich jahrelang überhaupt nicht darum geschert hatte, was mit Tanteke war, kam mir das gleichzeitig auch falsch vor, und im Grunde hatte ich sie sogar völlig vergessen gehabt – zumindest bis vor ein paar Tagen –, was ja einerseits auch normal war, denn ich lebte in einem anderen Land und konnte nicht immer an alles denken, aber trotzdem fand ich es ganz unerträglich, dass Tanteke hirntot war. Leute sollten besser nie sterben. Oder schon immer tot sein, sodass man sie gar nicht erst kennenlernte.

Während Arno also mit seinen Fingernägeln auf dem Küchentisch trommelte und Anja im Schlafzimmer verschwand, lief ich nochmals zurück zu Tantekes Haus und fragte mich, was Arno wohl durch den Kopf gegangen war, er hatte verärgert gewirkt – oder zumindest enttäuscht. Angekommen im leeren Wohnzimmer, öffnete ich alle Schränke und fand schließlich Zigarren und ein paar Flaschen Kognak und musste an Serap denken, die furchtbar gerne Kognak trank. Serap war die Frau meines Schulleiters und ich hatte eine Affäre mit ihr gehabt, aber das war längst schon wieder vorbei. Ich hielt kurz inne, erinnerte mich an ihre zarten Lippen und ihren furchtlosen Blick und lächelte. Ich war noch immer ein wenig betrübt, dass wir uns nicht mehr sahen, aber wahrscheinlich war es besser so. Dann durchkämmte ich weiter das Haus von Tanteke Muller und fand ein Schachspiel, ein originalverpacktes Teeservice und außerdem im Obergeschoss noch Kisten mit Familienfotos, Pfeifen, alte Brillen, einen Diaprojektor und zehn Kilo Diabilder. Ich fand noch mehrere Kartenspiele und Christbaumkugeln, fand Plastikblumen und Wanderstöcke, überhaupt jede Menge Plunder. Ich dunkelte das Wohnzimmer ab und baute den Diaprojektor auf. Weil ich keine Leinwand entdecken konnte, hängte ich ein paar Bilder über dem Fernseher ab. Irgendwann kamen Anja und Arno herein und sahen, wie ich gerade den Fernseher zur Seite schob. «Was machst du hier, was soll das?», fragte Arno. «Ich wollte noch mal gucken! Setzt euch, die Vorstellung beginnt!», antwortete ich.

Anja und Arno setzten sich auf die Couch und ich schob die erste Kassette mit Dias ein, die im Automodus durchlief, während ich das Teeservice auspackte, mit dem Küchenmesser drei Zigarren anschnitt und Rooibostee aufgoss. Arno war mittlerweile auffallend ruhig. Auf den Dias erkannte ich kaum jemanden, sie waren sowieso oft unscharf und auf der grellgelben Raufasertapete war es ohnehin schwierig, aber viele Bilder waren witzige Zeugnisse einer sorgloseren Zeit. Kartoffelfeste, Schützenfeste, Geburtstage, Weihnachten, Aufnahmen neben der Windmühle. Schwimmende Menschen, Fahrradtouren, kegelnde Leute auf der Kegelbahn, Biere, Hosenträger, eine jubelnde Fußballmannschaft in einer Umkleide. Und zwischendrin kam mir der Gedanke: Was ist bloß los mit einem Land, dass es eines seiner eigenen Dörfer in einem Hafenbecken ertränken will? Dann ging es weiter: Einschulung, Richtfest, Hochzeit, Taufe, Leute vor und neben einem glänzenden Auto, Leute, die einen Baum pflanzen oder die Hecke schneiden. Dann noch eine dicke Zucchini und noch mehr Geburtstage und mehr Weihnachten.

Anja konnte nicht Zigarre rauchen, sie hustete, begriff dann aber, dass man nicht inhalieren darf, ließ die Zigarre dennoch ausgehen und wusste sowieso nicht, was all das sollte. Arno qualmte wie ein alter Aristokrat und wir beide genossen, auch wenn ich all das nicht mehr gewohnt war und mir leicht schummerig wurde. Wenn etwas Trauriges passiert, muss man das Gute daran finden und zelebrieren: Tanteke Muller hatte wahrscheinlich ein feines Leben gehabt. Deshalb rauchten wir jetzt Zigarren und tranken feinsten Rooibostee aus ihrem nie benutzten besten Teeservice und huldigten den diakleinen Erinnerungen an ihre Familie.

Die Vögel flatterten im Käfig umher. Es war ein schöner Tag und wir sprachen wenig. Irgendwann kamen Tantekes Kinder und stutzten kurz, setzten sich dann aber dazu und wurden warm mit uns und lachten. Koen war Tantekes ältester Sohn, er betrank sich mit seiner Frau Lieselot auf herrliche Weise mit dem Kognak, den ich im Schrank entdeckt hatte. Später spielten die beiden mit Anja Karten und amüsierten sich. Ich schaute mir mit Arno weiter jedes einzelne Dia an, wir wollten alle sehen. Guus war Tantekes zweiter Sohn, ein vielgereister Häufiggeschiedener. Draußen schossen seine Kinder und er mit der Schrotflinte auf Blechbüchsen. Nachts brachte Guus dann seinen Bruder und seine Schwägerin mit dem Auto zurück nach Antwerpen. Anja, Arno und ich fielen in unsere Betten und ich sprach ein kurzes Gebet für Tanteke

Muller. Irgendwie fand ich es angebracht. Anschließend schlief ich sanft und unbekümmert ein, weil ich all das noch nicht begriffen hatte und sowieso nichts ändern konnte.

Am nächsten Tag kehrte ich noch mal zurück und holte die Zebrafinken und die verbliebenen Futterknödel und brachte sie in unsere Küche und hörte Arno und Anja, wie sie im Schlafzimmer Sex hatten, hängte einen neuen Futterknödel in den Käfig und ging danach zu Walter und Judith wegen der Fahrt nach Amsterdam. Ich berichtete ihnen von Gonzo und von Tanteke Muller und den Vögeln. Sie hatten den Krankenwagen nicht gehört, weil sie mit dem Rad unterwegs gewesen waren, aber die Schüsse hatten sie gehört, und Judith war erleichtert, zu erfahren, dass es nur der alte Guus gewesen war, der im Garten stehend auf Blechbüchsen gefeuert hatte. Eigentlich wollte ich ihnen sagen, dass ich schon früher und mit dem Zug nach Amsterdam fahren wollte, aber weil es die nächsten Tage schlechtes Wetter geben sollte, hatten sie ohnehin vorgehabt, schon am selben Nachmittag zurückzufahren. Sie konnten mich also auf dem Weg in Amsterdam rauslassen. Wir machten ab, um 16 Uhr zu starten.

Ich erzählte Anja von meinem Plan, sie war erfreut, Arno dagegen ratlos: «Und dann? Und dann? Und dann?», sagte er, «lass uns doch lieber noch hier bleiben und den Drachen steigen lassen oder die Kirche aufbrechen und einen ganzen Tag beten und die Malereien anschauen und dann auf den Turm steigen und jubeln und Gott danken, dass Tanteke wahrscheinlich ein gutes Leben hatte!» – «In ein paar Tagen bin ich zurück, ich will Lenie einfach nur mal wiedersehen, dann fühl ich mich besser, verstehst du das? Frag Anja, sie ist der gleichen Meinung!» – «Anja kennt Lenie doch gar nicht!» – «Was ändert das?», fragte Anja. – «Das ändert alles», sagte Arno, «denn Lenie ist nicht irgendein Mädchen, nein, nein, Lenie ist Bothos Lebensrucksack, er hat sie die ganze Zeit immer dabeigehabt!» – Ich sagte: *«Allez!* Jetzt aber nicht übertreiben! Sie ist eine Episode und mehr nicht, so, wie alles im Leben eine kleine Perle auf dieser gigantischen, dekadenlangen Perlenschnur ist, so, wie später Marie und Svetlana und Serap nur Episoden waren oder wie das Studium oder das Referendariat oder Klassenlehrer in der 6a in der städtischen Stauffenberg-Gesamtschule Bochum-Hofstede zu sein, nur Episoden waren, und es kommen demnächst noch mehr Episoden und neue Schuljahre hinzu, aber anderes doch nicht!» – «Du weißt doch selbst am besten, dass das nicht wahr ist: Du hast Lenie verdrängt, aber nie vergessen. Du hast dich noch Jahre gegrämt, dass du ausgewichen bist, weil du ein Ausweicher bist. Sie ist das Symbol für die Drückebergerei, die du dein Leben nennst. Du hast dich irgendwann nicht mehr getraut, noch mal nach Doel zu kommen, weil es das Einzige gewesen wäre, das deinem Leben Struktur hätte geben können, die erste Sache, die nicht nur eine verkackte Perle gewesen wäre, das erste konsequente Verhalten, das du aus deinem Herzen heraus hättest begründen können, und davor hattest du Angst, weil Lenie so besonders war, dass du Angst hattest, du könntest zu klein sein für sie, und außerdem hattest du eine Furcht vor Opa, der mittlerweile alles und jeden hasste. Bloß hast du dir deine Flucht, auf der du dich immer noch befindest, nie eingestanden. Du bist doch jahrelang nur vor allem weggelaufen, was dich emotional hätte sprengen können, aber hast darauf beharrt, dass deine Flucht überhaupt keine ist. Warum hast du denn mit jeder Frau immer wieder Schluss gemacht? Warum, komm, sag es mir! Weil du immer flüchtest. Genau wie ich das schon lange gemacht habe, aber mittlerweile habe ich das wenigstens begriffen. Du hingegen willst eben noch mal kurz beweisen, dass dein Leben bis hierhin richtiger nicht hätte sein können – dabei weißt du doch genau, dass dir eine gescheiterte Lenie nicht helfen wird, genauso wenig wie eine strahlende Lenie. Du willst sie sehen und dann für immer abhaken, das willst du», aber da unterbrach ich ihn und sagte: «Arno, ich habe keine Ahnung, was du meinst! Ich möchte einfach nur Lenie besuchen. Verstehst du das? Ich möchte einfach nur jemanden besuchen, den ich lange nicht mehr gesehen habe.» – Arno redete aber trotzdem einfach weiter: «Deine Idee von Schicksal, die regt mich auf, verstehst du? Diese Idee von Schicksal ist schlichtweg eine Lüge, und ich weiß nicht, warum *ich* das nun sage und nicht *du*! Ja, ja, ja, vielleicht warst du mal ein guter Mentor, aber nun ist die Zeit gekommen, wo der Schüler dem Lehrer ins Knie schießt. Du bist nicht nur Gesamtschullehrer, sondern auch mein Lehrer gewesen, das werde ich niemals vergessen, du hast mir aufs Neue erklärt, mein Leben zu akzeptieren und trotz allem zu lieben, du hast mich aus dem Dreck gezogen, aber das kam nicht aus deinem Herzen, das hast du gemacht, um unsere Eltern zu demütigen. Und weil du außerdem zu faul warst, das Leben als offen zu begreifen, wolltest immer nur weitermachen mit deiner peu-a-peurisierten Form eines inneren Scheiterhaufens. Aber weißt du, wohin du dich eigentlich bewegst? Du steuerst geradewegs zu auf diesen einen Morgen, an dem du aufwachst und aufstehst und Kaffee kochst und letztlich erkennst, dass dein Leben eigentlich ein Stillleben ist, weil nämlich gar nichts mehr passiert. Und dafür brauchst du Lenie und das lasse ich nicht zu, denn du hast unsere Eltern schon besiegt, indem du für mich da warst, als sie es nicht fertiggebracht haben: Jenen Kampf hast du damals gewonnen. Und jetzt fehlt dir nur noch

Lenie. Denn du bist auf dem Weg nach Amsterdam, um mit etwas abzuschließen, das du niemals abschließen darfst. Wenn du es richtig begreifst, kann diese Reise eine ewige Reise werden, könnte Amsterdam eine Chance sein, um zu erkennen, wer du wirklich bist. Dann ist dieser Weg nach Amsterdam auch eine Reinigung und der beste Weg hinein in dein vermaledeites Herz, du Elendiger. Du musst den Wahnsinn in dir immer neu entfachen, dein innerstes Feuer muss lodern, das pure Leben soll dir aus den Augen sprudeln, du sollst Jesus an deiner Seite wissen, und deine Hände sollen beseelt sein, und dann musst du die Menschen als lebendige Wesen erkennen, die keine Nummern oder Akten sind, du musst dich in sie reinfühlen, denn vor allem sind sie *lebendig*. Ich will immerfort und keuchend überwältigt sein und zufrieden will ich durch die Gegend rennen und mich jede Sekunde zerfetzen lassen, aber das kann ich nur, wenn ich mich nicht zermahlen lasse zwischen den Realitäten anderer Leute. Und, Botho, überleg doch mal, ob es nicht auch das ist, was du willst.»

Ich sah ihn fassungslos an und dann war es gespenstisch ruhig. Schließlich antwortete ich: «Arno, ich habe keine Ahnung, was du meinst, aber wie gesagt: In ein paar Tagen bin ich zurück, macht euch keine Sorgen, ich besuche einfach nur Lenie, nur ein Besuch bei einer alten Freundin. Bitte hör auf, alles zu dramatisieren, das ist lächerlich, Arno. Sorry, aber denk mal drüber nach.» Mehr konnte ich damals dazu nicht sagen, weil ich Arno meist nicht mehr folgen konnte, wenn er sich so in Rage redete. Oft war etwas Wahres an seinen Ausführungen, aber diesen Funken Wahrheit zu finden, war zumeist nicht leicht, und so nahm ich meine Tasche und aus einer Laune heraus griff ich auch nach dem Futter und dem Vogelkäfig und verschwand.

Hamsterdam

Walter und Judith kuppelten gerade den Wohnwagen an, als ich ihnen mit dem Käfig in der Hand entgegenkam, ich setzte mich auf die Rückbank und das Auto zog den Wohnwagen durch den Dreck und übers Kopfsteinpflaster und dann kam Asphalt und dann Autobahnflüsterasphalt bis zur Ausfahrt in Amsterdam.

Während der Fahrt sah ich aus dem Fenster, und als wir an einem Sportplatz vorbeikamen, erinnerte ich mich an ein Fußballspiel in Doel. Der altehrwürdige FC Toekomst Doel, bestehend aus lauter Grundschullehrern, Tischlerlehrlingen und Bauernsöhnen und was das Dorf sonst noch zu bieten hatte, spielte im Lokalderby gegen Eendracht Kallo. Es war das erste Saisonspiel, meine Sommerferien neigten sich dem Ende zu. Das halbe Dorf war da und auch einige Leute aus Kallo, weil es nur ein paar Kilometer entfernt liegt. Bauer Dirckx sah mich, als ich gerade für Lenie und mich eine Frikandel kaufte, und fragte, ob ich demnächst auch zum FC Doel wechseln würde. Ich sah zu Lenie und wurde rot. Wir waren seit dem letzten Sommer ein Paar und jeder, der es wissen wollte, hatte das mittlerweile in Erfahrung gebracht. Ich sagte, dass ich bislang noch in der Jugendmannschaft spielte, aber niemals für Doel spielen würde, solange man die Soßen zur Frikandel extra bezahlen musste, das fand ich ein Unding! Bauer Dirckx lachte und zwinkerte mir zu. Wusste er von unserem Versteck auf seinem Heuboden?

Wir folgten dem Spiel und Lenie fragte mich, ob ich mir

vorstellen könnte, irgendwann mal ganz nach Doel zu ziehen. Ich sagte, ohne zu zögern, «ja» und begriff erst einen Moment später, dass die Frage ernst gemeint war. War das überhaupt möglich? Konnte ein Junge im Alter von sechzehn einfach in ein anderes Land ziehen und eine Frau heiraten und dann dort leben? War das erlaubt? Mit 16 sicher nicht, aber später? Ich hatte noch nie darüber nachgedacht. Außerdem war ich mal in Frankfurt gewesen und fand es spitze dort, weil so viel los war, also schob ich hinterher, dass ich auch nach Doel ziehen würde, aber noch lieber in eine größere Stadt. Lenie fasste mir jedenfalls um die Taille, biss in ihre Frikandel und sagte, dass wir sonst auch beide nach San Sebastián ziehen könnten. Ich wusste nicht, wo San Sebastián lag, und fragte, was es damit auf sich hatte. Lenie erklärte mir, dass eine Klassenkameradin dort Urlaub gemacht habe. In San Sebastián sei es warm, es sei aufregend dort und die Stadt liege direkt am Meer und die Wellen mussten zehnmal höher sein als an der Nordsee. Sie habe spannende Fotos gesehen. Ich nickte und ließ es mir auf der Zunge zergehen: «San Sebastián.» Lenie sagte, dass wir dort vielleicht in einer kleinen Wohnung am Strand leben könnten. Nur wir zwei. Das war eine schöne Idee. Einfach abhauen, zusammen mit Lenie. Dennoch beschloss ich, mir erst mal keine weiteren Gedanken darüber zu machen, weil es wahrscheinlich die nächste Zeit doch nicht zur Debatte stehen würde, wirklich hinzuziehen. Wie das Fußballspiel jetzt ausgegangen war, habe ich vergessen, aber es war jedenfalls kein Spektakel gewesen.

Ich wollte es zwar verhindern, aber Walter und Judith fuhren mich in Amsterdam tatsächlich noch bis in die Innenstadt und zur Centraal Station, und ich wollte mich gerade verabschieden, da sagte Walter spontan, dass wir noch einen

Kaffee zusammen trinken sollten, also tranken wir vor dem Rathaus noch einen Kaffee. «Oooh, wat een prachtig stadje is Amsterdam toch, ik sta er altijd weer versteld van!», sagte Judith, als sie ihren Blick über die feinen Giebel gleiten ließ. «Prachtig, maar niet langer machtig!», sagte ich, während ich den Vögeln Kekskrümel in den Käfig legte, und Walter meinte, es sei andererseits auch nicht schlimm, dass die Niederlande einfach wieder das kleine, unbedeutende Land von nebenan seien, das sie ohnehin hätten bleiben sollen.

So plauderten wir noch weiter, aber als es zu dämmern begann, wünschten sie mir viel Erfolg bei dem Versuch, Lenie zu finden, und liefen zum Parkhaus zurück.

Es war seltsam, sie verschwinden zu sehen, denn nun war ich wieder allein, kaufte mir eine Tüte Fritten mit Samuraisoße und setzte mich an die Prinsengracht. Betrunkene Männer strömten an mir vorüber und aus Versehen tropfte mir ein wenig Soße auf die Hose. Ich versuchte, sie abzuwischen, aber es blieb ein öliger Fleck.

Der Kopf dröhnte mir ein wenig, aber um umzukehren, war es zu spät. Warum noch mal war ich nach Amsterdam gefahren? Gab es einen Grund, der dringlicher war als Neugierde und Sehnsucht? Doel war Lenies Heimat, und Lenie war meine Heimat, sie war die Lenie-Heimat meiner Jugend, meine verlorene Heimat, meine vergeudete Heimat, meine verleugnete Heimat. Ich wollte für ein paar Stunden oder Tage daran erinnert werden, dass meine Jugend nicht nur ein Traum gewesen war, wollte sichergehen, dass sie wirklich stattgefunden hatte. Ich hatte Sehnsucht nach Lenie und nach einer anderen Zeit, die noch nicht so mühsam gewesen war. Umgeben von einer verrückten Welt, wollte ich zurück zum ehrlichsten Menschen, den ich je gekannt hatte. Dieser

Mensch sollte mich neu vermessen und mir sagen, was aus mir geworden war. Und dann wollte ich das Gleiche mit ihr tun. Ich war gespannt.

Ich suchte einen Stadtplan und lief bis zur Palmstraat, suchte die Hausnummer 90 und fand sie schnell, blieb davor stehen, atmete tief durch und schritt zum Klingelbrett. Aber da stand kein *Vermeylen*. Ich war irritiert. Sie wohnte da nicht!

Weil ich das aber nicht wahrhaben wollte, drückte ich nacheinander alle vier Knöpfe und sprach jeweils in die Gegensprechanlage: «Ik ben op zoek naar Lenie Vermeylen!» – aber man antwortete mir, dass dort keine Lenie Vermeylen wohnte, sicher nicht wohnte, wahrscheinlich nie gewohnt hatte, und so weiter.

Ich hielt die Flasche Birnensaft, die ich zuvor noch an einem Kiosk gekauft hatte, fest umklammert und in der anderen Hand den Käfig. Ich hatte meine Tasche geschultert und wusste nicht, wohin, und war hilflos und sah zu, wie sich diese mit meinen Erwartungen aufgeladene Spezialstraße in eine anonyme Gasse zurückverwandelte, und außerdem kroch aus einem Fallrohr ein Hamster und verschwand im nächsten Gully. Eigentlich gibt es keine wild lebenden Hamster. Es musste eine Ratte gewesen sein, aber ich war mir sicher, dass das Tier wie ein Hamster aussah. Ich wusste genau, wie die aussahen, meine Eltern hatten schließlich eine Zoohandlung. Alles war wirr und irritiert drehte ich mich im Kreis in dieser sehr fremden Stadt. Eine Gruppe Jugendlicher kam vorbei, ich sah in ihre Gesichter, aber ich kannte sie nicht, und sie gingen vorüber. Ich war enttäuscht. Lenie, sag's mir, Lenie, was nun? Wo bist du?

Früher hatte ich Angst vor schwarzen Löchern. Ein Schulfreund hatte mir einmal eine Astronauten-Zeitschrift gegeben und dort stand, was schwarze Löcher sind und dass die alles einsaugen. Und ich, damals vielleicht neun Jahre alt, klein und hilflos, dachte, dass die ganze Erde und auch Arno und ich bald eingesaugt werden würden, und fürchtete mich schrecklich, aber nichts dergleichen geschah, und ich glaube nicht mehr, dass mich jemals ein schwarzes Loch verschlucken wird, aber an jenem Abend in Amsterdam hätte ich es durchaus hingenommen, verschlungen zu werden. Vielleicht nicht für immer. Aber für fünf Minuten vielleicht?

Es war damals recht kalt für einen Augustabend, mittlerweile fast 23 Uhr, und ich schlenderte langsam wieder zurück zur Prinsengracht, stellte, dort angekommen, den Käfig ab und zog meine Schuhe und Socken und Hose aus, Shirt und Unterhose, und stand nackt an der Gracht und weinte ein wenig.

Hatte Arno recht? Was hatte Arno überhaupt gesagt? Und dann ließ ich mich von der Ufermauer einfach in das verlogene und eklig warme Dreckwasser fallen und tauchte unter und öffnete die Augen, sah nichts, blieb unter Wasser und war still und ließ mich langsam wieder nach oben treiben, und kaum an der Oberfläche, schnappte ich nach Luft, blickte zur Ufermauer: Dort standen plötzlich zwei Frauen, schauten auf mich herab und fragten, ob ich Hilfe brauche, sagten aber auch, dass das Schwimmen hier verboten sei. «'t Is goed nu, ik had gewoon nood aan verfrissing!», beschwichtigte ich. Die Frauen verschwanden und ich blieb noch ein wenig im Wasser. Ob das nun erlaubt war oder nicht, war wirklich gerade nicht mein Problem.

Ich machte ein paar Züge, tauchte noch mal unter, machte zwei, drei schnelle Armbewegungen und schlug mit den Beinen, um tiefer zu gelangen, dorthin, wo es immer dunkler wurde, und einen oder zwei Meter unter der Wasseroberfläche, umgeben von einer undurchsichtigen Suppe, fühlte ich mich tatsächlich sicher und geborgen und zu Hause. Ich konnte nichts erkennen, aber ich wusste auch, dass ich wiederum durch niemanden erkannt werden konnte. Niemand wusste, wer ich war, und trotzdem war ich es, der hier schwerelos im Wasser trieb. Mir schoss plötzlich die Erinnerung an einen Samstag durch den Kopf: Ich bin fünf oder sechs oder sieben und meine Mutter lässt Wasser in die Wanne und wir baden und ich setze die Taucherbrille auf und gleite hinab und sehe Arnos Füße in der milchigen Suppe oder eine Hand mit Waschlappen und höre ganz dumpf die Stimme meiner Mutter und Arnos Antworten, aber kann nichts Genaues verstehen. Was reden sie wohl? Egal! Ich bin unter Wasser! Mir doch egal. Ich bin ein Fisch, ich kann überall hin. Wenn ich will, könnte ich durch den Abfluss in den nächsten Fluss und ins Meer und nach Amerika. War ich damals glücklich? Ganz bestimmt! Aber wann genau hat das geendet?

Ich tauchte wieder auf, atmete ein paarmal tief ein und aus und schwamm dann zur nächsten Leiter, stieg wieder zur Straße hinauf und holte ein Handtuch aus meiner Tasche und zog die Unterhose wieder an und setzte mich so auf die Ufermauer.

Ich wusste nicht, was ich tun sollte. Ich betrachtete die Zebrafinken, die es auch nicht wissen konnten. Sie waren stumm und teilnahmslos blickten sie aufs Wasser und beachteten mich nicht, wie ich triefend neben ihnen saß.

Ich zog mich wieder vollständig an und lief wahllos durch ein paar Straßen, bis ich vor einem Hostel stand. Ich fragte nach einem Bett und duschte den Grachtendreck ab und saß dann am Gemeinschaftsküchentisch und kochte Teewasser und hörte den Betrunkenen zu oder sah aus dem Fenster. Ob es gut war, zu leben, das hätte ich gerne erfahren, aber die Leute sprachen nur über ein paar Sachen, die sie unternommen hatten, und über das Kolosseum und Graspreise und die Berliner Mauer und über Wodka und Gin und Führerscheinalter in verschiedenen Bundesstaaten der USA und Krankenversicherungen in Europa und darüber, dass einer in Pamplona bei der Stierhatz war. Ich hörte irgendwann nicht mehr hin, weil ich eigentlich etwas anderes wissen wollte. Ob es gut war, zu leben, wollte ich wissen oder zumindest, wie es Lenie ging.

Ich fühlte mich klein, aber ich war noch da. Ich war verunsichert. Lenie hatte mich alleingelassen, wahrscheinlich schon vor sehr langer Zeit. Das schmerzte, aber im Grunde hatte ich es verdient, weil ich ihr niemals gesagt hatte, dass sie doch bitte bleiben solle, und weil ich nämlich auch nicht geblieben war.

Überhaupt war ich schon lange nicht mehr auf einen Menschen zugegangen und hatte seine Seele berührt. Das war mir plötzlich peinlich. Vielleicht hatte ich Lenie noch mal wiedersehen wollen, weil sie der einzige Freund war, den ich jemals gehabt hatte?

Ich trank den Tee aus und ging schlafen.

Schnellzug

Am nächsten Morgen ging ich, weil ich das letzte Mal mit zwölf und überhaupt nur ein einziges Mal dort gewesen war, ins Rijksmuseum und schaute mir die verrückte *Nacht-*

wache an: dieses kranke Rembrandt-Bild, das über allen Bildern der Welt weit oben thront und den Rest bewacht und beschützt oder bekämpft.

Beim ersten Mal hatte mich Professor Timmermans mitgenommen. Als ich vormittags in Doel mit dem Rad an seinem Haus vorbeigekommen war, fuhr er gerade vom Hof und fragte mich, aus dem Autofenster gebeugt, ob ich etwas Schönes sehen wolle. Klar wollte ich. Professor Timmermans war ein lieber Mensch, hatte ein paar schwarze Zähne und war ein alter Schulkamerad meines Vaters, der an der Uni von Antwerpen lehrte, und wusste viel über Kunst und über alles andere auch. Er war nie böse und wollte immer etwas Gutes in den Leuten finden. Er stellte viele Fragen, sprach niemals über sich selbst und war auch nicht verheiratet. Im Sommer brachte uns meistens unsere Mutter nach Doel, blieb zwei Tage und verbrachte einen davon mit ihren Eltern, die ein paar Dörfer weiter wohnten, die wir aber so gut wie nie sahen, und fuhr dann wieder, um mich und Arno sechs Wochen später wieder abzuholen. Im Winter kam mein Vater auch mit und traf dann für einen Nachmittag Professor Timmermans. Mein Vater nannte ihn immer nur «Professor». Das war wohl der Spitzname, den er schon zu Schulzeiten verpasst bekommen hatte, weil er damals bereits eine Brille trug und immer alles wusste. Ich habe später drüber nachgedacht, was die beiden eigentlich verband, aber ich konnte es nicht erklären. Es ergab keinen Sinn, sie waren so verschieden. Mein Vater so aufbrausend und unruhig und der Professor so bedacht und gutmütig. Immer, wenn sie sich trafen, veränderte ihn das zwar für ein paar Tage, aber dann war mein Vater wieder der Alte, der Gröhler und Meckerer. Professor Timmermans schickte ihm auch immer eine Geburtstagskarte. Ich glaube, nichts freute ihn mehr, aber er traute sich nicht, auszusprechen, warum. Es war eine komische Beziehung. Ein paarmal war der Professor auch zu Besuch in Zwingenberg gewesen und mein Vater und er machten einen langen Spaziergang durch den Wald und dann aßen wir alle noch zu Abend und er fuhr wieder nach Doel zurück. Aber mittlerweile war er schon länger nicht mehr zu Besuch gewesen.

Damals stellte ich also mein Rad in Professor Timmermans Garage und wir fuhren dann gemeinsam mit dem Auto nach Amsterdam. Ich erinnere mich noch gut, wie aufregend ich es fand, nach Amsterdam zu kommen, ich hatte ein paarmal davon gehört, wie herrschaftlich es dort zugehen sollte, aber als ich begriff, dass man zwei oder drei Stunden fahren musste, bis man dort war, kriegte ich Angst, dass ich das Abendessen verpassen würde, aber der Professor beruhigte mich, dass das in diesem Fall wohl in Ordnung sei.

Dann kamen wir an und drehten eine Runde durch die Stadt und gingen dann ins Rijksmuseum. Dort saß er ewig mit mir vor der *Nachtwache* und sagte nichts und als es mir zu blöd wurde, weil ich nicht verstand, was dieses Bild so besonders machte, weil es eigentlich ein heilloses Durcheinander war und unheimlich und dunkel, wollte ich gehen, aber er sagte, dass wir noch ein wenig bleiben müssten, damit es etwas bringe. Ich antwortete nur, dass ich Hunger habe, aber das war ihm völlig egal. Ich sagte, dass meine Großeltern gar nicht wüssten, wo ich sei, und bestimmt zur Polizei gehen würden, aber er meinte gelassen, dass er es ihnen später erklären werde.

Meine Großmutter war dann auch erleichtert und trotzdem wütend, als ich um neun plötzlich in der Küche stand, und Opa wollte mir gerade eine Ohrfeige geben, da trat Professor Timmermans hinter mir durch die Tür und schüttelte mit einer entschiedenen Freundlichkeit meinen Großeltern die Hände und sagte, dass er was zu erledigen gehabt hätte in Amsterdam, wofür er meine Hilfe gebraucht hätte, und entschuldigte sich, dass keine Zeit geblieben sei, um Bescheid zu sagen. Das hat meine erzürnten Großeltern so sehr irritiert, dass sie ihm ein Bier anboten, ich verschwand schnell nach oben und erzählte Arno von der Reise und schlief ein.

Bei meinem zweiten Besuch saß ich wieder lange vor der *Nachtwache*, und es ging mir schon wieder viel besser und ich musterte die bärtigen und die nicht-bärtigen Männer auf der Leinwand und besonders die kleine Frau, die im Mittelgrund erleuchtet dasteht, umringt von riesigen Männern, und sich wegen all des Trubels, der um sie herum geschieht, irgendwie zu fürchten scheint, und bestaunte Tausende von Touristen, wie die es fertigbrachten, nicht ins Staunen zu geraten bei diesem Anblick von Chaos auf dem Weg zur Ordnung, sondern sich nach zwei Minuten schon weiterschieben ließen und hineinströmten in die verzweigten Gänge und großen Säle.

Nach einiger Zeit stand ich auf, holte meine Tasche und den Käfig von der Garderobe, stand anschließend auf der Museumstreppe und machte mir bewusst, dass es nur noch zwei Wochen bis zum Ende der Sommerferien waren. Die Schule saß mir im Nacken und es wäre ein guter Moment gewesen, um nach Bochum zurückzufahren, aber ich fuhr nicht.

Stattdessen fuhr ich mit dem Schnellzug nach Antwerpen, um wieder nach Doel zu kommen, weil ich mit Doel einfach noch nicht fertig war, weil ich sogar immer unruhiger wurde, weil irgendetwas mit mir passierte, und sauste also mit 200 km/h sanft an Gewächshäusern und Wohngebieten vorbei und sah, wie alles dalag. Eingeschlossen in tausend Tonnen Stahl, raste ich durch eine nichts ahnende Landschaft und nur als kleine Blitze drang die Außenwelt in mein Auge: Kinder, die auf Rädern an Bahnschranken standen, und Fußbälle, die auf Provinzsportplätzen in der Luft hingen und schon wieder aus dem Blickfeld gewichen waren, bevor ich ihre Flugkurve hätte berechnen können, und gerade deshalb bewegten sie sich nicht. Immer nur Stillleben oder Momentaufnahmen waren das. Bäuerinnen standen zwar mit ihren Bastkörben wartend am Feldrand, aber sie reichten niemals ihren Männern Brote und einen Schluck Kaffee, sondern sie verschwanden plötzlich wieder. Menschen waren festgeleimt auf ihren Fensterbrettern oder popelten sich auf ewig in der Nase, Lastwagen parkten auf der Autobahn und Kirchturmuhren waren eingerostet und alle Wolken festgebunden an den abgeriegelten Windrädern und die Rehe, die waren alle ausgestopft, und – wuusch – schon war alles wieder weg.

In Antwerpen ließ ich mich von Anja abholen. Ich hatte sie angerufen, weil Arno nicht an sein Handy gegangen war, und Anja sagte, dass er mit dem Rad unterwegs sei. Also tranken wir in der Küche einen Kaffee und warteten mit dem Essen auf ihn und ich erklärte, dass Lenie nicht oder nicht mehr in der Palmstraat wohnte, wo ich sie ursprünglich vermutet hatte, und dass ich mittlerweile unsicher sei, was ich tatsächlich dort gesucht hatte: «Ich muss immerzu an sie denken, obwohl ich sie ja gar nicht getroffen habe, und das ist fast das Verrückteste, Anja! Das versteht man ja nicht. In meinem Kopf ist sie mir so gegenwärtig wie seit Jahren nicht mehr, obwohl ich noch nie so wenig Ahnung hatte, wo sie eigentlich steckt!» – Anja sagte nichts und sah aus dem Fenster und ich blickte auch nach draußen, aber dort war nichts zu sehen.

Vor langer Zeit gab es einmal einen Nachmittag. Ich war noch in der Grundschule, vielleicht war es der Sommer vor der Realschule? Lenie war meine beste Spielkameradin, damals waren wir noch kein Paar, es war brütend heiß und wir fuhren mit den Rädern zur Mühle und fragten den alten Lucien, der Pfeife rauchend auf einer Bank vor der hölzernen Windmühle saß, warum sie sich nicht mehr drehte oder ob sie sich überhaupt mal gedreht habe, und Lucien stand auf, stützte sich auf seinen Gehstock und lachte wehmütig, die Pfeife in der Hand, und zeigte an, in welche Richtung die Windmühle früher meistens gestanden hatte, und erklärte, wie die Pferdegespanne be- und entladen worden waren, und vieles andere und sagte dann, dass nun alles anders sei: «De tijden zijn veranderd! Vandaag is alles op elektriciteit en met machines. De wereld heeft geen windmolens meer nodig. De wind zal deze molen nooit meer moeten laten draaien, hij is toch al lang kapot.» Lucien war schon immer ein trauriger und freundlicher Mensch gewesen.

Dann kauften wir noch Cola im Laden und trafen uns mit den anderen Kindern hinter der Grundschule, spielten Fangen und kletterten danach am Kirchenvorplatz auf einen Baum und Lenie traute sich bis ganz nach oben und saß dann in der höchsten Astgabel und beschrieb mir sehr präzise, was sie von dort oben alles sah, und dann pfiff sie ein Lied, bis der Pfarrer uns schließlich vertrieb.

Danach pflückten wir noch allerlei Unkraut auf dem Deich und schenkten es uns gegenseitig und später meinem Opa, der alles in eine Vase stellte, und Lenie redete immer davon, dass mein Opa der Beste von allen sei, besonders, weil er immer Bonbons hatte. Die verteilte er, wenn Kinder oder Menschen allgemein ihn zu sehr störten: Wer lutscht, redet nicht. In jeder Jackentasche, in jeder Schublade, im Schuppen, im Auto, immer hatte er Eukalyptus- oder Eisbonbons, man konnte wählen.

Mein Opa war aber auch ein Halunke, denn in jenem Sommer, in dem Lenie und ich ihm die Unkrautblumen geschenkt hatten, wurde auch bekannt, dass das neue Hafenbecken auf jeden Fall irgendwann gebaut werden würde, sodass sich die Doelianer schnell als Nachfolger der Bewohner der großen Stadt Atlantis aufspielten, um die man ja heute noch trauerte. Jedenfalls wurde der Hafenausbau per Gesetz beschlossen, aber gleichzeitig war es damals auch der Sommer, in dem mein Großvater aufhörte zu arbeiten. Anfangs hingen die Ereignisse auch überhaupt noch nicht zusammen, bis ich Jahre später davon in der *Bild*-Zeitung las.

Jedenfalls arbeitete Opa eigentlich im Bürgeramt von Antwerpen, stellte da Meldescheine und Sonstiges aus und fuhr jeden Morgen mit seinem Mofa in die Stadt: jeden Morgen fünfzehn Kilometer, eine Dreiviertelstunde. Auf dem Sommerfest aber hatte er sich mit seinem Chef geprügelt, ich weiß gar nicht mehr genau, warum, vielleicht hat er das auch nie erzählt, aber ich vermute, dass er einfach zu betrunken gewesen war und seine Fassung verloren hatte. Aus Stolz oder aus Trotz oder Wut, ich weiß es wirklich nicht genau, aber aus irgendeinem Grund hatte er nach der Schlägerei entschieden, montags nicht nach Antwerpen zu fahren und nicht zur Arbeit zu gehen. Er wollte so lange nicht hinfahren, bis sich irgendwer meldete und entschuldigte oder zumindest erkundigte, wie es ihm gehe, aber es meldete sich niemand.

Sein Chef wurde kurz darauf pensioniert und dann war es irgendwann zu spät, um wieder hinzugehen und so zu tun, als ob nichts gewesen wäre, weil er auch schon zwei Monate lang nicht mehr zur Arbeit gefahren war, aber weil bis dato auch nichts passiert war und auch kein Brief gekommen war, hatte mein Opa eine wirklich gute Zeit, und die Anfänge davon bekam ich selbst mit, weil in Deutschland noch Ferien waren und ich deshalb in Doel Urlaub machte. Bloß meine Oma muss wohl schlecht geschlafen haben und war sehr nervös und flehte ihn an, doch wieder zur Arbeit zu gehen, aber mein Opa war stur und wollte erst nicht, aber als die Augenringe meiner Oma immer mehr anschwollen, fasste er sich ein Herz und entschloss sich, wieder hinzufahren, damit Oma besser schlafen könne und sie ihn nicht vielleicht tatsächlich rauswarfen, und als er dann erstmals wieder nach Antwerpen fuhr, war's wohl schon Ende November, und er schwang sich aufs Mofa und knatterte so wie früher und mit der Aktentasche auf dem Gepäckträger in die Stadt und in der Aktentasche waren eigentlich nur ein Kugelschreiber und eine Handvoll Bonbons und seine geschmierten Brote und er muss wohl schon vorm Bürgeramt gestanden haben – und hätte einfach nur zu seinem Schreibtisch gehen müssen –, als er doch wieder abdrehte und auf dem Rathausplatz ins nächstbeste Café ging, wobei – und das war ein anderer abstruser Zufall – sein Schreibtisch sowieso inzwischen wieder vergeben war, aber das konnte Opa nicht wissen.

Was er also stattdessen an jenem Tag in Antwerpen machte: Er saß in dem Café und trank einen Minztee nach dem anderen und überlegte, was er, Leo van Dijck, diesem Staat eigentlich noch schuldig war. Dem Staat, der entschieden hatte, sein Haus und seine Frau, seine Kindheit und ihn gegen ein Hafenbecken auszutauschen. Seinen Erzählungen nach muss er damals viele Minztees und danach wohl noch etliche Biere getrunken haben und war schließlich tief in der

Nacht und betrunken nach Hause gefahren und hatte sich direkt vor der Tür noch hingelegt und seine Schrammen notdürftig im Bad verarztet und war ins Bett gefallen. Am nächsten Morgen hatte meine Oma ihm schon die Brote geschmiert, als er sagte, dass er jetzt in Vorruhestand sei, sie hätten ihm den Vorruhestand angeboten, nachdem er knallhart verhandelt habe, und auch aus Rücksicht auf die jüngere Generation, und nun müsste er nicht mehr dorthin.

Weil meine Oma ein einfaches Gemüt war, glaubte sie ihm, und mein Opa verlor nie wieder ein Wort darüber, dass er rein gar nichts geklärt hatte, aber trotzdem nie wieder zur Arbeit ging. Das ging so lange gut, bis irgendwann alles aufflog, weil so was immer irgendwann auffliegt. Zum vierzigsten Dienstjubiläum wollten sie ihm eine Nadel überreichen, das hatte irgendein Computer ausgespuckt, aber er war ja mittlerweile seit fast drei Jahren nicht mehr bei der Arbeit erschienen, und dann suchten sie ihn und fanden ihn letztlich auch, wie er im Garten mit seinen schweren Holzschuhen an den Füßen stand und mit dem Schlauch das Gemüse wässerte, und stellten ihn zur Rede.

Der Fall wurde über die Grenzen Belgiens hinaus bekannt und ich selbst las davon in der *Bild*-Zeitung im Wartezimmer der Zahnarztpraxis in Zwingenberg und war ungefähr vierzehn und schwer beeindruckt von meinem Großvater («Opa Leo aus Doel: 3 Jahre Arbeit geschwänzt und keiner merkt's!») und telefonierte am selben Abend noch mit Lenie, um sie zu fragen, ob sie wusste, dass Opa Leo in Deutschland in der *Bild*-Zeitung war! – Wir konnten aber nur kurz sprechen, weil meine Mutter meinte, dass das ein Vermögen kostet, in Belgien anzurufen, und Lenie sowieso nicht wusste, was die *Bild*-Zeitung war.

Mein Opa bekam dann Todesdrohungen, das ganze Dorf mokierte sich und ganz Flandern war sauer oder zumindest enttäuscht, aber nur, bis er wieder in die Offensive ging und bei einem Interview wütend in die Kamera schrie: «Ik kan niet werken voor een land dat zijn eigen burgers als een vod behandelt! DOEL MOET BLIJVEN! Dan pas ga ik terug naar mijn werk!» Das war also ein genialer Schachzug gewesen, sich über einen angeblichen Willkürstaat und das Hafenbecken aufzuregen und sich als Märtyrer zu verkaufen, der nicht mehr arbeiten wollte für ein System, das sich einen Dreck um den Einzelnen scherte, und urplötzlich waren viele wieder auf seiner Seite und in jedem Friseursalon von Kortrijk bis Maasmechelen ging es um Leo van Dijck, den heldenhaften, der die Autorität der Regierung anzweifelte, und ein paar Wochen ging es wieder um das Hafenbecken, und irgendwann ging es um niemanden mehr, weil alle vergessen hatten, was überhaupt mal das Problem gewesen war, und einfach weitermachten. Also scherte sich auch niemand mehr um meinen Opa, und seine Altersvorsorge haben sie zwar gepfändet, aber ansonsten ist nichts weiter geschehen, als dass er jedes Jahr zu Weihnachten die immer gleiche Story aufgetischt hat, wie er einmal gegen und gleichzeitig für sein Land gekämpft hatte, und dann hat er über Politiker im Allgemeinen und den Bürgermeister von Antwerpen im Besonderen und was nicht alles geschimpft: Zu allem wusste er etwas zu sagen, und das war im Grunde ulkig mitanzuschauen, weil sein Kopf wahnsinnig glühte, wenn er sich in Rage redete, aber die späteren Jahre habe ich das gar nicht mehr mitbekommen, weil ich kaum noch nach Doel fuhr, und selbst meine Eltern fuhren nicht mehr hin, weil er noch unausstehlicher und anstrengender geworden war und sich alles zurechtbog, und das Ende vom Lied war, dass er an einem Herzinfarkt starb, und weil er damals allein zu Hause war, weiß auch niemand, ob er in dem Moment gerade getobt und so seinen Tod selbst provoziert hatte oder einfach nur Pech gehabt hatte, sodass ihm zufällig die Arterien verstopften. Das Hafenbecken hat er jedenfalls nicht mehr erlebt.

Arno

Als Arno wiederkam, nahm er sich einen Keks aus der Dose, setzte sich und sah mich an: «Du bist also wieder hier?» – «Ja, ich hab sie nicht gefunden. Falsche Adresse wohl.» – «Das tut mir leid!» – «Halb so wild, so ist das manchmal. Ich wollte mich auch entschuldigen, dein Rat gestern war wahrscheinlich gut gemeint. Ich werde noch mal darüber nachdenken, gestern war das einfach zu viel auf einmal. Ich wollte einfach nur Lenie sehen, mehr nicht!» – «Nein, nein, du hast schon recht, ich hätte auch nicht so eine Rede halten sollen, das war total idiotisch. Ich hätte dir einfach viel Spaß wünschen sollen, weil ich mich ja wirklich manchmal grundlos in etwas hineinsteigere und dann platzt mir der Kopf und am Ende frage ich mich, ob das überhaupt irgendeinen Sinn ergeben hat, was ich erzähle, aber meistens erinnere ich mich nicht mal mehr so recht, was eigentlich genau mein Punkt gewesen war!» – «Ach, Schwamm drüber, egal. Ich weiß sowieso nicht, wo sie ist. Ich werde sie nicht mehr finden und dann ist's auch nicht so wichtig, warum ich sie gesucht habe. Aber ich glaube, ich will zumindest verstehen, was *hier* passiert ist, hier in Doel.» – «Was meinst du damit?» – «Alles. Ja, einfach alles. Fast alle Leute sind weg, nur wir sind hier und noch eine

Handvoll anderer Menschen. Aber warum? Zumindest das will ich verstehen. Ich hab mir überlegt, dass ich morgen mal zur Universität fahr und Professor Timmermans frage. Der war doch immer der Normalste von allen gewesen und natürlich wohnt er auch nicht mehr hier, aber er soll mir einfach mal erklären, wie alles plötzlich zugrunde gegangen ist.» – «Ja, vielleicht. Mach das ruhig. Aber eigentlich ist es doch offensichtlich. Sie verurteilen das Dorf zum Untergang und die Leute entscheiden sich dann erst mal, ob sie das akzeptieren wollen oder nicht, aber am Ende begreifen alle, dass sie es nicht verhindern können, und hauen früher oder später ab, und in der Zwischenzeit gibt es eine Menge Schlägereien und böses Blut, aber letztlich bleibt nichts und niemand mehr übrig. Ob zornig oder resigniert, ist dann egal, denn schließlich verlässt doch jeder sein Heimatstädtchen, und zurück bleibt die Erkenntnis, dass der Staat härter ist als die Menschen, die ihn ja eigentlich ausmachen sollten. Der Staat ist größer und feuert auf die, die ihn anzweifeln, und weil der Staat auch nur ein vages Konzept ist und nicht greifbar, hauen sich die Leute zwischendurch gegenseitig die Köpfe ein und finden keine gemeinsame Stimme und hören auf, ihre Türen zu streichen oder irgendwas auszubessern, weil sich das alles nicht mehr lohnt, wenn sowieso alles endet, und so vermodert dieser Ort und das wiederum treibt die Leute dann erst recht weg.» – «Ja, aber das stinkt doch.» – Da warf Anja ein: «Arno hat doch recht. Ich bin zum ersten Mal hier und es ist grausam, aber dass Arbeitsplätze und Welthandel wichtiger sind als die Gefühle einer kleinen Gruppe von Menschen, ist doch nicht neu. Und dass du den Kampf mit der Regierung nicht aufnimmst, sondern eher mit deinem Nachbarn, weil er greifbarer ist, das kann ich mir gut vorstellen. Die Leute bekämpfen sich gegenseitig und knicken vor der Übermacht einer unnahbaren Sache ein. Nichts kann dich mehr zermürben als ein Gesetz, das keinen Vornamen hat. Es sieht erst mal neutral aus, durchdacht, richtig und ausgewogen, weil es ja so viele Hürden des Gesetzgebungsverfahrens überwunden hat. Aber das ist ein Trugschluss. Ein Gesetz fühlt sich niemals für alle gerecht an, sondern immer nur für einige. Und dann muss man das Glück haben, einer von denen zu sein, oder man leidet. Die Einwohner von Doel waren verzweifelt, vielleicht auch unorganisiert, aber bestimmt auch unbedeutend genug, sodass man sie ignorieren konnte. So stelle ich mir das vor! Und als alle begriffen hatten, dass von außen keine Hilfe mehr kommen würde, beschränkte man sich darauf, die Dinge zu verarbeiten, und manche schafften das und andere nicht, und plötzlich verliefen dann Grenzen zwischen Reihenhauswänden und über Spielplätze hinweg und entlang der Kirchenbänke, und beim verzweifelten Versuch, für das jeweils eigene Haus einen möglichst hohen Preis rauszuschlagen, kollabierte die Dorfgemeinschaft vollends. Irgendwann wurde es leer hier und schon bald wird man dieses Dorf vergessen haben. Weil Menschen eben nur Staubpartikel oder zumindest sehr klein sind, wird sich in ein paar Jahren niemand mehr dieses Dorfes erinnern. Vielleicht hat es sich auch anders abgespielt, aber es ist nicht schwierig, sich eine Geschichte zu diesem Untergang zu überlegen. Ich sage das auch ein wenig mit Wehmut, weil es ja euer Dorf ist und euer Anfang, oder einer der vielen Anfänge, die euer Dasein ausmachen, aber es ist hoffentlich nicht zu schlimm für euch. Das müsst ihr euch selbst fragen. Ich traue euch jedenfalls zu, damit klarzukommen, denn am Ende müsst ihr das wohl. Es ist echt zum Heulen, aber nun ist es bald vorbei.» – Ich sagte darauf: «Ach, ich weiß nicht, ist das so eindeutig, ist das alles so klar? Also, um noch mal auf diesen Zwist innerhalb des Dorfes zu kommen: Opa hätte doch niemals aufgegeben, aber er kann nicht der Einzige gewesen sein, der so dachte, der muss doch Mitstreiter gehabt haben, die bis zum Äußersten gegangen wären!» – und Arno antwortete: «Du kennst Opa nicht, er war im Grunde wirr und unüberlegt und vor allem stur und insbesondere grausam, und überhaupt haben die Leute ja viel Geld bekommen, damit sie abhauen, und mit Geld bekommst du die Leute immer oder zumindest die meisten!», und dann ging er in den Garten, und Anja und ich blieben sitzen und diskutierten noch weiter, ohne eigentlich Detailkenntnisse darüber zu haben, wie das alles zusammenhing, und ich zählte die Geschäfte auf, die es früher gegeben hatte: «Einen Metzger, zwei Pinten, ein griechisches Restaurant, eine Pommesbude, aber die verschwand als Erstes, und auch noch einen Friseur, einen Metallwarenhandel und einen Tischler. Und geblieben sind nur Gabriels Einkaufsladen und ein Dutzend Menschen! Ach ja, und dann gab es noch die Polizeiwache, das Gemeindebüro, die Pfarrei, den Schützen-, den Fußball- und den Heimatverein. Und vor allem die Grundschule. Einfach verschwunden.» – Aber dann verlegten wir uns darauf, ein paar Marmeladentoasts zu essen und anschließend rauszugehen und uns auf der Schaukel abzuwechseln. Arno saß im Baum und sah in die Ferne und weinte, ich sprach ihn aber nicht darauf an, weil ich dachte, dass man ruhig mal weinen können sollte, ohne dass immer gleich einer kommt und so was sagt wie: «Alles wird gut!», weil es manchmal eben auch nicht gut wird.

Am nächsten Morgen brachte Arno mich dann mit dem Auto nach Antwerpen und meinte, dass er noch was besorgen wolle, und weil die Universität über das gesamte Stadtgebiet verteilt ist, schlenderte ich einfach in das erstbeste Institutsgebäude, das ich fand, und fragte Leute nach Professor Timmermans, den niemand kannte, aber schließlich schlug eine Frau für mich im Universitätstelefonbuch seine Nummer nach, aber er ging nicht ran, und dann schrieb ich mir die Büronummer und Adresse auf und lief zu einer heruntergekommenen Stadtvilla am Rande eines Parks und stieg knarzende Stufen hoch, bis ich im zweiten Obergeschoss seinen Namen auf einem Schild entdeckte. Ich klopfte und trat ein: «Dag mevrouw, ik ben op zoek naar professor Timmermans. Hij is een oude vriend van mij. Weet u of hij vandaag nog zal komen?», aber die Sekretärin antwortete mir, dass der seit zwei Semestern schon nicht mehr da sei und nun in London lehre. «Aha», sagte ich und ging die Treppe wieder hinunter und setzte mich im Park auf eine Bank. Arno ging wieder nicht ans Telefon und schrieb später eine SMS, dass ich den Bus nehmen solle, weil er zu tun habe.

Weil ich den Bus stündlich nehmen konnte und mich sowieso nicht mehr nach Arno zu richten brauchte, ging ich in ein Museum. Ich weiß nicht mehr, welches, und mir war das alles sowieso zu blöd, weil es in der Ausstellung nur um hässliche Babys auf Renaissancegemälden ging. Babys, die ihrer Kindlichkeit beraubt worden waren, weil sie nämlich gemalt worden waren mit den falschen Proportionen, ihre Köpfe waren viel zu klein und so schauten sie aus wie winzige Erwachsene. Danach nahm ich den Bus und als ich in Doel die paar Meter von der Haltestelle nach Hause lief, hörte ich ein Bohrgeräusch im Dorf, aber kümmerte mich nicht darum.

Das Auto war nicht da, Anja wedelte nur mit den Händen, las irgendwas, sagte aber auch nicht, wo Arno steckte, und wusste es vielleicht auch nicht, sodass ich mich auf das Sofa setzte und auch etwas las und, weil ich müde war, einnickte.

Schlagbohren

Als es draußen schon leicht dämmerte, weckte mich Anja, Arno war immer noch nicht zurück, was mich gar nicht beunruhigte, aber Anja sagte, dass sie von diesem unregelmäßigen Dröhnen draußen ganz kirre werde, und so liefen wir ein wenig durch das Dorf, in der Nähe der Kirche wurde es lauter, und folgten dem Lärm und entdeckten, dass auf dem Kirchvorplatz unser Volvo geparkt und der Kofferraum geöffnet war. Ab und an hörte man ein lustvolles Schreien oder so was und dann wieder nur Bohrgeräusche. Hinter der Kirche lag der kleine Friedhof und ich wusste sofort, dass es Arno war, der da schrie, aber ich wusste nicht, was so dröhnte.

Während wir an der Kirche entlangliefen, tauchte allmählich der Friedhof auf, und eine Unordnung stach mir ins Auge, und wir sahen Arno, wie er mit schweißnassem Hemd einen Schlagbohrer auf einen Grabstein richtete. Um ihn verstreut lagen Betonstücke und Marmorbrocken. Eine Kettensäge lag abseits. Aus manchen Gräbern waren schon kleine Bäume gewachsen, von denen Arno einige in kleinere Stücke zersägt hatte, um sie wild durch die Gegend zu werfen, ja, er hatte schon den halben Friedhof zerlegt. Arno zerstörte alles und schrie immerfort, auch, als er uns sah: «Die Leute müssen endlich mal ehrlich sein und sich eingestehen, dass es das hier ist, was sie wollen, aber sie trauen sich ja nicht, und deshalb bin nun ich hier und mache kurzen Prozess. Asche zu Asche und Staub zu Staub und Sägespäne zu Sägemehl, zu nichts. Das elementare Nichts, aus dem ihr geschaffen wurdet, will euch wieder, liebe Tote! Eure Zeit auf Erden ist abgelaufen, aber nun nehme ich euch zum Diesseits auch noch das Jenseits, ich werde euch so zerstäuben, dass ihr niemals hier gewesen seid, ich werde euch eure Existenz streitig machen, ich werde euch verbieten, ich werde die Art, auf die ihr lebtet, zurückabwickeln, ihr habt verloren. Ihr werdet absolut sterben. Ihr werdet vergessen werden und dann seid ihr niemals hier gewesen!» Ich war fassungslos. Anja stellte sich hinter mich. Arno sah uns nun direkt an und seine Augen waren zu fahlen Murmeln verkommen und der Wahn hatte ihn wieder gepackt und er ließ die Bohrmaschine noch einmal aufheulen, bevor er sie zu Boden legte und auf uns zukam. Er sah glücklich und aggressiv aus und lächelte verworren und stand dann vor mir und streckte seine Arme nach Anja aus, aber ich hielt ihn ab und roch seine süße Schnapsfahne.

«Warum trinkst du?», fragte ich. «Weil ich Energie brauche, weil das hier ein wichtiger, aber nicht trivialer, sondern ein Knochenjob ist!», sagte Arno dann und ich spürte Anjas Hände, wie sie sich in meinen Rücken krallten. «Ich find das nicht gut, Arno, lass doch den Toten ihre verkackte Ruhe, verdammt!» – «Sie werden sie eh nicht haben. Besser, dass sie's nun schon begreifen. Ich werde sie auslöschen. Ich zerstöre die Erinnerung an sie und zerhackt wird hier alles, das ist doch dreimal ehrlicher, als sie einfach wegzubaggern. Ich gebe mir noch mal richtig Mühe, Bruder, das hier ist Handarbeit, das wirst du doch verstehen.» – «Und was ist mit Oma und Opa?», fragte ich, aber Arno sah an mir vorbei und richtete den Blick auf Anja: «Anja, komm her, ich will dir unsere Großeltern zeigen. Will dir unsere blinde Großmutter und unseren widerlichen Opa zeigen.» – «Er war zu hart, aber er war doch nicht widerlich!», fuhr ich dazwischen. «Ach, war er nicht? War er nicht? Oh, dann muss ich dich enttäuschen, denn doch, das war er: Er hat mich missbraucht! Verdammt, er war ein kaputter Mensch! Er hat mich missbraucht, verstehst du das? Weißt du, was das heißt? Ich durfte seinen pulsierenden Penis anfassen, verdammt, durfte staunen, wie er stöhnt, durfte ihn glücklicher machen, ohne dass irgendwer etwas dagegen unternommen hat!» – «Nein, nein, das stimmt doch nicht.» – «Doch!» – «Nein, nein, das hab ich nicht gewusst und glaube das auch nicht!» – «Natürlich wusstest du das nicht, es war ja auch das große Geheimnis, das war unser Zauberspiel: Ich war Opas bester Enkel.» – «Warum hast du nie was gesagt?» – «Was für eine behinderte Frage! Weil ich nicht sprechen konnte, verdammte Scheiße, weil es mir den Mund verklebte, wann immer ich daran dachte, weil ich ein Wrack war und nicht wollte, dass irgendwer erfährt, dass ich dieses Wrack bin, das ich wahrscheinlich immer noch bin und noch lange sein werde, aber das kümmert mich nicht mehr, weil ich zumindest nicht tot bin und nicht begraben liege auf einem belgischen Provinzfriedhof und von meinem Enkel ausgegraben werde, um dann zerhackt und letztmalig abgefochten zu werden.»

Anja lief weg, ich glaube, sie schluchzte. Arno war zu schwach, um zu weinen. Ich war zu wütend, um zu weinen. Zum ersten Mal seit Langem war ich nicht nur enttäuscht, sondern wahrlich wütend. Ich musste das Bild meines Großvaters neu arrangieren und Arno tausendmal mehr lieben, aber vor allem musste ich diese ganze abstoßende Welt verfluchen! Eine schwarze Niederträchtigkeit durchspülte meinen Körper, mir wurde schlecht, ich musste mich setzen.

Und so saßen wir dann eine Zeit lang schweigend da und ich versuchte, tief zu atmen, und dann versuchte ich, Arno zu umarmen, aber kam mir dabei so hilflos vor, wusste eigentlich überhaupt nichts mehr und lief dann wahllos auf dem Friedhof umher, ruderte mit den Armen, boxte in die Luft und dann wurde mir schrecklich warm, mein Sichtfeld flimmerte und ich näherte mich Arno wieder, der immer noch auf dem Boden saß und wie betäubt nichts mehr sagte. Ich zerrte an seiner Kleidung und packte ihn an den Schultern und wollte, dass er reagierte, aber er tat nichts, sondern sackte immer weiter in sich zusammen. Ich legte mich neben ihn auf den Boden und spürte, wie all die Kraft aus mir wich, und lag eine Weile regungs- und atemlos dort und würgte und spuckte und ließ schließlich den Kopf wieder zu Boden sinken, schloss die Augen, ließ den Speichel aus dem Mundwinkel tropfen und wartete, dass irgendwas passierte, aber Arno regte sich nicht und so blieb ich einfach liegen.

Ich verstand nicht, warum Arno niemals etwas gesagt hatte, und fühlte mich unsäglich, weil ich es nicht mal geahnt hatte. Irgendwann stand ich auf und lachte verzweifelt, weil ich hoffte, dass alles doch noch gut werden würde, und fragte Arno, was er nun vorhabe. «Ich werde sie beide ausgraben. Denn Oma muss das gewusst haben, dir mache ich keinen Vorwurf, aber Oma muss es gewusst haben. Und dann werde ich schauen, was noch übrig ist von ihnen, werde sie säubern und in ihr Bett legen und es anzünden und hoffen, dass das ganze Dorf Feuer fängt. Ich werde sie in einen Expresszug Richtung Hölle setzen.» – Ich lachte, weil das eine gute Idee war, aber weil ich keine Eskalation wollte, sagte ich: «Arno, das ist Quatsch. Komm bitte mit. Wir werden sie in unseren Köpfen anzünden, aber glaub mir, dafür musst du hier nicht herumgraben. Das hilft nichts. Es tut mir aufrichtig leid, dass ich nie der Bruder gewesen bin, dem du das hättest erzählen können, und dafür schäme ich mich, aber bitte lass uns keine Dummheiten machen. Lass uns einfach nach Hause gehen. Am besten wird sein, wir fahren einfach wieder nach Deutschland zurück und kommen nie mehr her. Was ist schon Heimat und was ist Vergangenheit? Wir brauchen kein Doel, um zu leben. Wir müssen sie hier zurücklassen.»

Arno blickte an sich herunter, sah sein triefendes Hemd und zog es sich mit einer ungelenken Bewegung über den Kopf, schmiss es weg, setzte sich auf die hüfthohe Friedhofsmauer und sagte: «Aber Doel ist doch mein Leben, alles, was mich ausmacht, mein modriges Fundament, auf das ich mein *alles* gebaut habe, es liegt und verfault hier auf diesem Kirchhof, und ich werde das vielleicht nicht mehr los, verstehst du? Ich muss mich doch rächen, oder? Ich werde diesen Ort hier, so gut es geht, bekämpfen, ich muss irgendwie damit zurechtkommen und ihm die Kraft entziehen. Wenn ich wachsen will, kann ich das doch nur hier, oder?» – Ich setzte mich neben ihn und schlang meinen Arm um seine Schulter. «Es tut mir so verflucht leid. Ich hab nicht gewusst, was Opa dir angetan hat», sagte ich und er legte seinen Kopf auf meine Schulter und dann war wieder Stille. Ich weiß nicht mehr, wie viel Zeit verrann, während wir dort so saßen, aber schließlich sagte ich: «Wie lange ging das?» – Er antwortete: «Seit ich denken kann, ging das, und bis ich acht war oder neun oder zehn. Ich bin mir nicht mehr sicher. Wir gingen in den Hühnerstall, mal um die Tiere zu füttern oder Eier zu holen, immer sagte er: ‹Kom, Arno! We gaan naar 't kippenhok!›, es hatte irgendwas von Routine, wie er erst die Tiere fütterte und dann vor mir stand, seine Hosenträger über die Schultern zog und die Hose fallen ließ, und um uns herum waren die Hühner und alles in mir zog sich zusammen und vernebelte sich, aber ich konnte nicht weg. Ich weiß nicht, warum ich nicht wegkonnte, und irgendwann hörte es dann auf, es passierte nicht mehr, und dann hat es trotzdem noch gedauert, bis ich es verstanden habe, und dann hatte ich nur noch Angst, dass es mich einholt, aber es hatte mich ja schon längst umschlungen und durchwuchert. Früher habe ich immer gedacht, ich muss einen Fehler gemacht haben, und all die Zeit habe ich gar nicht begriffen, dass *er* den Fehler gemacht hat. Dass er der Arsch war, das Tier, das elendige Tier. Aber mittlerweile weiß ich sogar, dass er kein Tier war. Er war nicht dazu geboren, so zu sein, wie er war. Er dachte nur, er dürfte es. Er war kein Tier. Er war ein Mensch, aber ein schrecklicher, verstehst du?» Und dann war wieder Stille. «Menschen sind verdammt noch mal furchtbar, Arno, es tut mir leid!», sagte ich nach einer Weile und Arno grinste gequält, seine Augen wurden größer, er holte tief Luft und schüttelte mich kurz und sagte: «Ja, nein, ja, das habe ich lange auch gedacht, aber man muss weiter denken! Menschen können alles sein. Tiere können nichts. Und da ist auch kein Schicksal, weil wir nämlich die Könige sind. Die Menschen sind die Könige und bestimmen. Ich darf ja auch meine eigene Arbeitslosigkeit nicht einfach auf den Lauf der Welt schieben oder meine Trunksucht, verstehst du? Das hängt alles zusammen. In dieser Welt werden so viele Entscheidungen getroffen und individuell oder kollektiv wird irgendwas bestimmt, aber es gibt keinen vorgefertigten Ablaufplan: Wir dürfen uns nicht selbst entmündigen, verstehst du? Und die Sache ist ja, dass es da oben nichts mehr gibt, über den menschlichen Entscheidungen. Irgendwann war zwar mal die Schöpfung, aber

nun kommen wir, denn Gott ist schon lange im Ruhestand, daran glaube ich ganz fest: Die Welt hier war doch einfach nur ein Geschenk. Er hat uns als beinahe perfekte Wesen geschaffen, und nun vertraut er auf uns. Er greift nicht mehr ein. Letztlich können wir so viele Hafenbecken ausheben, wie wir wollen, oder können Tulpen mit Überschall zum Mond schießen, alles ist möglich, aber es darf mir auch keiner mehr erzählen, dass hier irgendwas zielführend oder unvermeidlich ist. Es sind alles nur Entscheidungen, und wir entscheiden selbst! Aber wir machen es immer falsch, warum nur?»
Ich wollte antworten, aber Arno redete einfach weiter und man sah, wie seine Blicke wieder unschärfer wurden, seine Augen schwächer und seine Sprache undeutlicher, aber dann sagte er: «Kann mir Opa erklären, warum er mich so sehr vernichten wollte, oder kann er das nicht? Unser Ziel besteht anscheinend schon ewig darin, unsere Familien hinzurichten durch Gräueltaten. Aber warum? Und muss ich da nun mitmachen? Wann fangen wir denn endlich mal an, die Tulpen auf den Mond zu schicken, wann hören wir endlich damit auf, andere Menschen zu verachten?», dabei zeigte er nach oben, «dort oben auf dem Mond! Tulpen! Eine große kuriose Dummheit, die rein gar nichts ändert, außer der Sicht, die wir auf die Welt und das Leben haben, aber das reicht doch schon: Tulpen auf dem Mond, wäre das nicht der erste Schritt in eine neue Welt, in der es hauptsächlich um die Freude ginge, die uns leiten sollte, denn Freude ist doch das Einzige, was zählt, weil sie direkt von Gott kommt, verstehst du? Freude ist doch das letzte große Konzept, was uns Gott hinterlassen hat, kurz bevor er uns alleine ließ. Und dann ist es auch nicht weiter wichtig, ob Tulpen auf dem Mond überhaupt wachsen könnten, das ist nicht mehr wichtig, und deswegen will ich Opa

verbrennen und seinen Grabstein zermalmen, um ihn zurückzubesiegen und ihm darzulegen, was heutzutage alles möglich ist. Ja, schau dich doch mal um, Botho, fass doch ruhig ein paar Dinge an. Vielleicht den Bohrer oder die Kettensäge, oder die Kirchenwände, fass alles an und dann hör mir zu: Das sind unsere eigensten Kreationen. Wolken sind sehr natürlich, aber sind sie es auch noch, wenn sie aus dem AKW kommen? Gras ist sehr natürlich, aber ist es das auch noch, wenn wir es selbst einst gesät haben?» – «Ich weiß es nicht, Arno, ich weiß es nicht. Worauf willst du hinaus? Ich versteh es überhaupt nicht!», sagte ich, aber er ignorierte mich, ging ein paar Schritte und griff nach einer Schnapsflasche, die auf dem Boden lag, reichte sie mir und ich trank, aber war starken Alkohol nicht mehr gewohnt und schüttelte mich. Dieses saure Gefühl in der Speiseröhre war mir fremd geworden, aber es tat gut. Es machte mich wach, und Arno sprach weiter: «Und nun stell dir mal vor, wir lassen dieses Gerede von Natürlichkeit hinter uns und widmen uns nur noch der einen Regel, die Gott uns hinterlassen hat: Seid glücklich! Und das ist wichtig, weil …», aber da unterbrach ich ihn: «Woher willst du das wissen, dass das die eine Regel ist, die Gott uns gegeben hat?», fragte ich ihn und er sah mich schief an und antwortete verwirrt: «Ich weiß es gar nicht, ich glaube es. Ich glaube. Das ist doch der ganze Punkt von Religion. Ich glaube, dass Gott uns geschaffen hat, weil er wollte, dass wir eine gute Zeit haben, und nun ist es an uns, dass wir die auch haben, aber wir sind nicht seine Marionetten und er fährt uns auch nicht bis vor die Haustür, wir müssen schon selber handeln, aber, ach, wo war ich gerade? Genau, Opa: Also ich will nicht, dass irgendwann irgendwer noch mal ein gutes Wort über Opa verliert, ich will, dass er in der neuen Welt, von der ich träume, keinen

Stich gehabt hätte, weil die Regeln nicht mehr seine sind. In der neuen Welt, verstehst du, hätte es ihn gar nicht gegeben. Ich bin auf der Suche nach einer Welt, in der es ihn nie gegeben hat. Das ist nun meine Aufgabe. Er hat mich unglücklich gemacht und macht es noch heute und ich versteh nicht, warum das möglich war. Das muss doch ein Fehler sein, oder? Warum können wir nicht Glück verbreiten? Stattdessen sind wir grausame Wegseher und kalte Täter und sind in unserer Menschenverachtung grenzenlos. Und sonst sind wir ein Haufen Nichts, aber das sollte nicht so sein und darf nicht so sein, weil das hier alles ein Geschenk ist und jetzt gehört das Leben uns, und wir müssen aufhören, uns zu verstecken hinter Gardinen und Trieben, und meinetwegen gibt es sechs Arten Quarks und sechs Arten Leptonen und Neutrinos, die durch unsere Zellwände und unseren ganzen Körper gleiten, als wäre es nichts ...» – «Arno, Arno, bitte, was soll das? Du drehst durch, ich kann dir nicht folgen!» – «Hör mir doch erst mal zu! Also, ganz besonders darfst du dich nicht darauf verlassen, dass der Mensch ein soziales Wesen ist, denn am Ende des Tages müssen wir uns schon selbst dazu entschließen, soziale Wesen zu sein, das muss jeder sich erarbeiten, aber wenn wir das schaffen könnten, dann können wir hinterher auch das Fantastische, das wir entstehen lassen, einfach feiern, solange wir noch feiern können. Denn bauen wir uns doch mit dem Baustoff, den Gott uns so fein zurechtgelegt hat, bitte ein absurdes Paradies oder etwas, das einem Paradies zumindest nahekommt. Wir brauchen eine andere Gesellschaft, verstehst du das! Aber in dieser unglaublich utopiefreien Zeit wissen wir gar nicht mehr, wie man Utopie ausspricht: Betonung auf dem o? Utópie? Und deshalb sagt's ja auch keiner, dass das alles zu fad ist hier, geistig und körperlich öd und ein

Vorstadium von zivilisatorischer Fäulnis. Ich will zwischenmenschliche Enthusiasmusautobahnen und eine Weltausstellung des Sozialen und Liebe. Aber stattdessen buckeln wir, um Flugabwehrsysteme und panzerbrechende Kanonen und Philharmoniker und Fußballspieler zu finanzieren – und all das, während man sich im Fernsehen lustig macht über die Chips essende Unterschicht, so als wäre das der wahre Abschaum, den wir fürchten sollten. Hier läuft einiges falsch, diese Gesellschaft ist doch krank.» – «So ein Blödsinn, die Gesellschaft ist doch nicht krank.» – «Ach nein? In Regenbogenfarben haben wir uns auf die Fahnen geschrieben, dass wir uns den Schwachen widmen wollen, und um die Schwachen kümmern wir uns auch, aber schwach sind angeblich in dieser Reihenfolge: alle Legehennen in allen Weltmeeren, dann Einwanderer mit archaischen religiösen Vorstellungen, dann Frauen aus Prinzip, und dann Bäume wegen des Klimas und dann ganz zuletzt auch noch Leute, die sich nicht selbst aus ihrem Elend befreien können oder ständig gegängelt werden, aber erst mal Plastiktüten verbieten, das ist momentan wichtiger. Aber aufpassen: Diese Leute, denen es dreckig geht, weil sie *arm* sind, das sind in unserem Land noch Millionen Langzeitarbeitslose, chronisch Kranke, Alkoholiker, Gewaltopfer, vom psychischen Druck der Arbeit Gepeinigte, Kinder und kinderreiche Eltern, und denen unterstellt man zunächst einmal Selbstverschulden und Faulheit, und dann lässt man sie allein, bevor man überhaupt mal mit ihnen gesprochen hat, aber es sind ja ohnehin zu viele, als dass man mit allen reden könnte, und da mal einen Gegenentwurf zu starten? Das sehe ich einfach nicht kommen, und warum nicht? Weil alle Leute zu viel Lifestyle machen, und letztlich sowieso jeden verachten, der unter ihnen steht. Wir müssen uns selbst dazu entschließen, ein soziales Wesen zu sein, es passiert nicht automatisch.» – Da unterbrach ich ihn wieder und sagte: «Ich glaube, du bekommst da etwas in den falschen Hals. Du hast einen Groll auf alles, was die Leute tun, um unsere Gesellschaft lebenswerter zu machen, stimmt's? Aber was hat das mit Opa zu tun?» – Und er antwortete: «Nichts wird hier lebenswerter, ganz im Gegenteil. Nach unten wird getreten und nach oben gebuckelt, und wer unten steht, das dürfen wir nicht mal mitentscheiden, denn arm zu sein, ist das eine, und hätte ich nicht dich und nicht Anja, ich wäre ja auch arm, und es würde niemanden kümmern, aber da ist noch was ganz anderes, das zusätzlich schmerzt, nämlich dass die da oben sich nicht für dich interessieren! Das betrifft nämlich die normalen Leute, den Normalo betrifft das! Denn die Arroganten und die Abgehobenen, die studiert haben und überhaupt nicht mehr wissen, wie die Leute in diesem Land ticken, die hassen uns, die hassen die Normalos. Mein ganzes Leben lang habe ich nur einstecken müssen.» – «Ich hasse dich nicht, Arno!» – «Botho, ich weiß, dass du mich nicht hasst, aber das tust du ja nur nicht, weil ich dein Bruder bin. All die anderen, die wollen mich fertigmachen, verstehst du? Die würden dich auch fertigmachen, wenn sie herausbekämen, dass du gar kein Akademiker bist. Wenn die herausbekommen, dass du tief im Herzen immer noch ein Lumpenkind vom Land bist, dann kriegst du Stress. Die wissen nämlich nicht mehr, was Heimat und Anständigkeit bedeuten, die machen uns das Leben doch zur Hölle. Und sie würden auch dich spüren lassen, dass du nicht dazugehörst, wenn sie es wüssten. Die lachen doch nur, wenn sie was hören von Freiwilliger Feuerwehr und Hacksteak und Schützenverein und

Fußball und vom Autoschrauben und Hausbauen und von der Gewerkschaft und von einem Arbeitsplatz fürs Leben. Aber das sind nach wie vor die Dinge, die *mich* bewegen. Nur haben die da oben es irgendwie geschafft, solche Sachen lächerlich zu machen. Begreifst du das, Botho? In deren Augen muss unsere Jugend die reinste Behindertenfreizeit gewesen sein, aber das war sie nicht. Nur, das will keiner hören. Und genauso will niemand mehr hören, dass ich genauso weitermachen werde, ich werde dieser Lump bleiben, ob die studierte Klasse will oder nicht!»

Ich überlegte kurz und sagte dann: «Arno, vielleicht hast du recht, vielleicht auch nicht. Vielleicht sollten wir trotzdem ein anderes Mal darüber sprechen. Ich glaube nicht, dass das gerade wichtig ist. All das hat mit Opa nichts zu tun.» – «Nein, wir sprechen jetzt darüber!» – Ich verdrehte meine Augen und probierte eine Antwort: «Ich bin jetzt angekommen, Arno. Ich bin nicht mehr dieses Kind vom Land. Ich bin jetzt oben. Ich hab studiert, ich verdiene Geld, ich geh ins Theater. Das war nicht vorgesehen, aber ich hab's trotzdem gemacht. Weil vor mir noch keiner von uns an der Uni war, habe ich oft gezweifelt, aber mich letztlich doch durchgebissen, so viel ist sicher! Verstehst du? Aber ich bin immer noch dein Bruder!», sagte ich und geriet selbst ein wenig ins Zweifeln und Arno antwortete: «Du stehst zu mir, aber was ist mit den arroganten Leuten, die denken, sie wären was Besseres! Einerseits schlagen sie die Hände über dem Kopf zusammen, wenn man hinter dem Haus ein Feuer macht und Müll verbrennt, aber andererseits machen sie selber zweimal im Jahr eine Fernreise mit dem Flugzeug nach Thailand oder Israel und blasen Trillionen Kilo CO_2 in die Atmosphäre, aber das ist nicht weiter schlimm, sondern notwendig, um sich kulturell weiterzuentwickeln, verstehst du? Fliegen nach Kuba oder Kambodscha, um Fotos zu machen von Dingen, über die man in jeder Stadtteilbibliothek was lesen kann. Und da willst du jetzt zugehören? Ich hab da nämlich einfach keine Lust drauf und will auch nicht studieren, weil ich schon immer was anderes machen wollte, und hatte auch nie Lust, ein Auslandsjahr zu machen, warum auch? Um da dann ein paar Monate durch portugiesische Betten zu hüpfen. Einfach die Leute wegficken, ist das jetzt das neue Europa?» – «Eh, warte mal, Arno, also das mit dem Müllverbrennen ist aber doch wirklich dämlich, das hat letztlich sogar Oma begriffen, und falls du das immer noch machst, solltest du es allmählich mal, sein lassen!» – «Ja, ja, das mit dem Müll: geschenkt. Der eigentliche Punkt ist doch aber ein anderer, nämlich: Was okay ist und was nicht okay ist, was bäuerlich oder erbärmlich und primitiv, ja, geradezu dumm ist, bestimme nicht ich, sondern bestimmen schon seit jeher die Leute in der Zeitung oder im TV, Leute von der Uni oder solche, die Jobs haben, für die man eigentlich zur Uni müsste, und will auch gar nicht mit denen tauschen, aber ich würde mir wünschen, sie kämen mal vorbei und würden mit mir reden, weil ich ihnen nämlich was zu erzählen hätte, weißt du? Stattdessen vergiften sie nur die Stimmung. Ich würde denen nämlich sagen, dass ich gerne mal ein Wochenende am See verbringe und dann ein paar Würstchen grille und das war's dann. Vielleicht noch Kartoffelsalat dabei, aber dann ist's auch gut. Das ist mein Leben, ja? Das find ich gut. Aber die Leute kommen ja sowieso nicht bei mir vorbei und fragen mich nicht danach, was ich mag, und daher sag ich dir: Lass dich nicht einlullen von denen. Lass dir nicht dein Leben vorschreiben. Du weißt doch, was wirklich zählt: Um ein guter Mensch zu sein, musst du nicht unbedingt gemischte Toiletten benutzen, das ist doch Augenwischerei. Aber vor allem darfst du nicht herabschauen auf mich, versprich mir das! Alles, was zählt, ist doch, glücklich zu sein, und dafür müssen wir unseren Nächsten lieben. Also: Glaub denen nicht, sie haben nicht recht, und schlimmer noch: Kaum bin ich weg, lachen sie über mich, und manchmal kann ich noch im selben Raum sein, und trotzdem lachen sie über mich! Sie lachen über uns alle. Manchmal lachen sie mir sogar direkt ins Gesicht, und man versteht nicht mal, warum! Ich sitze mit dem Blaumann in der Straßenbahn und sie drehen sich weg, weil ich nach Schweiß rieche, stehe in der Kinoschlange mit der XXL-Popcorntüte und wieder kriegt man dieses herablassende Grinsen, als ob man dumm wäre, weil man mal einmal die Woche beim Popcorn ein bisschen über die Stränge schlägt, aber dafür ist das Leben doch da, oder? Oder ich will ihnen eine Leitung verlegen in ihrem Badezimmer und sie staunen, dass man sogar Filterkaffee verträgt und ihn aus einer Thermoskanne trinkt. Verstehst du, was ich meine? Jede Stunde, jeden Tag lachen die mich aus, wahrscheinlich, ohne es selbst zu merken, aber am schlimmsten ist doch, dass sie niemals meine Freunde sein würden. Die machen sich lieber einen schönen Tag in der Sauna, statt auf der Kirmes auf Büchsen zu werfen, und dann geraten sie ins Träumen, wenn sie wieder so eine Orchesterscheiße hören. Mich betrifft das alles im Grunde gar nicht so sehr, aber du, *du* solltest aufpassen, wer du letztlich sein willst. Wenn du nicht so sehr leugnen würdest, wo du herkommst, sie würden auch dich auslachen!» – «Mich lacht keiner aus, Arno, dazu gibt es keinen Grund mehr, ich bin nicht mehr der Normalo, von dem du träumst, und werde es auch nie wieder sein! Ich gehöre jetzt dazu, aber das habe ich mir doch erarbeitet, Arno, das war doch das, was ich immer wollte. Raus aus Zwingenberg, raus aus der Piefigkeit, raus aus der Armut, raus aus der Provinz. Mir merkt man das nicht mehr an, dass ich jemals an solch einem Ort gelebt habe. Ich weiß aber trotzdem, wie du dich fühlst, Arno, und ich weiß, dass es nicht einfach ist, aber du musst es denen verzeihen und musst es mir verzeihen, sonst wirst du nicht glücklich, verzeih ihnen die Ignoranz doch einfach und verzeih sie mir bitte auch! Sie wissen es nicht besser. Lass dich nicht vom Hass zerfressen!» – «Das ist kein Hass. Es ist nur so, dass ein Studierter was sagt, und es ist automatisch intelligent, aber wenn ich einmal sage, dass ich keine Lust darauf hab, dass lauter Ausländer kommen, die kein Deutsch sprechen, dann bin ich, ohne dass die Leute überhaupt den Satz zu Ende hören, sofort wieder der Nazi, aber die Ausländer, mit denen ihr Studierten euch umgebt, mit denen sprecht ihr dann einfach Französisch oder Englisch oder sonst was, aber ich bin doch der Typ, der sich mit denen herumschlagen muss, die nämlich kein Englisch sprechen und Deutsch sowieso nicht und dann immer zu mir sagen: ‹Nix verstehe, neu Deutschland!› Das sind die, die beim Amt neben mir stehen oder schwarz auf der Baustelle schuften und mit denen ich nicht reden kann, weil sie mich einfach nicht verstehen. Wir wohnen im selben Land und in derselben Straße und wir können nicht miteinander reden, findest du das nicht schrecklich? Wenn ich mal Kinder habe, dann gehen die zusammen auf die Schule und niemand spricht mehr Deutsch, wie soll das überhaupt funktionieren? Aber die Kinder der Leute, die Ausländer als Bereicherung empfinden, die haben das Problem nicht, die schotten sich auf Waldorfschulen ab.» – «Echt jetzt, Arno? Diese Leier schon wieder? Warum hast du so viel Hass in dir? Eigentlich ist das doch auch egal, oder?» – «Nein, das ist nicht egal, das untergräbt doch alles, und das ist auch kein Hass. Ich denke manchmal einfach darüber nach und das ist mir wichtig, ja? Wie soll man denn zusammenleben, wenn man nicht mal miteinander reden kann? Es wird nämlich nicht mehr geredet in diesem Land, verstehst du? Die Türken zum Beispiel reden nicht mit mir, weil sie ihre eigenen Zeitungen und TV-Kanäle haben und manchmal nach zwanzig Jahren immer noch nicht Deutsch können, und ihr Studierten habt ewig auch nicht mit mir geredet, weil ihr mich für dumm hieltet. Zum Beispiel, wenn ihr meine Tattoos gesehen habt, habt ihr nur den Kopf geschüttelt. Na ja, jetzt habt ihr alle selbst welche! Ihr könnt euch überhaupt nicht reindenken in mich!» – «Ach, Arno, du solltest dich nicht so aufregen, verstehst du? Ich bin toleranter als früher, und ich glaube, das tut mir gut. Ich kann mittlerweile sehr gut tolerieren, wenn Leute aus aller Herren Länder nebenan wohnen, wo ist das Problem? Ich finde das sogar schön, wenn die Tee trinkend an der Ecke sitzen und ihr Ding machen, auf der Suche nach einem besseren Leben. Also: Was willst du denn? Ausländer raus und Schlagermusik aus allen Lautsprechern?» – «Nein, du verstehst das falsch. Ihr interessiert euch nicht für mich, und die Ausländer interessieren sich für niemanden, weil ihr ihnen erlaubt, sich abzuschotten. Das sind die Probleme. Du bist nämlich gar nicht tolerant, dir ist nur alles vollkommen egal. Die Leute sagen immer Toleranz, aber eigentlich meinen sie damit, dass ihnen alles scheißegal ist!» – «Und was ist mit Nächstenliebe? Wo ist denn überhaupt deine Nächstenliebe, wenn's um Ausländer geht? Ich sehe da nur Missgunst.» – «Wie soll die Gesellschaft bloß funktionieren, wenn man sich nicht unterhalten kann, sag mir das doch mal! Wie soll ich Nächstenliebe geben, wenn niemals was zurückkommt, wenn ich die Leute nicht mal verstehen kann und die im Zug den ganzen Tag rumschreien und alles zumüllen, wie soll das funktionieren? Warum kann nicht irgendwer bestimmen, dass die jetzt alle Deutsch lernen, das würde doch allen helfen, oder? Damit aus einem Nebeneinander ein Miteinander wird. Das müsste man doch bestimmen können, oder? Das sind die kleinen, die kleinsten Schritte, aber alle tun so, als wäre Deutschlernen schon der Nazi-Supergau. Aber wo ist das Problem? Und dann kann man sich auch gemeinsam der Tatsache widmen, dass hier viele Leute abgehängt sind. Ganz unabhängig von ihrer Hautfarbe. Aber ja, vergiss es, mh, lass uns vielleicht einfach nicht mehr drüber reden, trink lieber noch ’nen Schluck, oder lass uns spazieren gehen, was meinst du? Wir gehen jetzt einfach hier lang und gucken, was passiert, und nehmen die Flasche mit, wie wär das?» – Ich war erschöpft und widersprach nicht, weil ich ihm auch gar nicht mehr folgen konnte, und wir liefen aus dem Dorf und eine Stunde durch die Grachtenlandschaft und auf dunklen Feldwegen entlang und das Gras war feucht und der Mond hell und wir redeten nicht mehr viel und ich dachte darüber nach, was passiert wäre, wenn ich nicht abgehauen wäre, sondern stattdessen einfach mein Leben in Hessen verbracht hätte, wie mein Bruder. Ich konnte es mir nicht vorstellen, mir fehlte die Fantasie, aber ich war trotzdem glücklich, dass das nicht passiert war.

Später kehrten wir nach Doel zurück und am Ortseingang setzte ich noch mal an: «Arno, ich komme jetzt noch mal auf Opa zurück und vielleicht passt das ganz gut, denn schau dich bitte um, weil ich glaube, dass das am ehesten hilft. Hier ist kein Abgrund, hier sind nur Felder und Wälder und Grabsteine und ein paar Häuser und sonst noch der Mond und in ein paar Stunden auch wieder die Sonne und immer neue Tage ziehen übers Firmament und unendlich viele kleine Wellen landen am Scheldeufer an und dann verschwinden sie auch wieder, versinken entweder im Sand oder werden verschluckt vom Fluss. Das ist alles nur klein hier und fast ein bisschen unerheblich, aber eigentlich auch schön. Also, Bruder, vertrau mir: Ich fühle deinen Schmerz, aber er wird dich nicht zerfetzen, darauf werde ich achtgeben! Ich weiß nicht, wie ich dir helfen kann, ich weiß es gerade nicht, aber ich werde immer dein Bruder sein, das musst du mir glauben! Bei allem, was uns unterscheidet! Aber gib deinem Hass keinen Raum. Das hat alles nichts mit Opa zu tun.» – Und dann blieb Arno stehen und sah mich an und zögerte und sagte dann: «Ich weiß, eigentlich weiß ich das, aber es ist auch schwer, verstehst du? Manchmal drehe ich durch. Das weißt du und das musst du mir erlauben! Aber ich weiß auch, dass du mein Bruder bist, das weiß ich ganz genau. Ich bin auch sehr stolz auf dich!», und dann ging er ein paar Schritte auf mich zu und reichte mir die Flasche und ich leerte sie in einem Zug und musste lachen. *Waarvoor leven wij eigenlijk?* Wer war mein Opa gewesen und warum?

Kaffee

Kurz darauf und sternhagelvoll trotteten wir zu Tanteke Mullers Wohnung, um dort weiterzutrinken, kramten nach Gläsern, gossen uns Kognak ein, legten uns auf die Sofas und lauschten der großen Stereoanlage. Es lief Radio MNM mit den neuesten Popsongs. Wir versuchten mitzusingen, aber ich wusste anscheinend überhaupt nicht mehr, was die Leute mittlerweile so hörten. Ich dachte darüber nach, ob meine Schüler wohl Witze darüber machten, dass ich keine Ahnung von dem hatte, was sie in der Musik und auch sonst berührte. Wir wurden allmählich schweigsamer und irgendwann schliefen wir ein.

In der Morgendämmerung rüttelte Arno mich wach, gab mir eine Banane und zog mich hoch. Es war noch kühl, als wir nach Hause liefen und auf das Kopfsteinpflaster spuckten. Ich spuckte, so viel ich konnte. Sonst meldeten sich schon die ersten Vögel und Arno grinste breit, als er sah, wie das Gras sich auf dem Deich dem Wind beugte.

Als wir in die Küche kamen, saß Anja dort am Tisch und hatte dunkle Augenringe und hielt eine Kaffeetasse umklammert. Sie blickte uns streng an und wir setzten uns zu ihr. Dann stand sie auf, lief hin und her und hin und her und sagte schließlich: «Warum seid ihr hier? Warum habt ihr es mir nicht einfach gesagt? Das ist doch kein Zufall und keine Spritztour. Ihr habt eine Agenda und habt ein Problem, das ihr unfähig seid zu kommunizieren. Ihr kommt ohne Exzess nicht klar, seid weder gelassen noch erwachsen, aber vor allem hattet ihr die Dreistigkeit, mich mitzunehmen. Was soll ich hier? Euch bei eurer Selbstfindung zuschauen?», und dann weinte sie. Ich war immer noch so betrunken, dass mir das nicht sonderlich naheging, aber ich suchte trotzdem nach einem guten Satz, den ich hätte sagen können, aber mir fiel nichts ein. Und Arno sagte auch nichts, sondern stand auf, schüttelte die Kaffeekanne und schenkte sich ein, sah nach draußen auf das AKW und fuhr sich durch die Haare. Anja wartete noch eine halbe Minute, ehe sie ihre Kaffeetasse an die

Wand schmiss und ins Schlafzimmer verschwand. Ich zuckte erst zusammen und beobachtete dann fasziniert die braune Flüssigkeit, wie sie die Tapete hinablief. Arno sah nicht einmal hin. Er schlief mit offenen Augen. Ich grinste müde. Wir waren sehr kaputt und Idioten, aber ich wusste zumindest, dass Arno Anja liebte, der Rest war mir irgendwie egal. Ich war mir damals ganz sicher, dass er sie liebte, aber vielleicht dachte ich das auch nur, weil sonst alles noch unübersichtlicher gewesen wäre, und das hätte ich nicht verkraftet.

Abfahrt

Dann ging ich zum Deich und legte mich in die Sonne und genoss meine Kopfschmerzen: Wir werden alle sterben und schon in ein paar Hundert Jahren wird sich niemand mehr an uns erinnern. Für die überwältigende Mehrheit der Menschheit und insbesondere für uns drei, Anja, Arno und mich, wird sich niemand interessieren, egal, wie sehr wir uns das wünschen würden, und alles, was wir tun oder nicht tun und lernen und fühlen, und all der Kummer und die Probleme und die Energie, die wir in die Dinge stecken, hat absolut gar keine Bedeutung für die Zukunft der Welt. Darum brauchte uns auch nichts zu interessieren, weil alles letztlich egal ist, und vielleicht war es deshalb keine schlechte Idee, dieses Städtchen runterzubrennen. Es würde keinen Unterschied machen für das große Ganze, aber Arno wäre trotzdem froh, und darum geht es doch auch manchmal, oder?

Die Erde ist etwa 4480 000 000 Jahre alt, und wenn nichts Verrücktes passiert, wird sie wahrscheinlich noch mal rund 3 200 000 000 Jahre älter werden, bevor sie aufhört zu existieren oder zumindest kein Lebensraum mehr für Menschen sein kann. Wenn man Glück hat, erlebt man hundert Jahre davon, was ja eigentlich nur bedeutet, dass man sich nicht so wichtig nehmen sollte. Nur für Arno könnte es einen Unterschied machen, ob ich da war oder nicht, und natürlich für meine Schüler, vielleicht sogar für meine Eltern und sicherlich für ein paar Freunde und selbst für Anja, aber sonst fiel mir kaum noch jemand ein, der überhaupt wusste, dass ich lebte, und dem es gleichzeitig nicht am Arsch vorbeiging. Vielleicht Lenie, aber da war ich mir nicht sicher.

Ich ging dann zurück und durch die Küche und sah Arno, wie er, den Kopf auf seine Arme gelegt, am Tisch saß und schlief, und ging in den alten Hühnerstall. Ich zog die Tür hinter mir zu und stand da im braunen Halbdunkel und ließ meine Hose auf die Knöchel sacken und nahm meinen Penis und streifte meine Vorhaut zurück und schob sie wieder nach vorne. Ich stellte mir den kleinen Arno vor, wie er vor mir kniete. Ich stellte mir vor, ich hätte eine Wampe und graue Brusthaare, und je heftiger ich versuchte, steif zu werden, desto weniger fühlte ich etwas anderes als Ekel, aber ich versuchte zu stöhnen und begann, Arno ein geiles Stück zu nennen, aber mein Penis lag weiterhin schlaff in meiner Hand, und stellte mir dann doch vor, eine Frau anzufassen, sie fest zu packen, stellte mir vor, Anjas Brüste zu berühren, in ihre Locken zu fassen oder dass sie vor mir lag, aber ich bekam noch immer keine Erektion, und mit gespreizten Beinen wartete Anja darauf, dass ich in sie eindrang, im Staub rekelte sie sich und gierte nach mir, wollte meinen Schwanz, aber plötzlich und mit einem spitzen Kopfschmerz schoss mir der Gedanke an Arno wieder durch den Kopf: Arno mit Vagina, Arno mit sieben, Arno in einem Mädchenkörper, nackt und eine Schultüte umklammernd, Arno das Kind, aber ich wurde und wurde nicht hart und zog unbarmherzig an meinem Penis herum und gab auf und ging auf die Knie und legte mich in den Dreck und breitete meine Arme aus und keuchte und hustete. Ich konnte das alles nicht glauben und wollte gerne versinken, aber schlief stattdessen einfach ein.

Irgendwann später wurde ich wach und sah Arno, wie er, ruhig atmend und mit gefalteten Händen und mit den Ellenbogen auf seine Oberschenkel gestützt, neben mir saß, auf einem alten Ölfässchen, glaube ich. Dann sah ich an mir hinab: Arno hatte eine Decke über mich gelegt. Meine Hose war noch geöffnet und hinuntergezogen, das konnte ich fühlen, auch wenn ich es nicht sah. Der staubige Waschbetonboden stach in meine Oberschenkelhaut. Arno sah mich an, während ich mich aufrichtete und wegdrehte. Ich wischte mir den Staub von den Beinen und zog meine Hose hoch. Er sagte: «Manches ist schwer zu verstehen, aber ich darf nie wieder trinken und muss die Vergangenheit trotzdem überwinden können. Wir sind Brüder und deshalb für immer Brüder. Außerdem muss ich noch viel lernen. Ich muss vor allem noch viel mit Anja bereden, aber zum Glück haben wir auch noch unser ganzes Leben Zeit dafür. Was hältst du davon, wenn wir einfach wieder heimfahren? Ich kann dich auch in Bochum vorbeibringen, wenn du magst. Ich muss nur gleich noch die Bohrmaschine und die Kettensäge zum Baumarkt zurückbringen. Anja ist schon dabei, zu packen. Sagen wir in zwei Stunden?» – Ich nickte verdutzt. Ich hatte einen derben Kater und einen trockenen Mund. Arno stieß die Tür auf und in den Schuppen strömte helles Tageslicht. Ich kniff meine schmerzenden Augen zusammen und sah ihm hinterher, wie er zum Haus zurücktrottete. So endete es also.

Anja

Von da an ging es den Bach runter, zunächst nicht allzu schnell, aber dann wurde der Bach irgendwann zu einem reißenden Strom, und letztlich geriet alles in Gefahr, aber das geschah erst allmählich, und als dann eines Tages mein Telefon klingelte und Anjas Name auf dem Display aufleuchtete, ging ich nicht sofort ran, sondern überlegte erst, warum sie wohl anrief, denn es war inzwischen etwa sieben Wochen her, dass wir überhastet aus Doel abgehauen waren, und hatten uns danach kaum noch gesprochen, weil alles ein wenig merkwürdig gewesen war, weil Arno niedergeschlagen war und ich auch und Anja am allermeisten, sie war offensichtlich verwirrt gewesen, aber hatte bei der Rückfahrt auf der Rückbank liegend noch gemeint, dass sie bereit sei, viel zu geben, aber von nun an mehr von Arno erwartet als Exzess, und dann war es lange angenehm still gewesen im Auto, und ich hatte gedacht, dass wir soeben einen guten neuen Punkt erreicht hatten: Ich und besonders Arno und Anja waren doch irgendwie weitergekommen. Trotz all der Heftigkeit war doch zumindest einiges auf den Tisch gekommen. Damit konnte man doch arbeiten, oder? Eine Leichtigkeit donnerte dann auch durchs Fenster hinein, während wir erst mit 130 und dann in Deutschland mit 180 über die Autobahn bretterten, und als Anja und Arno mich in Bochum ablieferten, winkten sie noch kurz, dann waren sie weg und ich war wieder allein und stand noch eine Weile auf dem Bürgersteig, neben mir auf dem Pflaster die Reisetasche und in meiner linken Hand der Vogelkäfig.

Mit Arno hatte ich seitdem gar nicht mehr geredet, aber immerhin ein paar SMS ausgetauscht, in denen ich ihm versicherte, dass alles gut war, und er mir versicherte, ein Kämpfer zu sein. Ich hoffte innig, dass es mit ihm nun wieder aufwärts ging, und trotzdem zögerte ich nun, als Anja nach all den Wochen anrief, aber nahm schließlich dennoch ab, weil ich wissen wollte, wie es den beiden ging, und sagte: «Hallo Anja!»

Als sie damals anrief, hockte ich nachmittags meist nur in meiner Wohnung und wusste rein gar nichts mit mir anzufangen, und deshalb war ich auch einfach froh, dass überhaupt mal jemand anrief und etwas sagte, denn ich aß mittags beim Asia-Imbiss um die Ecke, meist das Massaman Curry, und sonst trank ich viel Kaffee und kümmerte mich um die Kräuter auf der Fensterbank, redete mit den Vögeln und bemalte Modellflugzeuge und verfasste unter dem Pseudonym *Louis Beton* wütende Beiträge in den Kommentarspalten von SPIEGEL ONLINE.

Ich hatte Arno zwar vor drei Wochen geschrieben, dass bei mir alles gut sei, aber das stimmte nicht. Mir ging es überhaupt nicht gut, denn die Sache mit Serap hatte mich eingeholt, und zunächst hatte ich ja auch gedacht, dass ich alleine damit klarkommen würde.

Serap und ich hatten im letzten Winter eine Affäre gehabt – aber Serap war nun mal auch die Ehefrau vom Schulleiter, und dann hatte sie ihm im Sommer, während Arno, Anja und ich in Doel gewesen waren, alles gebeichtet, aber ich hatte davon erst mal gar nichts erfahren, und er, also mein Schulleiter, hatte mir daraufhin keinen neuen Vertrag geben wollen, und den hätte ich aber gebraucht, weil ich überhaupt keine Festanstellung bekommen hatte, sondern nach dem Referendariat offiziell nur eine Vertretungsstelle hatte, und deshalb pünktlich zum letzten Schultag arbeitslos wurde, aber weil das eigentlich nur eine Formalität war, bei der es hauptsächlich darum ging, dass nicht das Land NRW, sondern die Arbeitsagentur mich in den Sommerferien bezahlte, war ich total ahnungslos nach meiner Rückkehr aus Belgien in der letzten Ferienwoche zur Lehrerkonferenz getrabt, um noch mal im Kollegium zu besprechen, was anstand im neuen Schuljahr, und ich wollte mich gerade setzen, als unser Schulleiter, Herr Yeneroglu, hereinkam und mich in sein Büro bat, und dort schwollen ihm dann seine Adern auf der Stirn an und seine Augen funkelten und er warf mir an den Kopf, dass ich ein kleiner dreckiger Lump sei, und ich protestierte, weil ich nicht wusste, worum es überhaupt genau ging, aber mir dämmerte natürlich sofort, dass mich die Sache mit Serap nun wohl eingeholt hatte, und dass ich unsere Affäre zuvor mit der Vorstellung beendet hatte, dass das sonst vielleicht Ärger in der Schule geben konnte, den ich partout nicht wollte, half mir auch nicht mehr, denn ich hatte Serap gemocht und für einen guten Menschen gehalten, aber anscheinend hatte ich mich doch getäuscht, und trotz der Trennung, die mir schwerfiel, bekam ich nun also genau den Ärger, den ich ja hatte vermeiden wollen, und Herr Yeneroglu wurde schließlich konkret und sagte: «Ich kann in meiner Schule keine Lehrer gebrauchen, die meine Frau ficken! Punkt!», und das hatte gesessen und ich fühlte mich überrumpelt und versuchte dann, die Wogen zu glätten, entschuldigte mich und sagte: «So was passiert manchmal, das tut mir jetzt leid, aber viel wichtiger ist doch, dass ich trotzdem ein guter Lehrer sein kann – also ganz unabhängig davon, was ich in meiner Freizeit mache. Und weil das Verhältnis, das Serap und ich hatten, jetzt beendet ist, sollte unsere Zusammenarbeit, also zwischen Ihnen und mir, Herr Yeneroglu, doch keinen nachhaltigen Schaden genommen haben, oder was denken Sie darüber? Ich bin jedenfalls motiviert und freue mich auf ein tolles neues Schuljahr!», und da brüllte er, dass das ganze Schulgebäude wackelte: «VAN DIJCK, SIE MIESES STÜCK SCHEISSE, das werde ich nicht tolerieren und werde dafür sorgen, dass sie in ganz Bochum keinen Job mehr bekommen! Das werden sie noch büßen, mich so zu demütigen!», und dann versuchte ich es noch damit, dass ich seine Frau ja nicht verführt habe und dass er sich bei ihr vielleicht mal darüber erkundigen könne, dass ich das anfangs gar nicht mit allzu großer Leidenschaft betrieben habe, ich hatte dabei immer schon so ein komisches Gefühl gehabt, und letztlich hatte *ich* die Affäre ja auch für beendet erklärt und nicht Serap, und alles nur, um deren Ehe nicht zu gefährden und so weiter, aber das nützte mir auch nichts mehr.

Und weil das alles nichts nützte, ging ich zum Angriff über und sagte, dass ich zur Gewerkschaft gehe und seinen verfluchten, fetten, ranzigen Arsch notfalls durch alle Instanzen schleifen würde, wenn er mir nicht auf der Stelle einen Vertrag ausstellte: «Denn Sie miese Nulpe, Sie dreckiger Eschek wissen ja selbst, dass das hochgradig illegal ist, Herr Yeneroglu, irgendwelche Vertretungslehrerstellen zu konstruieren, nur um mir im Sommer kein Gehalt zahlen zu müssen, und ich hab mich nur noch nicht beschwert, weil mir Geld nicht so viel bedeutet und ich Sie für einen ehrenwerten Mann hielt, auf dessen Wort, dass es im nächsten Schuljahr ganz gewöhnlich weitergehe, man ruhig vertrauen kann, und überlegen Sie, auch wenn das nicht Ihre Stärke zu sein scheint, doch mal: Sie haben mir schon meinen Stundenplan geschickt und ich habe Anfang Juli schon mit Pötter und Millowitsch über die neuen Mathebücher diskutiert und schon Vorbereitungen getroffen für die Klassenfahrt im Oktober, meine 7a und die 7d von Frau Lüthen, weil wir ja an die Edertalsperre fahren wollen, ich hab die Jugendherberge schon gebucht, warum sollte ich das wohl machen? Und überhaupt habe ich schon eine Menge Unterricht vorbereitet, und jetzt glauben Sie wahrlich, Sie könnten mir einfach keinen Vertrag geben? Das kann ja wohl nicht Ihr gottverdammter Ernst sein und deshalb mache ich Ihnen nun auch ein Angebot: Sie geben mir einen neuen Vertrag bis zum Schuljahresende und dann vergessen wir alles und ich such mir bis dahin eine neue Schule und Sie hören nie wieder etwas von mir und das Schulamt bekommt nichts mit und so fort und dann sind's noch zehn Monate und danach sind Sie mich für immer los. Dann bin ich weg zum Schuljahresende, aber die Zeit bis dahin müssen Sie mir noch geben, weil ich den Job brauche und gerne mache, geht das in Ihren Kopf rein?» Aber er sagte bloß mit aufgesetzter Trockenheit: «Raus jetzt plus Sachen packen plus Hausverbot, Sie werden diese Schule im Leben nicht mehr betreten!», und weil mich das echt wütend machte, ging ich ohne Gruß und habe nicht mal seine Tür zugeknallt und ging ins Lehrerzimmer und begann, wortlos mein Fach auszuräumen und hielt dann unvermittelt inne und stopfte alles wieder hinein, schloss ab und sagte: «Bis demnächst», und ging am Seitenflügel raus und war schon halb über den Schulhof, als Frau Lüthen, also Jennifer, nach mir rief. Ich drehte mich um und sah, wie sie mir hinterhereilte, aber ich lief einfach weiter, und als sie mich eingeholt hatte, fragte sie: «Was ist passiert?» – «Ich hatte was mit seiner Frau und die hat's ihm gesagt und nun gibt er mir keinen neuen Vertrag, weil, ja, weil weil weil. Das ist passiert.» Jennifer seufzte und überlegte und fragte, ob sie noch mal mit ihm reden solle, aber ich sagte, dass das wahrscheinlich aussichtslos sei, aber dass ich zur Gewerkschaft gehe und dort frage, was man tun könne, aber erst mal nach Hause wolle. Sie meinte dann: «Okay, mach das, ich ruf dich heut Abend trotzdem an, falls ich Herrn Yeneroglu bis dahin abpassen kann. Vielleicht kann ich ihn umstimmen, denn uns fehlen sowieso ab Dezember zwei Kräfte, weil ja sowohl Hollenbach als auch die García in Elternzeit gehen, also das ist doch alles total kurzsichtig von ihm, und jetzt noch eine weitere Stelle kurzfristig zu besetzen, halte ich für ein illusorisches Unterfangen, besonders eine Stelle gleichwertig zu besetzen, wie soll das gehen? Mathe ist immer schwer, und vor allem bist du auch ein sehr netter Kollege, und ich hatte mich schon auf die Klassenfahrt gefreut und würde dich hier sehr vermissen. Sehr.» – «Danke, Jennifer.» – «Nein, wirklich!» – «Na ja, wie auch immer, ich glaub, da ist nichts zu machen, aber wenn du mit ihm noch mal sprechen könntest, wäre das gut, aber ich hab ihm auch schon durchaus drastisch meine Meinung gegeigt, und das hört er nicht gerne und ich glaube, der Zug ist abgefahren. Ich habe ihn durchaus beleidigt.» – «Weil du ein Idiot bist, oh, Mann, warum beleidigst du ihn?» – «Aha, auf einmal sind alle ganz schlau, ja, weiß ich selber, dass man keine Leute beleidigen soll, außer es ist wichtig, und streng genommen war es sogar wichtig.» – «Oh, Mensch, das ist bitter. Puuuh, na ja, wir hören!» – «Tschüss!»

Zu Hause setzte ich mich an den Küchentisch und sackte in mich zusammen und brauchte ein paar Minuten, bis ich wieder irgendwas tun konnte. Ich wollte mir das nicht gefallen lassen, aber es sah plötzlich gar nicht gut aus für mich.

Ich suchte dann die Adresse der Gewerkschaft raus und

fuhr nach Essen und dort waren sie bei der NRW-Zentrale geradezu begeistert: Der Rechtsberater hörte sich die Geschichte an und sagte mir, dass ich eigentlich zu meiner erstzuständigen Beratungsstelle in Bochum hätte gehen sollen, aber gab selbst zu, dass ich sowieso letztlich bei ihm gelandet und überhaupt alles ein Unding wäre, und dann holte er die anderen Mitarbeiter zu sich ins Büro und dann musste ich noch mal von vorne und detailliert erzählen, wie das alles passiert war, umringt von sechs Pullunder tragenden Kaffebecherhaltern, die sich gegenseitig mit Einwürfen wie «unfassbar», «unsozial» und «hire and fire!» überboten, und ich weiß selbst nicht, ob sie mehr erbost waren wegen der Kettenbefristungsverträge an sich, mit denen sich heutzutage viele Junglehrer rumzuschlagen haben und die der Gewerkschaft auch schon hinlänglich bekannt sein sollten, oder wegen der Unprofessionalität meines Schulleiters im Besonderen. Jedenfalls witterten sie einen medienträchtigen Prozess, woraufhin mir speiübel wurde. Ich wollte einfach nur meine Stelle zurück.

Der Rechtsberater tippte ein paar Stichpunkte in den Rechner und wollte sich in einer Woche mit einer ausgearbeiteten Einschätzung und dem bewilligten Antrag auf Prozesskostenübernahme zurückmelden. «Der Fall ist im Grunde ja glasklar, und dafür gibt es den gewerkschaftlichen Rechtsschutz in Arbeitsrechtsfragen!» – Ich nickte und schüttelte lauter Hände und fuhr heim und kochte Kaffee, und am Küchenfenster stehend, lachte ich aus Hilflosigkeit und schrieb Serap eine SMS, ob sie Lack gesoffen habe, was der Scheiß überhaupt solle, dass sie es ihrem Mann erzählt habe. Keine fünf Minuten später rief sie an. Ich ließ das Telefon klingeln und klingeln und den Nachmittag über rief sie noch vier Mal an und am frühen Abend schrieb sie dann, dass sie mich vermisse, aber das half auch nichts. Ich war gar nicht mal wütend, einfach nur enttäuscht und traurig.

Als Frau Lüthen, also Jennifer, abends anrief, um mir zu sagen, dass sie mit dem Schulleiter gesprochen habe, er aber auf seiner Position beharrt habe, bedankte ich mich und legte unvermittelt auf, und von da an hatte ich keinen Kontakt mehr mit Leuten, außer beim Fußball, denn zum Fußball ging ich weiterhin, aber selbst da kriegte ich den Kopf nicht frei und machte drei sagenhaft schlechte Spiele und verlor meinen Stammplatz. Ich erzählte dem Trainer, was passiert war und dass mich das fertigmache, weil ich ja von jetzt auf gleich nichts mehr zu tun hatte und ganz generell einfach keinen Plan hatte, wie man vierundzwanzig Stunden am Tag nichts tut und dabei nicht die Freude daran verliert. «Das geht vorüber!», sagte der Trainer. Ich glaubte ihm das und kam weiterhin zum Training, aber die zwei folgenden Spiele saß ich nur noch auf der Bank. Zwei der Jungspunde, die gerade aus der Jugend hochgekommen waren, witzelten sogar, ob es nicht langsam Zeit für mich wäre, in die Alte-Herren-Mannschaft zu wechseln, aber ich versuchte das, so gut es ging, zu ignorieren. Ein Wunder, dass ich nicht anfing zu trinken, denn ich konnte wirklich nichts tun, ohne daran zu denken, dass ich nicht für immer nichts tun konnte, und dann lief es selbst beim Fußball nicht mehr.

Die Dauerkarte für den Zoo, die ich mir gegönnt hatte, nutzte ich nur zwei Mal, weil Tiere anzuschauen plötzlich wehtat. Die hausten in Käfigen, aber wenn du sie rauslassen würdest, würden sie zwar erst mal abhauen und sich freuen, aber ich wette, nach zwei Tagen kämen sie von selbst wieder zurück, weil sie bestimmt überfordert wären mit der Freiheit, bloß dass sie dann den Weg nicht mehr fänden und zumeist sowieso schon viel eher auf einer Autobahnraststätte gesichtet und von der Polizei erschossen würden. Zumindest wenn sie ein Tiger wären. Gazellen sterben wohl einfach im Wald, weil sie die Eicheln nicht vertragen. Mein Nichtstun fühlte sich jedenfalls einfach nicht wie Urlaub an, das meine ich: Arbeitslosigkeit ist kein Urlaub. Zumindest nicht, wenn du nicht weißt, wie lange sie noch dauert. Um das abzukürzen, wollte ich mir aber eine neue Stelle besorgen und sprach das mit der Gewerkschaft durch, aber die rieten mir davon ab, weil man nicht klein beigeben dürfe. Also tat ich es nicht, weil ich ja auch nicht klein beigeben wollte. Aber je länger all das dauerte, desto gleichgültiger wurde es mir, und plötzlich war der Fall auch nicht mehr so glasklar gelagert wie gedacht, weil ich eine wichtige Einspruchsfrist versäumt hatte, aber sie wollten da irgendwas hindrehen, aber das interessierte mich nicht mehr so sehr. Der Schaden war angerichtet. Ich saß stundenlang zu Hause, fühlte mich müde und vermisste meine Schüler.

Zu allem Überfluss rief mich in dieser Zeit auch noch meine Mutter an und fragte, wie es in der Schule laufe. Ich antwortete, dass es gerade viel zu tun gebe, kam mir aber schlecht dabei vor. Ich log so ungern. Aber dann fing sie an zu weinen und erzählte mir, dass sie sich so freue, dass Arno nun heirate. Das habe sie immer gewollt, aber nicht gedacht, dass er es noch schaffe. «Mama, ihr habt aber auch alles dafür getan, dass es nicht klappt. Wisst ihr noch, wie dreckig es ihm ging?» – «Ja, Botho, dat zijn we niet vergeten!» – «Aha, und warum noch mal habt ihr ihm damals nicht geholfen? Warum wart ihr nicht da, als er euch nötig hatte?» – Da sagte sie, dass sie ja versucht habe, ihm zu helfen, aber dass Arno niemanden an sich rangelassen hätte außer mir. Stattdessen hätten sie immerzu nur gestritten. Ich seufzte. Dem eigenen Sohn Vorwürfe zu machen, wenn er sowieso schon am Boden lag, war vielleicht das, was meine Eltern unter Hilfe verstanden! Ich sagte nichts mehr, aber dann kam etwas, was ich von meiner Mutter nicht erwartet hätte. Sie dankte mir, dass ich für Arno da war. Sie sagte, dass sie und mein Vater und ich uns oft missverstanden hätten im Leben, aber sie wollte nun noch mal deutlich sagen, dass sie glücklich sei, einen Sohn wie mich zu haben, der achtgebe auf seinen Bruder. Das irritierte mich. Wo kam das her? Ich wollte trocken reagieren: «Mama, ich glaube, das ist selbstverständlich unter Brüdern. Aber nett, dass du es auch bemerkt hast», aber innerlich zerplatzte ich. Das war das erste Wort der Wertschätzung, das ich jemals von meiner Mutter gehört hatte, mir rannen die Tränen über die Wangen. Ich musste das Gespräch beenden, weil es mir zu viel wurde. Ich bat, Grüße an meinen Vater auszurichten, und legte auf. Eine halbe Stunde lag ich dann verheult auf der Couch und lachte gleichzeitig. Für ein paar Tage war ich geradezu glücklich, aber so etwas rüttelte auch an meinem Verständnis der Welt. Es mag seltsam klingen, aber meine Mutter hatte mich so sehr verwirrt, dass es mir noch schlechter ging. Konnte man sich denn auf gar nichts mehr verlassen? Weil ich immer noch ohne Arbeit dastand, hatte mich der Alltag aber bald wieder eingeholt. Der bestand aus Müdigkeit und meiner Wohnung.

Als also Anja anrief, hörte ich mir an, was sie aufgedreht erzählte: «Botho, du weißt ja, wir heiraten bald, also in zwei Wochen heiraten wir. Das bleibt auch so. Die letzten Wochen waren jedoch ein bisschen seltsam. Arno hat mich auch darauf angesprochen. Am Ende hatte er dann eine Idee, und die fand ich sehr gut, weil mich das sehr erleichtert hat. Ich habe mir also eine Flugreise nach Madeira gebucht und wollte da noch mal über alles nachdenken, weil wir das so besprochen haben, dass wir beide getrennt voneinander Urlaub machen und unabhängig und ernsthaft noch mal darüber nachdenken, ob wir heiraten. Arno sagte, dass ja schon alles ausgesprochen worden ist, was wir uns je sagen könnten. Jetzt müssten wir das nur noch bewerten und unsere Schlüsse daraus ziehen und uns selber die Frage stellen, ob wir uns lieben. Und das sei eigentlich ganz einfach, und er habe das schon lange gemacht, sagte er, und liebe mich unheimlich. Mir zuliebe wollte er das dann trotzdem noch mal in einem ruhigen Moment alleine und erneut wiederholen. Vor allem hat er aber gemerkt, dass *ich* plötzlich große Angst bekommen habe, je näher die Hochzeit rückte. Das stimmte auch. Ich hatte plötzlich Panik, etwas Falsches zu tun, weil ich das nicht so einfach konnte wie er: sagen, dass ich ihn liebe. Obwohl ich ihn natürlich liebe, aber auf einmal konnte ich das nicht mehr aussprechen, auf einmal geriet ich in ein leichtes Schwanken, verstehst du? Er bedeutet mir so viel, dass ich plötzlich keinen Fehler machen wollte. Kann man so was begreifen? Ich weiß auch nicht, warum ich plötzlich so verwirrt bin. Ich hoffe, dass das nur die Aufregung ist und dass sich das legt, sobald ich mal ein paar Tage zur Ruhe komme. Trotzdem weiß ich momentan einfach noch nicht, ob ich ihn so eben mal wegheiraten kann. Ich hoffe es jedoch. Die ganze Aufregung hat übrigens nichts mit Doel zu tun. Keineswegs. Jedenfalls muss ich mich am Ende in der schlichtesten Weise fragen, ob ich ihn liebe, und dann ist es klar und eindeutig. Deshalb wollte ich ja nach Madeira, hauptsächlich wollte ich an den Strand und viel nachdenken. Nun merke ich aber, dass ich das doch nicht will. Eigentlich müsste ich jetzt zum Flughafen fahren. Sobald Arno von der Arbeit wiederkommt, will er mich hinbringen. Oh, das wusstest du noch gar nicht: Wir haben wieder ein Auto! Und Arno hat jetzt wieder eine Arbeit! Ja, und wegen seinem neuen Job kann nun nur noch ich Urlaub machen. Ursprünglich wollte er nämlich im Harz wandern, aber es ist wohl wichtiger, dass er an dem Job dranbleibt, oder was denkst du? Er kann zwar noch nicht sagen, wie es ihm dort auf der Arbeit gefällt, weil er erst vor einer Woche angefangen hat, aber sein erster Eindruck ist gut. Deswegen wollte er dich sowieso mal anrufen. Aber um jetzt zum Punkt zu kommen: Arno und ich treffen uns dann einfach auf unserer Hochzeit vor dem Altar wieder, beziehungsweise erst müssen wir natürlich noch zum Standesamt, aber dann schnell zum Altar, und das klingt ein wenig schräg, aber wir haben uns das plötzlich ganz wild ausgemalt und dafür mag ich ihn auch, dass er sich so was ausdenken kann, also wir haben gedacht: Dann ist unser Hochzeitstag und wir schaffen eine Riesenspannung, ob der andere auch wirklich kommt, weil wir uns jetzt fünfzehn Tage nicht sehen werden. Trommelwirbel und dann kommt es drauf an: Arno und Anja, auf ewig! Auf ewig! Zumindest, falls er kommt und ich auch komme. Arno sagte jedenfalls, dass er jetzt den Rest alleine vorbereiten kann. Ich komme dann einfach zur Hochzeit, passend um halb elf bin ich beim Amt. Oder ich komme halt nicht, was aber unwahrscheinlich ist! Aber jetzt will ich überhaupt nicht mehr ans Meer, denn das soll bei mir ja kein klassischer Urlaub sein, weil das keinen Spaß machen soll, weil ich lediglich grübeln will. Ich will mir selbst näherkommen. Und deshalb würde ich lieber nicht nach Madeira fahren, sondern dich für die nächsten zwei Wochen besuchen, und dann fahren wir einfach gemeinsam zur Hochzeit, beziehungsweise vorher noch bei meinen Eltern vorbei, könnten wir das so machen?» – Das war nun wirklich ein Paukenschlag, und eigentlich verstand ich das alles nicht und fragte nach: «Oder wir fahren nicht gemeinsam hin, weil du nicht hinfährst, weil du ihn doch nicht heiraten willst? Das kann also auch passieren? Das kann auch ganz schön nach hinten losgehen und dann bin ich schuld?» – «Nein, nein, du darfst mich nicht falsch verstehen, Botho. Ich will ihn auf jeden Fall heiraten, aber ich bin mir nur einfach noch nicht sicher!» – «Das ergibt doch gar keinen Sinn. Entweder will man etwas auf jeden Fall oder halt nicht, und dann kann man sich auch unsicher sein, aber beides auf einmal ist doch irgendwie gaga, oder? Du wirkst so durcheinander, ich weiß gar nicht, was ich sagen soll. So kenn ich dich gar nicht. Ist irgendwas passiert?» – «Also kann ich kommen?» – «Klar, schon, ja, meinetwegen! Ich meine aber, dass das eine totale Schnapsidee ist von Arno und von dir!» – «Toll, super, Botho!» – «Hallo? Anja? Hörst du mir überhaupt zu? Ich finde das *nicht* gut und überhaupt: Musst du denn nicht arbeiten?» – «Ferien, es sind Herbstferien. Morgen ist der letzte Schultag und den mach ich blau. Bei euch denn nicht?» – «Ach so, ja, nein, bei uns noch nicht, also, wie du willst, du kannst auf jeden Fall kommen, aber ich weiß nicht, ob das eine gute Idee ist! Ganz im Gegenteil, ich bin mir fast sicher, dass das eine blöde Idee ist! Und Arno glaubt, das ist gut? Also, ich weiß nicht.» – «Das ist doch egal, was Arno glaubt, weil ich ja selbst schon denke, dass das eine gute Idee ist. Und ursprünglich war diese Denkpause doch sein Vorschlag. Also er ist auch dafür.» – «Schon gut, also kommt ihr später dann hier vorbei, oder fährst du mit dem Zug?» – «Ach so, ja, das ist noch ein Punkt. Ich will Arno nicht erzählen, dass ich dich besuche. Du müsstest mich vom Flughafen abholen, geht das? Damit Arno denkt, dass ich nach Madeira flieg.» – «Ich hab überhaupt kein Auto, Anja, ich hab schon ewig kein

Auto mehr. Und welcher Flughafen überhaupt? Warum darf er das denn nicht wissen? Anja, bist du dir sicher? Ist irgendwas passiert?» – «Düsseldorf, aber stimmt, du hast ja gar kein Auto. Dann komm ich von Düsseldorf aus mit dem Zug nach Bochum und dann holst du mich am Bahnhof ab, weil ich nämlich nicht mehr genau weiß, wie man zu dir kommt. Und um die andere Frage zu beantworten: Ja, ich bin mir sicher, mir geht's gut, es ist nichts Besonderes passiert. Und bitte, Botho, tu mir den Gefallen.» – «Ja, meinetwegen, aber ...» – «Was denn?» – «Ne, schon gut, also schick mir einfach eine SMS, wann du am Hauptbahnhof sein wirst, und dann hol ich dich ab, ich versteh's nur einfach nicht, ja?» – «Ja, ich weiß, es klingt ja auch für Außenstehende ein wenig verworren. Aber ich schwöre: Das ist durchaus wohlüberlegt alles. Und danke schon mal. Bis später!», und dann legte sie auf.

Ich steckte mein Telefon wieder in die Hosentasche, lief in der Wohnung herum und wusste nicht, was jetzt zu tun war, las dann ein Buch, in dem ich aber letztlich nur blätterte, legte es also wieder weg und sah nach draußen in den Herbst.

Arno hatte Arbeit, das war sehr gut, darüber musste ich mehr erfahren, aber Arno und Anja beschlossen zwei Wochen vor ihrer Hochzeit, noch mal zu überlegen, ob sie heiraten wollten? Das war überhaupt nicht gut und eine mittelschwere Katastrophe, obwohl ich auf Arno baute, weil er meiner Meinung nach wusste, was Liebe war. Nur Anja irritierte mich. Sie klang so sehr anders, fast ein wenig verwirrt. Und ängstlich, vor allem klang sie unruhig und so kannte ich sie wahrlich nicht. Und was ich mit der ganzen Sache zu tun hatte, warum sie mich da mit hineinzog, hatte ich mich gar nicht zu fragen getraut.

Hausmeister

Gegen 9:00 vibrierte mein Handy, eine SMS: «9 uhr 53 hbf gleis weiß ich nicht. ICE aus frankfurt richtung dortmund. merci!» – Ich trank noch einen Tee, dann zog ich mir Schuhe und Jacke an und lief zur Straßenbahn und fuhr die zwei Stationen bis zum Hauptbahnhof, aber oft lief ich auch, man hatte dann viel eher die Chance, netten Menschen zu begegnen, denn in der Straßenbahn begegnest du eigentlich niemandem, der nicht schon völlig entgeistert und entfremdet zu Boden starrt und hofft, dass er nicht angesprochen wird. Auf der Straße schauen dir die Leute oft noch ins Gesicht und grüßen. In der Bahn wäre das undenkbar.

Als ich, am Hauptbahnhof angekommen, mir meinen Weg durch die Menschen und Wurstverkäuferinnen gebahnt hatte, sah ich auf die Anzeigetafel. ICE 514 aus Frankfurt mit Weiterfahrt nach Dortmund, geplante Ankunft um 9:57, das musste sie sein! Heute fünf Minuten Verspätung, Gleis 6.

Ich ging zum Kiosk und kaufte zwei Capri-Sonne und dann lief ich zum Gleis hoch, setzte mich und wartete und irgendwann fuhr der Zug ein, und ich ging den Bahnsteig entlang auf der Suche nach Anja, bis sie irgendwann aus einer kleinen Menschentraube heraustrat und mich anlächelte und einen Rollkoffer hinter sich herzog. Wir umarmten uns und ich reichte ihr eine Capri-Sonne. «Wollen wir zu Fuß gehen, der Abend ist so schön, wir sollten nicht die Straßenbahn nehmen», sagte ich und sie nickte, ich nahm ihren Koffer und wir rumpelten über die Bürgersteige, schlürften unsere Getränke und ich entschuldigte mich, dass ich wegen ihres Ausflugs hierhin zunächst so skeptisch reagiert hatte, und sagte, dass ich ihr gerne helfen wolle, falls ich das könne, aber sie antwortete nur, dass es schon Hilfe genug sei, wenn sie ein paar Tage hier sein könne: «Mach dir nicht so viele Gedanken, Botho!», und weiter sagten wir dann nicht mehr viel und ich musterte sie auf dem Weg noch ein paarmal und sie sah ernst aus und um uns herum ergoss sich das Licht der Straßenlaternen auf die Straßen und Vorgärten und Häuserwände und ein paar Fenster im zweiten Stock oder dritten Stock leuchteten auch und wir kauften schließlich noch eine Tafel Schokolade am Kiosk.

«Hier die Erdbeer-Joghurt, magst du so was?», fragte sie mich, als wir im Laden standen und auf die begrenzte Auswahl an Schokoladentafeln sahen. «Nein, eigentlich nicht. Können wir nicht so eine gewöhnliche nehmen, einfach mit Haselnuss?» – «Aber wieso ist denn Haselnuss jetzt eine gewöhnlichere als Erdbeer-Joghurt?» – «Meinst du das ernst, Anja?» – «Ja, durchaus, Erdbeer-Joghurt ist eine grundsolide Sorte, die findest du bei jeder Marke!» – «Meinetwegen, aber ich mag sie halt nicht. Alles andere ist in Ordnung, aber kein Joghurt bitte.» – Da sagte der Verkäufer, der gelangweilt auf sein Telefon schaute, ganz beiläufig: «Meine Kinder essen immer Knusper-Flakes, ist knusprig und nicht zu bitter!» – «Nicht zu bitter? Furchtbar süß, würde ich eher sagen!», erwiderte ich und dann haute Anja dazwischen: «Gottverdammte Scheiße, Botho, was ist denn los mit dir, können wir vielleicht einfach eine Schokolade kaufen?» – «Keine Ahnung, Anja, bin ich jetzt gereizt oder du?» – «In Ordnung! Wir kaufen die blöde Haselnussschokolade, ja?», sagte Anja und wir zahlten und schweigend aßen wir die Hälfte schon auf dem

Weg, gingen dann hoch in meine Wohnung und setzten uns auf die Couch und Anja sagte: «Irgendwas ist, oder?» – «Ja, nein, irgendwas ist immer, klar, aber lass uns ein anderes Mal darüber sprechen! Nicht mehr heute!», sagte ich und dann plauderten wir noch ein Weile sehr allgemein, bis Anja sagte, dass sie müde sei, und ich klappte die Couch aus und sie schlief in meinem Bett und ich im Wohnzimmer und als ich am nächsten Morgen unter der Dusche stand, lauschte ich aufmerksam dem Wetterbericht, aber es sollte viel regnen, und dann schaute ich, ob noch Brot da war, und huschte, weil ich keines mehr hatte, durch einen angenehmen Nieselregen zum Bäcker und holte Brötchen und sagte später am Frühstückstisch, ein Ei aufschlagend: «Es wird wahrscheinlich viel regnen heute, aber wenn dich das nicht stört, gehen wir raus und machen was und bewegen uns! Denn was ich dir gestern nicht sagen wollte, weil ich es noch nicht einmal Arno erzählt habe, ist nämlich, dass ich keinen Job mehr habe. Die haben meinen Vertrag nicht verlängert und alles wegen Serap, die das nämlich verbockt hat, und deshalb können wir ruhig was machen, weil ich frei hab, weil ich jetzt immer frei hab und bisher viel alleine war, und deshalb ist's auch gut, dass du hier bist. Deshalb unternehmen wir einfach was, weil wir uns nicht zu Tode grübeln sollten, oder was denkst du?» – «Oh, Botho, warum hast du denn nichts gesagt, du hättest dich doch mal melden können, Botho! Serap, das war die Frau vom Schulleiter, right?» – «Ach, mir war einfach nicht danach, denn irgendwie war das so aufwühlend gewesen in Doel, und ich wollte erst mal runterkommen und euch auch die Zeit dazu geben, und dann kam alles so plötzlich und ich dachte, dass ihr schon genug zu tun habt mit der Hochzeit, und ich weiß sowieso nicht, wie ihr mir da hättet helfen können!» –

«Serap wollte dich bestrafen und hat's ihrem Mann erzählt?» – «Das weiß ich nicht so genau, seitdem ruft sie manchmal an, aber ich nehme nie ab, jedenfalls hat sie es ihm erzählt, nur weiß ich nicht recht, warum. Sie vermisst mich, sie hat eine Ich-vermisse-dich-SMS geschickt.» – «Wie absurd!» – «Ich war auf jeden Fall richtig runter, als ich das alles erfahren habe, aber jetzt ist alles allmählich vergessen, und ich überlege noch, ob ich den Prozess abwarten soll oder mir vorher schon eine neue Schule suche. Das muss ich demnächst entscheiden, denn langsam fällt mir die Decke auf den Kopf.» – «Ach, du hast geklagt?» – «Ja, auf einen unbefristeten Vertrag, weil ich im Grunde ein ganz normaler Lehrer an der Schule dort und jedenfalls keine Aushilfskraft war, und es kann auch keiner behaupten, dass ich in den Sommerferien nicht schon gearbeitet hätte! Die können mir nicht einfach keinen Vertrag mehr ausstellen, wenn ich da als regulärer Lehrer gearbeitet habe, ich war keine Aushilfskraft. Das sagt auch die Gewerkschaft.» – «Und Seraps Mann, also was hat er denn überhaupt gesagt?» – «Ja, der ist total wütend geworden und wir haben uns beschimpft, aber der ist sowieso eine hitzköpfige Natur.» – «Ach, wie verrückt, also Arno findet gerade einen Job und du verlierst deinen. Völlig kirre.» – «Aber erzähl mal davon, was macht er denn jetzt?» – Und dann schmierte ich mir ein Brötchen, während Anja lachend über Arno sprach, obwohl alles, was Arno und Arbeit betraf, eigentlich immer todtraurig war, wenn man mich fragt.

Arno hatte nämlich die Angewohnheit, keinen zweiten Tag zu arbeiten oder zumindest keine zweite Woche, weil ihn immer etwas störte, und dann ging er einfach nicht mehr hin, weil er die Leute für Idioten hielt, denn er hatte oft so Ideen, denen natürlich am ersten Tag noch keiner Beachtung schenkte, weil er ja der Neue war und keiner ihn kannte, aber Arno sah nicht ein, was sie ihm sagen wollten, oder er war zu unruhig, und dann waren die Leute erst mal irritiert, aber das wäre gar nicht das Problem gewesen, weil sie ihn deswegen ja noch lange nicht rauswarfen, aber weil im Gegenzug auch nicht alle gleich jubelten, dass er da war, glaubte Arno immer, dass er seine Zeit verschwendete, und deshalb hat er, schätze ich, in den letzten vier Jahren kaum sechs Monate gearbeitet, wobei das anfangs auch viel mit dem Alkohol zu tun hatte, aber seitdem es ihm wieder besser ging, wollte er ja gerne arbeiten, aber glaubte sich immer von Hallodris umgeben. Wenn man allerdings lange keine Arbeit mehr hatte, bekommt man irgendwann überhaupt keine mehr, obwohl Arno ein grundsolider Elektriker ist, keine Frage. Er hat mir damals, als ich in Bochum in die neue Wohnung eingezogen bin, alles verlegt und angeschlossen, wahrscheinlich hätte ich's auch selbst irgendwie hinbekommen, aber sicher nicht so leicht und routiniert wie er, und weil ich außerdem noch eine große Angst vor Strom habe und er gar keine, was ja auch schlecht wäre für einen Elektriker, hat er dann alles gemacht.

Der Vermieter war einmal da und wir standen auf dem Balkon und haben eine geraucht, weil ich damals noch geraucht habe, und da erzählte er, die gute Kuczminski, meine Vormieterin, habe da schon gewohnt, als er noch zur Schule ging, und ihr Mann sei damals schon tot gewesen, weil der was mit der Lunge gehabt hätte, vom Kohlenstaub, weil der damals noch eingefahren sei, und sei wohl keine fünfzig geworden, und das war also dann meine erste eigene Wohnung, und ich bekam sogar zwei Monate mietfrei wegen der Renovierung.

Jedenfalls erzählte Anja, dass Arno nun als Hausmeister

arbeite, und vielleicht sei das das Beste, weil er so keine Kollegen mehr habe, er sei für einen ganzen Genossenschaftswohnblock im Grünen mit vierundfünfzig Wohneinheiten am Stadtrand von Kassel zuständig und da sei immer was zu tun, aber wenn er nicht hinterherkomme, beauftrage er noch dazu Externe, das sei alles so abgesprochen, und wenn irgendwas mit den Heizungen sei, dann machten das auch Externe, aber den Rest mache er selbst, und dadurch sei er jetzt sein eigener Herr, und deshalb scheine es diesmal zu klappen. «Du müsstest ihn mal sehen, er strahlt förmlich, wenn er von der Arbeit kommt! Also, er flucht natürlich ordentlich, dass die Bewohner keine Ahnung hätten von was auch immer, aber er ist jetzt glücklich, denke ich, und ein bisschen Fluchen ist bestimmt normal für jeden Hausmeister in der ganzen Republik!» – «Oh ja, das kann ich mir vorstellen, Arno kommt heim von der Arbeit und steht im Türrahmen, schmeißt seine Tasche in die Ecke, macht die Gürtelschnalle auf und atmet erst mal durch und sagt: ‹Da kannse dich nur ann Kopp packen bei die Leude, do!›, und dann setzt er sich an den Tisch und will essen, so ist es doch?» – «Was denkst du? Nein, nein, so auch wieder nicht!» und dann lachten wir und frühstückten weiter, während es draußen stärker zu regnen begann.

Zwischen Pfützen

Mit aufgespanntem Regenschirm wanderten wir später Richtung Süden und nach Eppendorf. Anja hatte auf meinem Schreibtisch ein Jo-Jo gefunden und es mitgenommen und ließ es unablässig hoch- und runterschnellen. «Gab's nicht mal welche, die auch leuchten?», fragte sie plötzlich und ich sagte:

«Ja, ich glaub, du hast recht, aber dieses hier haben mir meine Schüler am Ende des Schuljahrs geschenkt, und wahrscheinlich denken die, dass ich ein alter Mann bin und bei mir alles aus Holz sein muss, und deshalb gab es ein Holz-Jo-Jo, ganz ohne irgendwelche Leuchtdioden.» – «Wie süß, ich bekomme immer nur Blumen.» – «Ja, die meisten sind echt goldig, zumindest manchmal, aber sie müssen noch viel begreifen, vor allem, dass ich nicht viel älter bin als sie und eigentlich auf ihrer Seite. Also ganz ehrlich: In meinem Mathe-LK haben die mich letztens gefragt, was ich beim Mauerfall gedacht habe, ob ich erleichtert war, dass der Kalte Krieg vorbei sei oder so was, aber 1989 war ich ja gerade mal elf gewesen, und damals war mir nur durch den Kopf gegangen, dass die Ossis die Nationalmannschaft verstärken könnten, also das hab ich gedacht, dass wir endlich mal wieder Weltmeister werden können, verstehst du? Beim Fußball war ich immer durch und durch Deutscher und mehr als Fußball hat mich am Mauerfall überhaupt nicht interessiert. Ich wusste gar nicht, was der Kalte Krieg ist. Aber meine Schüler stellen die cleversten Fragen und wissen total viel und schnappen immer mal wieder was auf, aber die verstehen überhaupt nicht, dass ich gerade mal zehn oder fünfzehn Jahre älter bin als die, und die begreifen auch nicht, dass ich kein Hippie bin, nur weil ich auf der Uni war, und deshalb fesselt mich der Ruhrpott so, denn ich glaube, dass hier demnächst viel passieren wird, weil da gerade Horden von Schülern durch die Gesamtschulen und Gymnasien und schließlich durch die Hochschulen preschen, die jeweils als Erste in ihrer Familie Bildung erhalten, und das finde ich großartig, verstehst du? Die werden bald abgehen wie Sirenen und der ganze Pott wird dröhnen: ohrenbetäubend. Nicht alle machen diesen Schritt, aber unglaublich viele, und das ist irgendwie gut. Wenn du in Bochum auf dem Campus bist, gibt's da mittlerweile mehr Kopftücher als Polohemden, dann stolzierst du auf der Zentralachse an diesen Funktionstürmen entlang, in deinem Rücken das scharfe UniCenter, direkt vor dir der AudiMax, eine Mischung aus fliegender Untertasse und Zirkuszelt, und dann unter- oder überquerst du irgendwelche Betonpassagen und fühlst dich als Teil der Moderne, weil keines der Gebäude den Gesetzen der Physik zu gehorchen scheint, oder zumindest ein wenig artistisch daherkommt, und auch, weil jeder da rein darf. Die Fakultäten sind dort in durchlöcherten Blöcken untergebracht, und alles durchsetzt von Teichen und Blumen und Büschen, das ist alles sehr natürlich und gleichzeitig topmodern, ich weiß gar nicht, wie ich das beschreiben soll, denn das glaubt man gar nicht, wie wenig muffig und traditionsgebunden und althergebracht das dort ist, so stellt man sich ja keine Universität vor, aber das ist die reinste Zukunft, die dort zelebriert wird, und das berührt mich, auch wenn ich weiß, dass es ein paar der jungen Leute in diesen Türmen vielleicht auch zerreißen wird, aber irgendwer muss doch anfangen, und das werden nicht alles große Humanisten werden, und hebt natürlich auch nicht gerade das Niveau, wenn viele wirklich Bildungsfremde dort sind, und im Ruhrgebiet ist eigentlich eine Uni schlechter als die andere und die Professoren bleiben nur so lange da, bis sie was Besseres gefunden haben, aber dennoch ist das ein Meilenstein, dass da so viele Arbeiter- und Servicekinder herumlaufen, das macht mich glücklich, Anja, weil das mein Traum ist, egal, wie schwer das für diese Leute dann noch werden wird! Und deswegen nehme ich denen auch keine Holz-Jo-Jos übel, die meinen es ja nur gut, weil viele von denen uns Lehrer immer noch für Astronauten aus einer fernen Welt halten, die so anders sind und über allem schweben, aber ich schwör dir, wenn ich noch mal an meine Schule zurückdarf, dann werde ich weiter guten Unterricht machen, und dann kann ich mir gut vorstellen, dass die Hälfte meiner Schüler an die Hochschule geht. Und dann warte noch mal so zehn Jahre und dann haben die ordentlich Asche und Haus und Auto, aber was sie vor allem haben werden, ist die Erkenntnis, dass ich überhaupt nicht besonders war oder bin und dass sie genauso schlau waren wie ich, aber eben halt ein paar Jahre jünger und noch warten mussten! Aber worum es geht, sind ja wiederum deren Kinder! Weil nämlich deren Kinder mit einer anderen Selbstverständlichkeit zum Abitur überredet werden können oder gar nicht mehr überredet werden müssen, weil die dann ja auch schon ganz andere Eltern hatten, und dann haben wir's geschafft, dann ist das Leiden irgendwann vorbei!» – «Ach, Botho, mal ehrlich: Du meintest doch in Doel, dass dir Lehrersein nichts bedeutet, aber dabei ist anscheinend das Gegenteil wahr, weil du im Grunde ein Idealist der krassesten Sorte bist. Also was denn nun?» – «Ach, Idealist? Denkst du? Und was, wenn ich einfach nur eine andere Vorstellung davon habe, was Kür und was Pflicht ist? Ich sag ja nach wie vor nicht, dass ich für meine Schüler blühe oder so was, aber ich glaube, es ist meine Pflicht, sie nicht im Stich zu lassen. Denn ich bin nicht durchweg verzückt, besonders, weil ich weiß, dass sie erst mal leiden werden, die erste Generation wird leiden, und viele begreifen ihre Chance erst gar nicht.» – «Okay, einerseits bin ich neidisch auf dich, denn so viel Faszination kann ich für meine Schüler allein aus Pflichtgefühl nicht aufbringen, und trotzdem behaupte ich, dass ich den besten Job habe. Was gibt's Schöneres als Kinder? Was gibt's Notwendigeres?» – «Ein paar Sachen schon!» – «Wie du meinst, aber warum werden sie erst mal leiden, das verstehe ich nicht.» – «Das verstehst du nicht? Ich will zwar nicht, dass es diesen neuen Bildungsbürgern schlecht geht, aber leider Gottes muss es ihnen schlecht gehen, weil das immer so ist, wenn einer *aufsteigt*, weil er dann auch *aussteigt* aus dem, was ihn bislang ausgemacht hat, weil er sich loslöst. Aber das muss so sein, damit es irgendwann mal aufhört.» – «Das verstehe ich immer noch nicht. Geht es dir denn nicht jetzt besser? Bist du nicht aufgestiegen und nun glücklich?» – «Klar bin ich glücklich, aber genauso sehr bin ich es auch nicht. Ich verzweifele manchmal an meinen Eltern, und manchmal trauere ich, weil wir nie zusammengefunden haben, und vieles ist zwar bei meinen Eltern noch mal besonders und liegt vielleicht auch an anderen Dingen, aber vieles auch daran, dass sie einfache Leute waren und ich nun nicht mehr dazugehöre, und ich bin manchmal hart mit ihnen, aber ich habe keine Wahl, weil mich alles zerreißt, denn, hör mal …», und dann sah ich sie an und nahm ihren Kopf und legte ihn an meine Brust und sagte: «Hörst du das Klopfen? Spürst du das? Das ist ein Doppelschlag. Da sind zwei Herzen in meinem Körper, da trommeln zwei Herzen in meiner Brust: Eines gehört dem Dorfkind, das ich bin, das keine verständigen und überintellektuellen Eltern hatte, die nicht den ganzen Tag von Gefühlen geredet und mich aufgebaut haben. Stattdessen wollten sie lediglich, dass ich ihnen keine Schande mache. Das sind dieselben Eltern, die mir nie gesagt haben, dass man ein Instrument lernen kann, und mir auch keines gegeben haben und auch keinen Tennisschläger, die mir oft vorgehalten haben, dass ich nichts werde, wenn ich so weitermache, aber die mir, ohne es auszusprechen, auch verboten haben, nach oben zu wollen, weil sie der Sache nicht getraut haben, und ansonsten haben sie mich mir selbst überlassen und mir auch nicht die gottverdammte Welt gezeigt und waren auch niemals mit mir im Urlaub in der Toskana gewesen, ich bin nämlich überhaupt noch nie in Italien gewesen und noch niemals am Mittelmeer, ja, ich bin noch nicht einmal geflogen in meinem Leben, kannst du das glauben? Mehr als drei Jahrzehnte alt und noch nicht geflogen, Anja, ich weiß nicht, wie das ist: Ich weiß nicht, wie es ist, zu fliegen! Denn das einzige Meer, das ich jemals gesehen habe, war die belgische Nordsee, und die habe ich mittlerweile so häufig gesehen, dass sie nun auf ewig in meiner Seele weiterbrausen wird, tausend kreischende Möwen segeln jede Nacht durch meine Gedanken und lassen mich nicht in Ruhe, aber das ist alles nicht so schlimm, weil ich es verwunden habe, nicht verwöhnt worden zu sein, und auch keine Lust habe zu heulen, aber ich dürfte heulen: Wenn ich mich umblicke und alle mir immer einen Schritt voraus sind, dann dürfte ich heulen, und auch, wenn ich an meine Schüler denke, denen allzu oft ein Milieuwechsel bevorsteht, das wird für die noch hart werden, vor allem weil ihnen auch ganz oft schon jemand einen Schritt oder gar zwei Schritte voraus sein wird. Ich weiß zwar noch heute, wie man Feuerwehrschläuche faltet, Fahrräder und Mopeds repariert, was ein Sankt-Martins-Umzug mit den vielen kleinen Laternchen ist, aber wen interessiert's? So was zählt nicht mehr. Ich habe auch erst viel zu spät erkannt, wie schön und wichtig Bücher sein können, was sie dir berichten und wohin sie dich mitnehmen können. Aber ich habe das verwunden. Meine Eltern haben mir immer nur eines gepredigt: dass das Leben aus Arbeit besteht. Und was ich deshalb nicht gelernt habe: zu träumen. Ich hab nie gelernt zu träumen. Mir ist schon ewig klar gewesen, dass das Leben nichts Großes bereithält, dass man das besser sofort akzeptiert, weil alles auch so schon hart genug ist, und dieses einfache und kleine Leben, das ich eigentlich hätte führen sollen, das kann mitunter auch schön sein, ich sag auch gar nichts dagegen, aber es hört auf, schön zu sein, wenn man einmal die Weite entdeckt hat, und genau das ist irgendwann passiert, in Bochum, auf der Abendschule, und ich habe also aus Versehen in Bochum doch noch gelernt, dass man träumen darf. Und glaubst du, dass es ein Zufall ist, dass mir das in Bochum eingefallen ist und nicht in Zwingenberg? Ich hatte also Glück, jetzt träumen zu können, aber was ich wohl nicht mehr lerne: Zuversicht allem gegenüber zu haben.»

Es begann, stärker zu regnen, Anja sagte nichts und während wir weiterliefen, sahen wir umher, auf die nassen Fassaden und die spritzenden Autos, die vorüberfuhren. Mir wurde flau im Magen. Ich sprach so ungern über all das, eigentlich hatte ich sogar noch nie mit jemandem darüber gesprochen. Als wir an einer Bäckerei vorbeikamen, schlug Anja vor, ein Stück Kuchen zu essen. Sie konnte nicht wissen, dass ich mir vor dem Fußballtraining in gerade dieser Bäckerei gerne noch ein belegtes Brötchen holte und mich vor Ewigkeiten mal in die junge asiatische Bedienung verguckt hatte, aber über ein paar nette Plaudereien waren wir nie hinausgekommen. Sie war an dem Tag aber nicht da und stattdessen bediente uns eine ältere Dame. Wir entschieden uns für den Käsekuchen und setzten uns ans Fenster. Die Straße war menschenleer. Ich verstand nicht, was die Leute an Regen so störte. Anja sah mich an und fragte: «Und was ist dann das zweite Herz?» – «Ach so, ja, das hatte ich ganz vergessen, das zweite Herz: Das gehört nämlich dem Menschen, der ich hier in Bochum geworden bin und der überhaupt nicht mehr akzeptieren will, was das Leben eigentlich für ihn vorgesehen hatte. Der sich mit aller Kraft gegen die Kleinbürgerlichkeit und Beschränktheit seiner Herkunft stemmt. Der sich weigert, irgendwann zufrieden zu sein. Der seinen Hunger niemals wird stillen können. Der aber manchmal auch weint, weil er wieder mal merkt, dass er doch nicht den Mut hat, den man bräuchte, um noch weiter zu kommen, obwohl ich ja schon sehr weit gekommen bin, aber ich will noch viel, viel mehr. Der Mensch, der gelegentlich zweifelt, ob es noch mal gut enden wird. Ich bin der Mensch geworden, der während all der Stunden und Jahre in Vorlesungen und Seminardiskussionen und beim Unterschriftensammeln und brütend über Hausarbeiten vor allem seine eigene Herkunft abgestreift hat, und die fehlt ihm jetzt, und dieser Mensch kann also niemals mehr zurück in das Reich der Prolligkeit, der Bauern und zurück zu den Tankstellen, um erst den Reifendruck zu kontrollieren und dann bei der eigenen Mutter, die ja dort manchmal arbeitet, den billigsten Tankstellenschnaps zu kaufen. Dieser jemand bin ich und bin jetzt Akademiker, hörst du? Ich hab's geschafft! Und hab's doch nicht geschafft! Weil ich mir auch fremd geworden bin, und somit ist da eine Spannung in mir, weil ich nicht mehr zurückwill und auch nicht mehr zurückkann, aber eigentlich müsste. Ich bin jetzt woanders, wo mich keiner von früher mehr besuchen kann, ohne dass ich ihn schief angucken würde, weil er die Polen verflucht, die auf der Baustelle für die Hälfte arbeiten, oder sich ärgert, dass die Leute von Türkyemspor beim Fußball immer Spielabbrüche verursachen und dass wir alle bis siebzig für eine Kummerrente schuften sollen – wer hat das denn verbrochen? Ich weiß noch immer, was mit solchen Aussagen gemeint ist, was sie bedeuten, aber ich will nicht mehr zuhören, obwohl ich eigentlich muss. All diese Leute kann ich nicht mehr verstehen, obwohl ich genau weiß, was sie sagen, und dass sie viel zu oft recht haben, zumindest aus ihrer Perspektive, und deshalb verdränge ich, dass ich mal dazugehört habe. Denn aus dem Arbeiterkind ist kein Arbeiter geworden, verstehst du? Ich hab mich weiterentwickelt, aber anders, hab mich wegentwickelt und bin folglich auf dem einen Auge blind, aber das ist nun halt der Preis. Was soll ich sagen? Warum sind meine Eltern keine Ärzte, warum keine Anwälte oder zumindest Lehrer? Warum verkaufen sie Fische und Hamster? Und Mutter arbeitet immer noch nebenher in der Tankstelle, wenn das Geld nicht ganz reicht – warum macht sie das? Klar, weil sie eine Zoohandlung haben, und dort verkauft man eben Fische, schon klar, und wenn das Geld nicht reicht, arbeitet man in der Tankstelle. Aber *warum* reicht das Geld manchmal nicht? Ich will doch nur wissen, warum alles so ist, wie es nun hinter mir liegt. Ich will meinen Schülern diese Verlorenheit nicht wünschen, aber da müssen die durch, damit ihre Kinder es irgendwann mal wirklich besser haben.»

Nach einer kurzen Pause fragte ich Anja, ob wir gehen wollen, und wir traten nach draußen und spannten unsere Schirme auf und sie sagte: «Botho, ich bin mir nicht ganz sicher, ob es stimmt, was du sagst, aber ich glaube zumindest, dass ich verstehe, was du sagen willst! Es tut mir leid, wenn du so fühlst. Ich wusste nicht, dass du so fühlst! Aber deine Eltern sind doch eigentlich keine Arbeiter, also sie haben doch eine Zoohandlung, oder? Ist man dann Arbeiter? Aber den Rest, also den verstehe ich ein bisschen. Aber denkst du nicht, dass du übertreibst? Kannst du dich nicht mal lossagen von diesem ganzen Erwartungsquatsch und dein Leben genießen? Musst du alles auf die Gesellschaft schieben oder deinen Eltern eine Schuld geben, solltest du nicht auch mal dich selbst befragen, ob du eine Mitverantwortung trägst? Klagst du nicht zu viel und klagst du nicht manchmal die Falschen an? Ist es so hart? Warum lernst du dieses Instrument, das du nie hattest, nicht jetzt noch zu spielen? Glaubst du wirklich, dass deine Schüler leiden werden? Vielleicht werden sie keine großen Humanisten, vielleicht haben Humanisten aber auch ausgedient und züchtet unser derzeitiges Bildungssystem nicht sowieso keine neuen mehr heran, vielleicht werden deine Schüler trotzdem ein gutes Leben haben, und darfst du ihnen da nicht vertrauen, dass sie das schon regeln werden? Denn du darfst nicht glauben, dass alle so fühlen werden wie du!», sagte sie und ich erwiderte ein wenig schnippisch, weil sie den Punkt nicht begriff, dass manche es immer ein wenig schwerer haben als andere: «Ich fühl mich schlecht und du glaubst mir zumindest, dass ich mich schlecht fühle, das ist doch schon mal was, oder? Es wird für dich schwer sein, nachzufühlen, wie man seiner Klasse entflieht, weil du das noch niemals tun musstest, und an dieser Stelle musst du mir daher vertrauen. Du hast dich noch niemals geschämt. Vielleicht ist das der Unterschied», und ich legte meinen Arm um ihre Schulter und in der anderen Hand hielt ich den Schirm und so stolzierten wir den Pfützen ausweichend über den Bürgersteig und durch den Regen und sie wurde still, aber ich hielt sie noch fester, bis sie wiederum sagte: «Und deine Eltern, warum gibst du ihnen keine Chance, warum bist du so hart zu ihnen? Sie können sich nicht so einfach mitteilen, aber das heißt noch lange nicht, dass sie euch nicht lieben», und ich antwortete: «Das kannst du nicht verstehen.

Bitte bilde dir nicht ein, dass du es verstehen könntest!», aber das wollte sie nicht akzeptieren: «Oh, nein? Das kann ich nicht verstehen? Ich weiß noch genau, ich war vielleicht zehn, ich hatte mein Sparschwein dabei und durfte einen Kaninchenkäfig und ein Kaninchen kaufen und alles, was man noch so braucht. Ich fuhr mit dem Rad und war aufgeregt. Direkt an der Ecke vor eurem Geschäft hatten sie Rollsplitt gestreut. Ich bremste und verlor die Balance, flog hin und schürfte mir meine Beine und Hände auf. Deine Mutter kam schreiend aus dem Geschäft gerannt und hat sich gesorgt und mir aufgeholfen und mit der Pinzette den Splitt aus den Knien geholt. Während dein Vater das Geld aus dem zerbrochenen Sparschwein aufsammelte, tupfte sie schließlich Jod auf meine Wunden. Das brannte schrecklich und ich weinte. Deine Mutter nahm mich dann in den Arm und lobte meinen Mut. Weil meine Mutter noch auf der Arbeit zu tun hatte, musste ich den ganzen Nachmittag bei euch im Geschäft bleiben, aber letztlich genoss ich es sehr! Ich sprach mit dem Papagei und auch mit jedem anderen Tier, aber der Papagei konnte als Einziger auch etwas sagen. Deine Mutter brachte mir Limo und wir lachten viel. Sie zeigte mir, wie man ein Aquarium reinigt. Sie zeigte mir, wie man eine Schlange füttert und wie man ein Kaninchen packt, wenn man es heben will. Am Nacken nämlich. Das war ein schöner Nachmittag, den ich niemals mehr vergessen habe. Am Ende habe ich mich doch gegen ein Kaninchen und für einen Goldfisch entschieden, weil dein Vater gesagt hat, dass es am besten wäre, wenn ich erst mal klein anfinge. Dann hat er mich auf die ulkige Schönheit von Fischen hingewiesen. Dass sie mit großen Augen ein bisschen hilflos, aber durchaus zufrieden durch ihre Welt gleiten und alles gleich wieder vergessen. Dann hat mir dein Vater ein großes Glas und einen Goldfisch, verpackt in einer mit Wasser befüllten Tüte, geschenkt. Als meine Mutter kam, erzählte ich ihr aufgedreht davon, was alles passiert war, und schien darüber gänzlich vergessen zu haben, dass ich mir den halben Körper blutig geschürft hatte. Meine Mutter hat mich zu ihrer eigenen Belustigung noch Jahre später immer wieder daran erinnert, wie sehr ich auf der Rückfahrt nach Hause gestrahlt habe, das Goldfischglas und die verknotete Plastiktüte darin fest umklammert, darauf bedacht, alles heil nach Hause zu bekommen. Das verbogene Fahrrad im Kofferraum war mir dabei schon ganz egal, ich redete nur von deinen Eltern und dem Zooladen und all den Tieren und wie gut deine Eltern mit ihnen umgingen und wie lieb sie meine Wunden versorgt hatten. Und genau *so* sind sie mir dann auch in Erinnerung geblieben, verstehst du? Als gute Menschen.» – Darauf antwortete ich nicht, weil ich nicht das Gefühl hatte, dass das irgendwas geändert hätte.

Und dann liefen wir weiter durch die Stadt, zogen unsere Bahnen, liefen erst durch Altenbochum, dann am Hauptfriedhof vorbei, dann ein wenig am Bahndamm entlang, durch Laer, zum Oelbachtal, durch Bochum-Ost und erreichten schließlich die Wilhelmshöhe in Langendreer, das ist eigentlich schon fast Dortmund dort, und aßen eine Currywurst an einer Currywurstbude, von der es hieß, dass Herbert Grönemeyer sie zur besten Wurstbude der Welt erkoren hätte. Ich konnte das nicht beurteilen, denn dazu fehlte mir der Vergleich, weil ich Currywurst nicht sonderlich oft aß, aber wenn Herbert Grönemeyer etwas sagt, dann wird's wohl stimmen, oder? Auch wenn Grönemeyer schon ewig in London wohnte, war der Wurstverkäufer ein Bochumer Original mit Oberlippenbart, verwaschenem Pullover und einer leicht gebeugten Haltung und sprach, als gehörte ihm die Stadt. Jeden, der auftauchte, schien er zu kennen, und manche kamen auch nur für einen kurzen Plausch vorbei, bestellten nichts oder tranken nur ein Pilsbier und waren wieder weg.

Und dann fragte ich Anja, was denn nach Doel passiert sei und wie Arno klarkomme. Ich stützte mich auf den Stehtisch, der vor der Bude stand, nahm einen Schluck Malzbier und sah sie an und fragte, ob sie und Arno wieder zueinander gefunden hätten, und Anja sagte: «Ja, das war zunächst ein wenig seltsam, aber vieles hat sich wieder eingerenkt. Ich war ja enttäuscht, dass er in Doel so ausgerastet war, enttäuscht, dass ihr mich mitgenommen habt und dann doch nur eure sehr persönliche Agenda verfolgt habt, und das hat mich getroffen, aber später habe ich begriffen, dass ihr all das nicht unbedingt so geplant hattet. Als wir losgefahren sind, wolltest du noch nicht Lenie treffen, genauso wie Arno noch nicht beschlossen hatte, den Friedhof zu zerstören: Das hat sich alles spontan entwickelt, und darüber haben wir letztlich ganz ruhig gesprochen. Dadurch haben wir vieles ausräumen können. Ich bin nach wie vor verblüfft, wie gut man mit ihm über solche Probleme reden kann. Man sagt etwas, und er hört einem zu und dann versucht er, das zu verarbeiten und denkt darüber nach und antwortet und geht auf Argumente ein. Das klingt selbstverständlich, ist es aber nicht. Dass einer tatsächlich beim Reden nach Lösungen sucht und versucht, Dinge zu verstehen, erlebt man selten. Das ist so großartig, glaub mir! Einmal ging es um das Amt des Vertrauenslehrers, das ich mittlerweile ausübe, und dadurch hört man noch viel mehr Geschichten von seinen Schülern als ohnehin schon, und das hat mich belastet. Arno hat das gemerkt, weil ich es in unsere Beziehung reingetragen habe und eine Zeit lang immer bekümmert gewesen bin und überfordert gewirkt habe, aber auch nicht darüber geredet habe. Er hat das dann durchschaut. Es war nämlich so, dass ich mich nur so hineingesteigert habe, weil ich gedacht habe, ich müsste all das selbst lösen, was da an mich herangetragen wurde. Aber je nachdem, um was es geht, muss ich das auch an andere verweisen können, andere Anlaufpunkte klarmachen, und ich muss den Kindern auch mal sagen, dass sie sich zusammenreißen sollen, und er hat mir klargemacht, dass ich immer mit ihm darüber reden kann, es aber anstrengend ist, mir das alles aus der Nase zu ziehen. Das hat mir geholfen.» Ich nickte und fragte, ob sie noch ein Malzbier wolle, und dann holte ich zwei und sie sagte: «Außerdem haben wir natürlich über euren Großvater gesprochen, und deshalb war es vielleicht sogar gut, dass Arno ausgeflippt ist, denn dadurch ist ja einiges nach oben gespült worden und dann verdampft, aber Arno hat noch immer viel damit zu tun, und er macht jetzt wieder eine Therapie, weil ich ihm klargemacht habe, dass ich ihm da allein nicht helfen kann, er selbst es aber allein auch nicht aufgelöst bekommt. Da muss dann jemand Professionelles kommen. Er schluckt auch wieder stärkere Medikamente, was mir ein wenig Sorge bereitet, aber zumindest trinkt er nicht mehr. Aber falls du den Gedanken hattest, dass ich deshalb hier bin, also wegen der Sache in Doel, dann sag ich's ganz deutlich: Nein, es geht nicht um Doel, es geht nicht mal um Arno, es geht eigentlich nur darum, dass ich nicht mehr weiß, ob ich ihn heiraten will! Das hat mit Arno weniger zu tun, als du denkst, sondern mehr damit, was man vorhat im Leben. Arno ist nämlich eine große Hilfe für mich, und ich auch für ihn. Wir bespiegeln uns gegenseitig und lernen daraus. Wir erkennen uns im Gegenüber selbst, mit all unseren Makeln und Unzulänglichkeiten und all unserer Liebe.» –

Ich sagte erst mal nichts, weil ich nicht wusste, wie ich beginnen sollte. Ich wünschte mir, dass sie recht hatte. Aber einen Ex-Alki, Fast-Knacki und oftmals arbeitslosen Handwerker zu heiraten, ist bestimmt nicht einfach und soll mir auch keiner versuchen einzureden, dass es das sei. Nicht mal für Anja.

Wir sahen uns dann noch Filme an in meiner Wohnung, bis uns die Augen zufielen, und ich wachte erst am nächsten Morgen wieder auf. Jemand hatte mich zugedeckt und Anja war verschwunden und schlief vermutlich in meinem Zimmer und ich ging rüber und fand sie eingewickelt in Decken. Und als ich die Tür gerade wieder schließen wollte, wachte sie auf und rekelte sich und blickte mich an und grinste schlaftrunken und selig und ich fragte: «Wollen wir heute trinken und Spaß haben?» – «Trinken?» – «Ja, also du, nicht ich, ich trink ja nicht, willst du trinken, mal ordentlich einen kippen? Ich kenn ein paar gute Kneipen. Bisschen Darts, bisschen Billard, reden und Bier, vielleicht mal umherschwirren und was erleben. Magst du das? Also erst mal wach werden und Frühstück und dann den Tag rumkriegen, aber dann später eventuell sogar tanzen. Wir sollten wahrscheinlich auch tanzen. Ganz genau, jetzt habe ich's: Wir gehen raus und tanzen, bis die Nacht endet. Können vielleicht heute Abend nach Dortmund fahren, weil's da einen neuen Laden gibt, und schütteln ein wenig die Beine aus und lassen uns weichspülen, was sagst du?» – «Ja, nein, vielleicht, weiß nicht. Warum eigentlich nicht? Ja, ein Bier können wir natürlich trinken und auch ein bisschen tanzen. Wieder ein bisschen in Fahrt kommen.» – «Genau! Also wir können natürlich auch ins Rösti, das ist eine Pommesbude auf der Brüderstraße, die machen manchmal Lesungen, kürzlich habe ich einen Flyer gesehen, dass da heute was ist, aber nur weil's in einer Pommesbude stattfindet, heißt's ja nicht, dass es 'ne gute Lesung wird, obwohl ich eigentlich nur Gutes übers Rösti gehört habe, aber ich war noch nie dort. Außerdem hab ich den Namen von der Autorin schon wieder vergessen, das ist vielleicht auch ein Zeichen», sagte ich und Anja pflichtete mir bei: «Nein, nein, keine Lesung, wir sollten heute mal was Derberes machen, lass uns tanzen gehen!»

Ich deckte dann den Frühstückstisch und wir aßen und den Tag über machten wir lauter Kindereien, bestellten Pizzen und lachten und irgendwann gegen Abend ging ich zum Schrank und holte einen Wein heraus und kramte nach einem Korkenzieher, als Anja fragte, ob ich auch ein Bier hätte, und das hatte ich zum Glück, stellte den Wein zurück und holte das Bier aus dem Kühlschrank, goss ein und roch daran: «Probier mal! Das hat hier irgendwann wer vergessen, ist aber bestimmt noch gut.» – «Ja, passt schon!» und dann rauchte Anja noch zwei Zigaretten am Fenster und ich zog auch ein paarmal an der zweiten und dann fragte sie mich nach Serap: «Wie hast du sie eigentlich kennengelernt?»

Ich erzählte dann die kurze Geschichte unseres Kennenlernens. Ich war beim Rektor eingeladen, zusammen mit Millowitsch und Jennifer. Wir sollten uns wohlfühlen, er wollte uns, glaube ich, beeindrucken. Ich weiß zwar nicht, warum er gerade uns drei herausgepickt hatte, ich kannte ihn überhaupt nicht gut, war der Neue im Kollegium und sowieso nicht an türkischer Literatur interessiert, aber trotzdem lud er mich zu einem Ahmed-Arif-Abend ein, angeblich ein Großer der türkischen Literatur, und wir hörten uns also ein paar Gedichte an, die Herr Yeneroglu in seiner eigenen schrecklichen Übersetzung vortrug. Nur aus Höflichkeit hatte ich nicht abgesagt. Ich langweilte mich sehr und half Serap später mit dem Abwasch und dann unterhielten wir uns und ich versuchte zu ergründen, warum sie als seine Frau so jung war, wo Herr Yeneroglu doch so alt war, aber natürlich fragte ich sie das nicht. Es ging mich auch nichts an, aber ich hatte schon beim Reinkommen überlegt, ob Serap vielleicht seine Tochter wäre. Sie war zart und süß und jung und stark und zog mich in ihren Bann und hatte schon am Tisch ein paarmal witzig dazwischengeredet und er war einfach viel zu alt.

Das Ende vom Lied war, dass Herr Yeneroglu irgendwann genug über diesen Schriftsteller geredet hatte und uns entließ, und dann stand ich noch kurz im Hauseingang und schüttelte ihm die Hand, wandte mich dann Serap zu und wir sahen uns in die Augen und ich schüttelte auch ihr die Hand, schüttelte sie zu lange und wir haben uns viel zu lange angeschaut und dabei fast gegrinst. Weil Jennifer ihr Auto stehen lassen wollte, nahm ich sie auf den Gepäckträger, und wir düsten die Hofsteder Straße hinunter durchs Industriegebiet. Sie hielt sich zwar an meiner Hüfte fest und lachte, als ich einen der neuen Kreisel dort doppelt nahm oder vielleicht sogar drei Runden im Kreisel drehte, und ich genoss das auch, dass sie ganz nah war, genoss den feinen Griff ihrer Hände, aber eigentlich dachte ich die Fahrt über nur an Serap und nicht an Jennifer. Wir unterquerten dann noch die A40, auf der immer noch ordentlich was los zu sein schien, und fast hätte uns ein Wagen gestreift, als ich auf die Herner Straße einbog, weil ich ein wenig ins Schlingern kam, als ich versuchte, eine enge Kurve zu fahren, aber nichts passierte, und am Nordring ließ ich Jennifer absteigen, weil sie dort in einer Seitenstraße wohnte. Das letzte Stück fuhr ich dann alleine weiter und winkte Jennifer sogar noch hinterher, aber das war einfach nur Routine.

«Und mit Jennifer ging nie was?», fragte mich Anja. «Nein, nie», sagte ich und wollte weitererzählen, aber schweifte dann selbst ein wenig ab und versuchte noch zu erklären, warum das nie was mit Jennifer geworden war.

Sie war nämlich eine tolle, liebevolle Frau, auch hübsch, wenn nicht schön, aber ich glaube, wir hatten den Moment verpasst, an dem irgendwas hätte passieren können. Hauptsächlich, weil ich nicht wach war und alles nicht so ernst nahm, und vielleicht auch, weil sie ebenfalls nicht so gut ausdrücken konnte, was sie wollte. «Manchmal bin ich nicht aufmerksam und so langsam von Begriff, dass alles immer schon wieder vorbei ist. Das ist mir schon öfter passiert in meinem Leben!», sagte ich zu Anja, «und, klar, die Sache mit Serap, so etwas darf man gar nicht erst beginnen, das war jetzt nicht besonders clever, und ich hätte mir denken können, dass das schiefgehen würde, aber so etwas passiert einfach, da kannst du nichts machen! Deshalb ist's schon in Ordnung so.» – «In Ordnung? Du hast wegen ihr deinen Job verloren.» – «Ja, aber ich habe auch ein paar schöne Tage mit ihr verbracht und sie hat mich in Fahrt gebracht. Ich habe mich überfordert, aber auch sehr lebendig gefühlt, sie ist ein ganz bezaubernder Mensch. Und nach wie vor gilt: Herr Yeneroglu könnte meinen Vertrag locker verlängern, wenn er denn wollte.» – «Du hast seine Frau gevögelt.» – «Ich weiß, aber ich werd's auch nicht wieder tun.» – «Ach, Botho, ich glaube, das ist hier nicht entscheidend.» – «Na ja, anscheinend nicht, du hast ja recht.»

Jedenfalls war Serap wirklich aufregend. Dass sie Türkin war, ich gebe das ganz offen zu, war ein Teil des Reizes. Das war neu für mich, das war erregend, das wollte ich. Aber sie war auch intelligent und zielstrebig und selbstbewusst. Insgesamt hat sie mich total verrückt gemacht.

In der Woche nach dem Gedichteabend hatte sie mich jedenfalls angerufen und gefragt, ob wir zwei Tage später vielleicht bei mir in der Wohnung was kochen wollten. Ich war erst mal verwundert, aber dann erleichtert, dass sie sich gemeldet hatte. Ich wollte sie wiedersehen und wir verabredeten uns und dann schlief ich ein und wachte vom Wecker wieder auf, duschte, ging zur Schule, ging nach Hause, fuhr zum Fußball, schlief ein, wachte auf und ging noch mal zur Schule, hatte dann den Nachmittag frei, ging einkaufen, bereitete den Unterricht vor, presste mir einen Saft und schon klingelte es und Serap stand vor der Tür, hatte einen Rollkoffer dabei und blieb zwei Tage. Anfangs war ich angespannt, weil ich wusste, dass das fatal enden könnte, aber je länger der Abend dauerte, desto gelassener wurde ich, weil ich begriff, dass ich den größten Verrat schon begangen hatte, eigentlich war schon alles zu spät. Ich versuchte mir schließlich einzureden, dass wir freie Menschen seien, die alles dürften, und deshalb sei das alles halb so wild, aber eigentlich war es ja verrückt, und nur weil Menschen frei sind, dürfen sie noch lange nicht alles tun, was sie tun können.

Dann küssten wir uns und bald packte ich sie, hob sie vom Sofa hoch und hievte sie mir über die Schulter und trug sie ins Schlafzimmer rüber und legte sie aufs Bett und sie musste herzlich lachen, weil es zu seltsam war, aber ich sagte, dass ich das schon immer mal hatte machen wollen, und sie lachte weiter und ich legte mich zu ihr und fasste sie ganz fest und biss ihr zärtlich in den Hals.

Eigentlich war alles schön, aber als sie zwei Tage später wieder «abreiste», nahm ich die plötzliche Stille, die sich einstellte, sobald wir nicht mehr zusammen im selben Raum waren, als sehr angenehm wahr. Ich glaube, sie redete entschieden zu viel, und ich musste mich anstrengen, um damit zurechtzukommen, aber wollte mich auch anstrengen und damit zurechtkommen. Sie hatte so viel Energie und Gefühle, die sie ausdrücken wollte, daran wollte ich teilhaben.

Sie war bei Thyssen in der Akquise und musste oft reisen und dann fiel es nicht auf, wenn sie ein paar Tage zu mir reiste statt nach Kiew oder Winterthur oder ein wenig früher aufbrach oder später zurückkam. Wir sahen uns dann häufiger, und ohne es ausdrücklich zu sagen, war spätestens mit unserem zweiten Treffen besiegelt worden, dass das jetzt erst mal fortdauern würde. Meine Angst nahm erst viel später wieder überhand.

Anja lauschte alldem gespannt. Sie trank ihr Bier, dann noch einen Rest Wodka, den sie in der Küche fand, und fragte mich, nachdem ich auserzählt hatte, ob ich, für den Fall, dass sie nicht mit dem Schulleiter verheiratet gewesen wäre, heute noch etwas mit Serap hätte, und ich sagte: «Das weiß ich natürlich nicht mit Sicherheit, aber bestimmt wäre es trotzdem irgendwann schwer geworden, weil man mit ihr schon einiges zu erdulden hatte. Vielleicht wäre es sowieso zu Ende gegangen. Sie ist sehr wild. Vielleicht bin ich dafür nur bedingt gemacht, vielleicht bin ich einfach anders.» – «Weil du nicht so wild bist?» – «Ach, nein, vielleicht ist das auch das falsche Wort. Nein, wild ist nicht das richtige Wort. Stell dir vor, dass da einer neben dir sitzt und in einer Tour redet und auch noch will, dass du zuhörst, aber du einfach keinen Nerv dafür hast, weil es viel zu oft um Dinge geht, die du nicht verstehst, und am Ende immer sagen musst, dass du da voll mitfühlst, auch wenn's gar nicht stimmt, weil's auch alles ein bisschen überdreht ist und du in Wahrheit nur aus dem Fenster schaust und irgendwo in deinen krummen und grauen Gedanken versinkst, während über den Häuserdächern die Abendsonne abtaucht. Und sobald Serap auffällt, dass du gar nicht richtig zuhörst, eskaliert es dann, und so etwas erfüllt mich echt mit Schwermut.» – «Aber ging dir das denn nicht nahe, was sie zu berichten hatte?» – «Anfangs schon, aber das verschwand, als ich bemerkte, dass sie wirklich jeden Kleinkram pathologisierte und dass sie andauernd wütend war, und während sie überkochte und rumschrie, saß ich auf dem Fußboden und träumte meinen kleinen, wirren Traum. Sie war ja geradezu mit Freude wütend und die Welt durfte es auch gern wissen. Sie war immer regelrecht aufgekratzt.» – «Aber es ist doch gut, wenn man sich erklärt. Wenn man seine Gefühle preisgibt. Vielleicht machst du ja auch einen Fehler, wenn du so etwas immer in dich reinfrisst.» – «Vielleicht. Vielleicht darf man aber auch nicht immer aufheulen wegen jedem Mist.» – «Und was wichtig ist und was nicht, das entscheidest du?» – «Nein, das entscheidet natürlich jeder selbst, aber man sollte nicht das Augenmaß verlieren. Einmal ist sie zum Beispiel morgens um halb fünf aufgewacht und hat mich geweckt und hat mir dann vorgeworfen, dass *ich* in *ihrem Traum* gerade mit einer anderen fremdgegangen sei. Ich habe dann versucht, sie zu beruhigen, aber eigentlich bin ich immer wieder eingeschlafen, weil ich noch müde war und das Problem sowieso nicht verstanden habe. Und da hat sie geschrien, dass sie auch Gefühle habe, aber ich bin da nicht mehr mitgekommen und hab meine Decke genommen und auf der Couch weitergeschlafen. Jemand in ihrem Traum geht fremd und ich bin schuld daran? Obwohl sie fortlaufend ihren Ehemann betrogen hat. Das war einfach zu viel für mich.» – «Ja, das klingt komisch.» – «Versteh mich nicht falsch, ich mochte sie sehr, aber manchmal wurde ich aus ihr nicht mehr schlau.»

Dann gingen wir los, kauften auf dem Weg noch ein Bier und für mich einen Saft und nahmen dann vom Hauptbahnhof den Regio nach Dortmund und immerzu sah Anja aus dem Fenster auf diese endlose Stadt, die zusammengesetzt war aus hundert Städten, und seufzte und wenn am Horizont ein Fabrikschlot oder eine Bergehalde leuchtete, zeigte ich darauf und sagte den Namen, wenn er mir einfiel. Aber es gab viel zu viel, das man hätte nennen müssen. Alles war zu groß. Aber alles war auch wieder klein und manchmal konnten wir vom Bahndamm aus hineinschauen in gemütliche Seitenstraßen, die gesäumt waren von Kleinwagen, erblickten schummrige Gassen, in denen sich Menschen von der Eckkneipe zur Pommesbude hangelten und lachten, andere trugen einen Strauß Blumen nach Hause und manche waren mit dem Hund unterwegs oder hatten eine Sporttasche um die Schulter geschlungen oder eine Frau huschte über den Friedhof. War es nicht ein wenig spät dafür? Und als wir durch eine Kleingartenkolonie fuhren, brannte vereinzelt noch Licht in den Hütten.

Wir konnten in die Hinterhöfe sehen und auf die schwach beleuchteten und unverputzten Backsteinfassaden, die man von der Straße aus niemals erahnen würde. Aber auf den Gleisen wird nicht flaniert und für die Bahnpendler verputzt niemand seine Häuser, für die Zugreisenden beseitigen die Leute ihren Unrat nicht. Wir musterten die Satellitenschüsseln, die sich am Balkongeländer festkrallten, und Wäschespinnen, die stumm und im Mondschein ihre Arme ausbreiteten, sahen Berge von Schrott und alte Matratzen, die in der Herbstfeuchte schimmelten, und konnten einen ehrlicheren Blick auf die Stadt erhaschen, als es von der Straße aus jemals möglich gewesen wäre. Selbst die Leute, die nach vorne raus immer die Vorhänge zuziehen, stehen manchmal mitten in der Nacht bei geöffnetem Hinterfenster nackt im Badezimmer und stützen sich auf dem Waschbecken ab und blicken verzweifelt in den Spiegel. Und ich schaue ihnen dabei zu, wenn ich mit dem Zug vorbeigleite. Aber es kümmert sie nicht. Als wäre ich kein echter Mensch, als wäre da nur der Zug und niemand säße drin. Ein rollender Fels aus Metall.

Als die Schaffnerin kam, zeigten wir ihr unsere Fahrkarten und gingen, als wir kurze Zeit später in Dortmund eintrafen, direkt am Bahnhof in eine Kneipe und steckten zwei Euro in den Dart-Automaten, warfen ein paar Pfeile und Anja trank noch ein wenig. An der Wand hingen Urkunden und Fotos und auf einem Brett standen drei Pokale und nikotingelbe Wände machten den Laden ein wenig gemütlicher.

Ich weiß nicht mehr genau, wie wir darauf kamen, aber nach zwei oder drei Bier erzählte mir Anja, wie sie Arno kennengelernt hatte: «Als ich Arno vor zwei Jahren auf der Kirmes wiedertraf, hatte ich ihn jahrelang nicht mehr gesehen. Ich war auch seit Jahren nicht mehr auf der Kirmes gewesen und ich hatte auch nie einen Grund gehabt, mit Arno Kontakt zu halten, weil ich ihn nie recht gekannt hatte. Bis zur zehnten waren wir in einer Klasse gewesen, aber danach hatte ich ihn kaum noch gesehen. Und dann war es lustig, ihn auf der Kirmes zu treffen. Ich hab der Sache erst nicht viel Bedeutung beigemessen, wir haben ein wenig geflirtet und Arno war höflich, aber trotzdem ganz aufgedreht, und ich hatte ihn anders in Erinnerung, ganz anders. Irgendwann war ich betrunken und er hat mich zu McDonald's gefahren, damals hatte er noch den Golf, und saß dort mit mir und trank Kaffee und aß Pommes und redete mit mir, bis ich wieder nüchtern war, und weil es dann auch schon langsam wieder hell wurde, lief ich nach Hause: Ich sagte ihm, dass er mich nicht mit dem Auto zu bringen brauche, und das machte er dann auch einfach nicht. Ich weiß nicht mehr genau, worüber wir geredet haben, vielleicht sogar über dich, aber am nächsten Tag musste ich wieder nach Kassel, und schon auf der Fahrt nahm ich mir vor, das nächste Wochenende wieder zu meinen Eltern zu fahren, weil ich ein wenig durch den Wind war und Arno plötzlich toll fand, und meine Mutter war total verblüfft, dass ich ein paar Tage später schon wieder da war, und dann hab ich freitags gleich bei Arno vorbeigeschaut, an seiner kleinen Wohnung in der Bürgermeister-Gottschall-Straße geklingelt, und dann ist es losgegangen, weil er mir einen Kaffee angeboten hat, den ich abgelehnt habe, und wir haben dann geknutscht und alles Weitere und sind viel im Bett gelegen, und Sonntagabend habe ich nur noch meine Tasche von meinen Eltern geholt und bin wieder nach Kassel gefahren und habe gar nicht versucht, denen zu erklären, was passiert war. Die Woche darauf ist er dann mit dem Auto zu mir gekommen und einfach geblieben. Das hat sich so ergeben, das hat sich verblüffend selbstverständlich angefühlt, und ich habe mich nach ein paar seltsamen Jahren dann erstmals und plötzlich wieder wunderbar gut verstanden gefühlt und bin anfangs, glaube ich, unmenschlich in den Typen verknallt gewesen. Das ging alles schnell, sehr schnell. Und ich mag an ihm, dass er mir sagt, was er vorhat oder was er will, und deshalb ging alles schnell, weil er so ehrlich ist, und auch wenn er manches nicht ganz sicher weiß, hat er zumindest den Mut, zu entscheiden, und das hilft mir. Mit ihm kann man die Dinge oft schnell klären oder gemeinsam verstehen, und deshalb bin ich immer froh, wenn ich nach Hause komme und er dort in der Küche steht und eine Kaffeetasse in der Hand hält und sich zu mir umdreht und lächelt. Ich habe so viel mit ihm geredet. Er ist wie ein Kind, er kennt nur wenige Kompromisse in Bezug auf seine Seele. Er ist aufrichtig und hat noch was Wahres in sich, etwas Unverbrauchtes, er hat noch Treibstoff, verstehst du? Das brauche ich von ihm. Andererseits hat er auch etwas Unberechenbares und Heftiges in sich, aber das bekämpfen wir gemeinsam, so gut es geht.»

Sie warf dann wieder ein paar Pfeile und ich schwieg. Ich gewann übrigens keines der vier Spiele. Dann machten wir uns auf zum Klub.

Auf dem Weg hab ich mir noch eine Zigarette geschnorrt. Die Party war dann großartig für mich, es gelang mir irgendwann, in der Menschenwolke zu verschwinden und mich abzulösen von alldem Alltagsdurcheinander, das mich fertigmachte, und ich wollte nicht nach Hause, wollte nie mehr nach Hause, wollte einfach ewig tanzen und dass alles so weiterlief: Die Musik sollte nicht aufhören und die Menschen sollten sich bewegen und die Lichter sollten sich drehen. Es war schön. Keine Aufgaben, keine Hast, keine Langeweile, Nichts. Ein bedeutungsleerer Raum: keine Zwänge, kein Druck, einfach nur Songs und völlige Entspannung, die sich immer noch weiter verstärkte. Die maximale Entspannung. Ich sah mir immer mal wieder die Menschen an und bemerkte auch, wie die Schweißflecken auf meinem Shirt wuchsen, und irgendwann hatte ich Anja verloren, aber das war auch egal, weil ich mich dann gänzlich allein auf der Tanzfläche bewegte: Die Gesichter um mich herum wirkten wie Dekoration und konnten mich nicht ablenken, ich nahm sie nicht mehr wahr, und anonym irrte ich zwischen den Lichtern umher und atmete und *alles* war egal und eine Leere faltete sich auf.

Als ich Anja nach einer Stunde zufällig vor dem Klo begegnete, lächelte sie mich an und dann gingen wir doch heim und draußen dämmerte es und auf der Bahnfahrt schlief ich, ans Fenster gelehnt, ein und Anja musste mich wecken. Ihre Schminke war verschmiert und ihre Schuhe waren schlammig genau wie meine. Das mit dem Schlamm lag zur Hälfte am Parkplatz vor dem Klub und zur Hälfte an der Welt, in der wir lebten. Zu Hause zogen wir die Schuhe aus und gingen schlafen.

Noch zwölf Tage

Als am nächsten Tag gegen Mittag Arno anrief, schreckte ich von der Couch hoch und griff überrumpelt und schlaftrunken zum Telefon: «Arno!» – «Botho!» – «Wie geht's?» – «Ach, gut, dir?» – «Ebenso, jo, jo!» – «Du, Botho, stör ich, du klingst so verschlafen, ist's zu früh?» – «Nein, ich war gestern bloß ein bisschen tanzen, aber jetzt bin ich ja sowieso wach.» Dann stellten wir fest, dass wir uns lange nicht mehr gesprochen hatten, und redeten über seine neue Stelle und über alles mögliche andere, aber mit keinem Wort durfte ich erwähnen, dass Anja bei mir war und drei Meter weiter in meinem Bett schlummerte, durfte auch nicht durchblicken lassen, dass ich wusste, was bei ihnen los war, und das gelang mir ganz gut, und dann sagte er mir noch, dass er wieder eine Therapie mache, weil er die Sache mit Opa nun auch angehen wolle, weil er das früher nie angesprochen und überhaupt noch niemandem gesagt hätte, und dass sie ihm jetzt etwas Härteres verschrieben hätten, weil er in den letzten Wochen sehr unruhig gewesen wäre, aber mit dem neuen Zeug sei er oft so müde und stumpf, aber erst mal wolle er's weiternehmen.

Und plötzlich sagte er dann: «War nett, mal wieder mit dir zu plaudern, also sehen uns ja dann auf der Hochzeit und ich muss jetzt noch ein paar Sachen regeln und so fort.» – «Versteh schon, und Anja, Anja geht's gut?», fragte ich dann doch aus Versehen, aus Routine und weil ich ein Idiot war, und er schnaufte leise, schwieg kurz und sagte dann mit einer überraschenden Natürlichkeit und Glaubwürdigkeit: «Ach, herrje, Anja, ich glaube, die hat gerade 'ne harte Zeit und dreht ein bisschen am Rad, weil das alles sehr aufregend ist, aber ich mach mir keine Sorgen, denn tief in ihrem Innern freut sie sich schon sehr, weißt du? Von außen sieht das alles gerade manchmal wie Straucheln aus, aber ich liebe sie, und sie weiß das. Und ich will mit ihr mein verdammtes Leben verbringen und irgendwann ein paar Kinder in diese verrückte Welt setzen und ansonsten viel Spaß haben, und sie liebt mich auch, das spüre ich. Ja, also, wie gesagt, Anja geht es gut.» Dann verabschiedeten wir uns und ich ärgerte mich, weil ich ihn so unaufrichtig überrascht und in eine leidige Situation gebracht hatte, besonders weil ich wusste, dass er nicht lügen konnte, aber dann war ich auch wieder erleichtert, weil er ruhig geantwortet und weil er sorgenfrei geplaudert hatte und weil ich ihm seine Unangespanntheit durchaus abkaufte. Arno war zuversichtlich und gut gelaunt!

Als ich mich gerade wieder auf die Couch gelegt hatte, um noch ein wenig zu dösen, kam Anja aus dem Schlafzimmer, ich richtete mich auf und musterte, wie sie zerzottelt im Türrahmen stand, und sie sagte nichts und schaute umher und schließlich fragte sie mich, ob ich hier eigentlich Freunde habe, und weil ich irritiert war, antwortete ich nicht sogleich. Dann sagte ich: «Also, genau genommen sind es nur zwei oder drei, wenn man Arno mitzählt, aber weil er ja nicht hier wohnt und sowieso schon mein Bruder ist, zähle ich ihn nicht mit, und dann bleiben noch zwei: einmal Tim, den ich noch vom Studium kenne. Denn wir waren mal eine große Clique, aber weil fast alle anderen mittlerweile weggezogen sind oder Familien haben, sind nur noch Tim und ich übrig. Und dann ist da noch Jennifer aus dem Kollegium, mit der bin ich immer noch viel unterwegs, obwohl sich das in letzter Zeit ein bisschen abgekühlt hat, weil es aufwendiger geworden ist, sich zu verabreden, und weil sie ja, glaube ich, eine Zeit lang auf mich stand oder umgekehrt, aber das habe ich ja schon erzählt. Vielleicht sind wir dadurch auch nie Freunde im klassischen Sinne geworden, aber ich weiß ja sowieso schon, worauf du hinauswillst, und da muss ich dir widersprechen: Ich hab genug Freunde, also die zwei, die ich gerade genannt habe, und dann noch die Jungs vom Fußball, obwohl die eher als Kollektiv meine Freunde sind, so richtige Kumpels, da ist jetzt nicht einer speziell ein guter Freund, aber man kann jeden Einzelnen immer ansprechen, wenn man mal einen Gefallen braucht oder ein Getränk trinken will, also: Mach dir bitte keine Sorgen, weil ich nämlich auch ohne allzu viele Freunde gut klarkomme, weil ich ein Panther oder so was bin, ich bin halt viel alleine unterwegs, aber Panthern macht das nichts aus. Die sind so.» – «Sind die nicht vom Aussterben bedroht?» – «Was meinst du jetzt? Menschenpanther oder die Tierpanther?» – «Die Tiere, die wilden.» – «Keine Ahnung, kann sein. Mittlerweile ist alles Mögliche vom Aussterben bedroht, das heißt ja kaum noch was, aber ich meine nur, dass ich nicht so viele Leute um mich herum brauche!» – «Und den Tim, wann hast du den das letzte Mal gesehen?» – «Ist das jetzt ein Verhör?» – «Nein, sorry, natürlich nicht. Aber weißt du, Arno macht sich manchmal Sorgen, dass du einsam wirst.

Er sagt: Noch ein Kreuzbandriss und er kann nicht mehr zum Fußball und dann ist er einsam.» – «Haltlos! Also ich sag dir mal zwei Gründe, warum solche Gedanken Blödsinn sind. Erstens: Wenn ich mir das Kreuzband reiße, dann gehe ich trotzdem noch hin und gucke halt zu. Ich spiele kein Fußball, weil ich Anschluss suche, ich spiele Fußball, weil ich Fußball liebe und lieben muss, weil mich der Kram gut schlafen lässt, weil ich mitfiebern will, weil das Fußball ist. Aber dafür muss ich nicht gegen den Ball treten, da kann ich auch zuschauen oder Betreuer sein. So, und zweitens versteh ich nicht, warum ihr euch um mich Sorgen macht, das ist doch alles Mist, also, ich meine, mir geht's ja gut! Besonders im Vergleich zu Arno. Versteht ihr: Ich bin glücklich. Es gibt keinen Grund zur Sorge!», sagte ich, blickte nach draußen, warf die Bettdecke ans Fußende, stieg in meine Puschen, trottete in die Küche und stellte die Kaffeemaschine an und kam zurück und Anja stand immer noch an der gleichen Stelle und sagte: «Tut mir leid, so war das nicht gemeint, ich meinte einfach nur, wenn irgendwas ist, dann kannst du dich immer an uns wenden, weißt du?» – Das gefiel mir gar nicht und ich antwortete: «Ach ja? Wer schläft denn gerade in meinem Bett und weiß nicht, ob sie in etwa zwölf Tagen verdammt noch mal heiraten will oder doch nicht? Also, wo kommt das her, dass die Leute mit den größten Problemen immer denken, sie könnten gleichzeitig die besten Ratschläge geben, und auch noch meinen, dass alle Welt Probleme hat, nur weil sie selbst ihr Leben nicht klarkriegen? Ja, verdammt, ich bin manchmal unglücklich und manchmal fühle ich mich auch zerrissen, manchmal habe ich sehr schlechte Laune, manchmal fällt es mir schwer, aufzustehen. Aber geht es nicht jedem so? Ich komm klar. Ganz bestimmt! Ich komm klar!», und dann warf ich mir ein wenig Kleidung über und rief, während ich die Wohnungstür schon hinter mir zuzog: «Ich hol Brötchen!» – Anja stand wahrscheinlich immer noch im Türrahmen und grübelte.

Unten auf der Straße entschied ich mich dann, mich zu entschuldigen, weil der Ton doch ein wenig übertrieben gewesen war, aber in der Sache wollte ich dabei bleiben. Vorher wollte ich aber die große Runde zum Bäcker gehen, um ein bisschen Dampf abzulassen, und so kam ich eine halbe Stunde später in die Küche, der Tisch war gedeckt, und sagte: «Entschuldigung, wir müssen nicht darüber reden, war nicht gut gesagt von mir. Ich bin dankbar, dass du dich sorgst, aber die Sorge ist unbegründet.» – «Kein Ding, hätte das auch nicht unbedingt anschneiden müssen.» – «Eine Sache ist aber doch noch», sagte ich und ging in mein Zimmer, holte ein Foto und zeigte es ihr. Man sah darauf einen jungen Typen und mich, wie wir, uns umarmend, in die Kamera grinsen und Biergläser hochhalten. «Das war unser erster Tag an der Uni, das sind Flo und ich. Flo war mein bester Kumpel die ganze Studienzeit über und wir haben fast jedes Seminar zusammen belegt und hatten die gleiche Fächerkombination und waren zusammen bei der Amnesty-Hochschulgruppe, jetzt ist er aber zurück nach Hamburg gegangen, weil das seine Heimat ist, und hat mich einfach hier zurückgelassen, und das hat mich eine Zeit lang fertiggemacht, ohne dass ich ihm das hätte sagen können, denn er ist ja nicht meine Familie oder mit mir verheiratet, sondern nur ein Freund gewesen, aber damals mein bester, aber seit er fort ist, haben wir ein paarmal versucht, uns zu treffen, es aber nur einmal geschafft. Zu seinem Geburtstag bin ich nach Hamburg gefahren und habe ihn da in der großen Garage seiner Eltern und umringt von seinen alten Schulkameraden oder wem auch immer gesehen, sein Vater hat am

Grill gestanden und seine Mutter hat gezapft und seine Freundin half ihr und dann gab es noch richtig geilen Krams von irgendeinem Cateringservice, und dann habe ich begriffen, dass er die ganze Zeit schon vorgehabt hatte, dorthin zurückzukehren, weil das eben seine Heimat war, und da lag dann der große Unterschied, weil ich nie vorgehabt hatte, jemals zurückzukehren, und es auch nicht tun werde und mittlerweile auch kaum noch jemanden in Zwingenberg kenne, weil ich mich damals nämlich hier voll reingestürzt und Bochum glorifiziert und alles andere abgebrochen und eine Linie gezogen habe, aber nun sitze ich hier und merke, dass vieles weg ist und unwiederbringlich verloren, aber damit komme ich klar, keine Frage, es ist nur schlichtweg nicht so einfach, und dass wir jetzt noch mal in Doel gewesen sind und ich Lenie zum Beispiel nicht gefunden habe, ist für mich nur ein weiteres Indiz dafür, dass schon vieles entschieden ist, das will ich nur sagen, dass es härter ist, als du denkst, dein Leben neu zu ordnen.»

Und dann aßen wir und überlegten, was man noch tun könnte mit dem angefangenen Tag, aber ich dachte nur über Arno und Anja und mich nach und nicht etwa darüber, ob ich Lust hatte, schwimmen zu gehen.

Arno war offenbar auf der Suche nach einem Platz in dieser vermaledeiten Gesellschaft, der ihn davor schützte, dass ihm irgendwer Vorschriften machte, und hatte ihn vielleicht auch gefunden, und Anja war, glaube ich, einfach nur auf der Suche nach Glück oder wollte vielleicht auch ganz dringend Kinder, aber vor irgendwas hatte sie auch Angst, und ich, ich wollte einfach nur meinen Job zurück und meine Arbeit machen und am Wochenende Fußball spielen und vielleicht auch irgendwann mal wieder ein Mädchen lieben und sonst aber meine Ruhe und so etwas wie geborgen sein, aber dass ausgerechnet Arno als Erster fand, was er wollte, konnte einen doch überraschen, und dann musste man sich auch fragen, ob es nicht an Anja und mir lag, wenn wir scheiterten, und ob wir vielleicht einfach zu viel verlangten? Obwohl, einfach nur Arbeit zu haben, ein Mädchen zu lieben, Fußball zu spielen und sonst seine Ruhe zu haben, oder einfach nur glücklich zu sein, das konnte doch nicht zu viel verlangt sein – das war doch eigentlich das Mindeste, das würde man ja wohl noch mal verlangen dürfen, oder?

Wir einigten uns jedenfalls doch darauf, ins Schwimmbad zu gehen, und stopften Handtücher und Badekleidung und Bananen in einen Jutebeutel und pumpten mein Ersatzfahrrad auf, das eigentlich das Fahrrad von Emilia war, die es nach ihrem Erasmus-Jahr zurückgelassen hatte und das ich seitdem von Wohnung zu Wohnung mitgenommen hatte, ohne es tatsächlich zu benutzen. «Ich glaube, die Bremsen funktionieren nicht, schau mal hier», sagte Anja und ich schaute nach und tatsächlich griffen die kaum und ich holte dann Werkzeug und Anja versuchte das auf die Schnelle hinzubiegen, was einigermaßen klappte, aber bis zum Schwimmbad waren es höchstens drei Kilometer und es passierte dann auch nichts.

Ich war bestimmt seit drei Jahren nicht mehr im Schwimmbad gewesen und hatte nur noch schwache Erinnerungen an den Zehn-Meter-Turm und die Zuschauertribünen neben dem Fünfzig-Meter-Becken. Wir beschlossen aber, in den Außenbereich zu wechseln und uns dort in einen Whirlpool zu setzen. Wir blieben lange und ich fand es besonders gut, weil es so warm und entspannend war und auch, weil niemand bemerkte, dass ich eine Erektion bekam, weil ich manchmal auf Anjas schöne Brüste schielte und mir vorstellte, Sex mit ihr zu haben. Aber dann zogen wir doch noch einige Bahnen im großen Becken und gingen schließlich zurück zu den Umkleiden.

Ich hatte gerade meine Badehose abgestreift, als mein Handy klingelte. Ich trocknete mir notdürftig Arme und Gesicht ab und griff dann in meine Hosentasche. Es war Jennifer. Ich hatte schon seit Wochen nicht mehr mit ihr gesprochen. «Hallo Jennifer, wie geht's?», sagte ich. «Ach, gut, und dir?» – «Auch gut, auch gut.» – «Du, stör ich?» – «Keinesfalls. Schieß los, was gibt's?» – «Botho, ich hab was gehört von einer Freundin über eine Stelle. Die suchen einen Mathelehrer für 75%.» – «Ach ja, wer denn?» – «Neues Gymnasium Bochum, das ist momentan noch in der alten Kästner-Schule unten in Querenburg in der Nähe der Uni einquartiert, aber langfristig soll das weiter nördlich zum Geologischen Garten ziehen, also direkt bei dir um die Ecke.» – «Ja, ich weiß, ich kenn die Baustelle. Wird ein ganz schöner Prunkbau, scheint mir.» – «Jedenfalls suchen die gerade dringend wen für Mathe, eventuell sogar mehrere Leute. Ist das nichts für dich?» – «Ach, Jennifer, ich will zum einen nicht ans Gymnasium, sondern an der Gesamtschule bleiben, und zum anderen will ich ganz speziell nicht an dieses Gymnasium und überhaupt möchte ich am liebsten an meine alte Schule zurück.» – «Das Neue Gymnasium ist eine sehr gute Schule. Wenn ich Mathe unterrichten könnte, würde ich sofort dahin gehen!» – «Schau dir doch mal das Kollegium dort an. Da kommt ja alles zusammen. So wie ich das in Erinnerung habe, ist das Neue Gymnasium doch aus der Fusion von Ostring-Gymnasium und Einstein-Gymnasium hervorgegangen, oder?» – «Ganz genau, Botho, aber soweit ich weiß, sind das zwei renommierte

Gymnasien gewesen.» – «Und soweit ich weiß, haben dir die einen noch Altgriechisch reingeprügelt und die anderen waren bilingual deutsch-englisch unterwegs und nachmittags konntest du zwischen Chinesisch-AG und Fechten wählen. Kein Witz! Nett gemeint, aber ich weiß trotzdem überhaupt nicht, warum du da an mich gedacht hast. Was soll ich da? Du weißt doch genau, was für Leute da hingehen. Lehrer, Schüler, Eltern, alles die gleiche Sorte Mensch. Ich kann mir das genau vorstellen. Das ist nichts für mich.» – «Sag mal, Botho, ist irgendwas?» – «Nein, wieso?» – «Ich meine nur: Du meldest dich wochenlang nicht, so als ob wir uns nicht kennen würden. Dann melde ich mich trotzdem, obwohl du seit Wochen nicht auf meine Nachrichten reagierst, mache dir einen ernst gemeinten Vorschlag, über den du zumindest mal nachdenken könntest, und dir fällt nichts Besseres ein, als an meinem Verstand zu zweifeln? Ich wollte dich außerdem fragen, ob wir mal wieder was unternehmen wollen, aber irgendwie ist mir gerade nicht mehr danach.» – Da wurde mir augenblicklich flau im Magen und es war kurz still und dann sagte ich: «Tut mir leid, Jennifer. Ich hab gerade ein bisschen was um die Ohren und außerdem ist die Verlobte von meinem Bruder zu Besuch. Ich bin einfach nicht dazu gekommen, dir zu antworten. Und ja, danke für den Vorschlag. Ich hab nur kein gutes Gefühl dabei, wirklich nicht, aber ich schau's mir mal an. Versprochen! Sorry, ich weiß auch nicht, ich bin in der letzten Zeit manchmal sehr launisch.» – «Meldest du dich demnächst mal?» – «Ich schau mal, was so ansteht in der nächsten Woche, aber es sollte klappen. Vielleicht am Wochenende? Ich schick dir 'ne Nachricht.» – «Okay. Sag mal, geht's dir wirklich gut? Was machst du überhaupt die ganze Zeit!» – «Ach, Jennifer, Verschiedenes, Verschiedenes einfach! Aber das erzähl ich dir am besten in Ruhe. Lass uns doch einfach nächste Woche drüber sprechen. Wie wär's, wenn wir was kochen oder so?» – «Vielleicht Pizza selbst machen, wie in alten Zeiten?» – «Toll! Weißt du, was? Ja, das sollten wir auf jeden Fall machen. Toll.» – «Na denn, tschüss und bis die Tage.» – «Tschüss.»

Ich legte das Telefon weg und trocknete mir die Füße ab, als ich plötzlich Anja aus der Nebenkabine fragen hörte: «Deine Kollegin?» – Anja hatte ich total vergessen und mir war das ein wenig peinlich. Was hatte ich noch mal am Telefon gesagt? Ich rief rüber: «Ja, ja, sorry, ich brauche noch ein bisschen, das war nicht geplant. Kollegin von mir, Jennifer. Bist du schon fertig?» – «Fast, aber lass dir Zeit, ich föhne mir noch die Haare», und dann hörte ich, wie eine Kabinentür entriegelt wurde und jemand in Richtung Ausgang lief.

Ich lehnte mich zurück und atmete ein paarmal tief ein und aus. Das Schwimmen hatte mich erschöpft, weil es eine Belastung darstellte, die ich nicht mehr gewöhnt war. Auch brannten meine Augen vom Chlor, weil ich keine Schwimmbrille getragen hatte.

Auf der Heimfahrt sagte Anja, dass sie Arno vermisse, ob ich ihn mal anrufen wolle, um zu fragen, was so los sei, aber ich sagte: «Nein, mach ich nicht, steht mir gar nicht zu, weil das nämlich dein Job ist und du das schon selbst machen musst, wenn's dich so sehr interessiert, was bei ihm los ist, oder kannst ja auch einfach wieder nach Hause fahren.» – «Aber wir haben eine Abmachung: kein Kontakt und ein Wiedersehen erst am Hochzeitstag!» – «Ich weiß, aber ich sag ja nur, dass man die auch brechen kann, die Abmachung, du weißt schon, das ist ja kein Vertrag oder so. Aber hast du dich denn mittlerweile entschieden?» – «Ja, nein, vielleicht. Keine

Ahnung. Ja, ein bisschen entschieden und ein bisschen nicht entschieden, aber jetzt setz du mich nicht auch noch unter Druck.» – «Sorry, Anja, war nicht so gemeint. Werde ich nicht mehr ansprechen», sagte ich und danach sagte für den Rest des Tages keiner mehr viel.

29.10.1979

Am nächsten Morgen wachte ich auf, als Anja durchs Zimmer huschte, drehte mich dann aber noch mal um und versuchte weiterzuschlafen, weil ich sah, dass es draußen stürmisch war und die Baumkronen vor dem Haus im Wind wogten, und außerdem leichte Kopfschmerzen und gar keine Lust auf diesen Tag hatte, nicht mal aus einem bestimmten Grund, sondern einfach, weil ich ganz allgemein nicht wusste, wozu er gut sein sollte, dieser Tag. Wenn er nicht existierte, wenn ich ihn überspringen könnte, würde sich irgendetwas ändern?

Später hörte ich die Dusche und dann die Wohnungstür und noch mal die Wohnungstür und dann das Küchenradio und beschloss, mich der ganzen Sache nicht länger entziehen zu können, streifte ein T-Shirt über und stolperte verschlafen und in meinen Boxershorts in die Küche und erblickte Anja, wie sie mit einer Tasse in der Hand vor der Wand stand und auf die Fotos starrte, die dort hingen. Es roch nach Kaffee und Croissants und Teller standen auf dem Tisch und sie wandte sich zu mir um und sagte: «Ist das Lenie, sind das Lenie und du?» und deutete auf eines der Bilder. «Lass mal sehen», sagte ich und kam näher, obwohl ich genau wusste, dass das Lenie und ich waren, weil ich das Bild vor drei Wochen erst gesucht und nach ein paar Stunden auch gefunden hatte. Seltsam erleichtert hatte ich mich aufs Bett fallen lassen und dann hatte ich einen Rahmen besorgt auf dem Flohmarkt und es neben ein Mannschaftsfoto aus der C-Jugend in Zwingenberg, ein Strandfoto meines Bruders, ein Foto von Anne Frank und eine Aufnahme von einem Markt in Lothringen, die ich mal im Urlaub gemacht hatte, gehängt. Das war ungefähr mein ganzes Leben, mehr gab es nicht zu zeigen.

«Ja, das sind Lenie und ich. Ich hab's kürzlich zufällig gefunden und dann aufgehängt. Sehen glücklich aus, nicht wahr?» – «Ja, in der Tat. Hattest du dein Knie aufgeschürft oder was ist das für ein Fleck?» – «Genau erinnere ich mich nicht mehr, aber so was kam schon mal vor.» – «Du hattest all die Zeit noch ein Foto von ihr?» – «Ja, wusste ich auch nicht mehr. Ich hatte Lenie bis diesen Sommer mehr oder minder vergessen, zumindest ein bisschen vergessen, aber dann war ich zu Hause und hab Unterlagen gesucht und zufällig ist mir das dann in die Hände gefallen, und das hat mich glücklich gemacht, also hab ich's aufgehängt. Wir müssen vielleicht so dreizehn gewesen sein, ich weiß es nicht mehr genau.» – «Du schaust ein wenig verknallt drein.» – «Das Foto hat meine Großmutter gemacht, ich glaube, das hätte ich mich nicht getraut, mir irgendwas von Zuneigung anmerken zu lassen. Ich schaue wie ein Kind, vor allem schaue ich wie ein Kind. Das waren dieselben Ferien, in denen ich mich auch heftig mit Arno gestritten habe und er dann früher zurückgefahren ist. Das war noch nie passiert, aber ich weiß nicht mehr genau, worum es ging. Ich glaube, es ging um nichts.» – «Ich hab übrigens Croissants geholt und gesehen, dass auch kein Kaffee mehr da war, hatte aber kaum noch Geld und wollte nicht extra zur Bank, aber hier lagen noch ein paar Münzen auf der

Anrichte, ich geb dir den Rest gleich wieder.» – «Kein Problem. Dafür ist Geld doch da.» – «Wofür jetzt?» – «Na ja, um Dinge zu kaufen, die einem wichtig sind, oder?» – «Ach so, ja. Ich hab eigentlich noch nie darüber nachgedacht!» – «Danke jedenfalls, Anja, ich hab richtig Hunger und glaube, dass das immer noch vom Schwimmen gestern ist, weil mich das echt fertiggemacht hat, das war anstrengend.» – «Ach was, wir saßen doch nur im Whirlpool.» – «Und sind mindestens zehn Bahnen geschwommen.» – «Du neigst zu Übertreibungen, Botho.» – «Nee, ernstweit jetzt, ich hab mitgezählt, das waren zehn Bahnen oder zwölf, irgend so was.»

Wir aßen dann und ich holte noch die Zeitung aus dem Briefkasten und wir lasen sie komplett durch und dann sagte Anja: «Erzähl mir von Lenie.» – «Was soll das bringen?» – «Wie war sie so? Ich will mir vorstellen können, was für ein Mensch sie war.» – «Ich hab dir doch schon viel erzählt.» – «Erzähl mir mehr.» – «Also, sie war ein aufgedrehtes Mädchen, hat leicht gestottert, aber das machte sie nur noch wilder, weil sie gelernt hatte, das zu akzeptieren. Und sie war auch nicht auf den Mund gefallen, auch wenn das jetzt komisch klingt, aber wenn jemand sagte, dass sie dumm sei, weil sie stottere, dann hat sie stotternd so was geantwortet wie: ‹Ja, ik stotter, maar ùw moeder is een kankerhoer!›» – «Was bedeutet das?» – «*Kankerhoer* meinst du?! Ja, ich weiß auch nicht, warum, aber im Flämischen benutzt man manchmal Krankheiten, um sich fertigzumachen, also eine Kankerhoer ist eine Hure, die Krebs hat, eine Krebshure sozusagen. Ich weiß auch nicht, warum man das sagt, klingt eigentlich ganz schön derb und ergibt auch überhaupt keinen Sinn. Aber man sagt es auch nicht oft, glaube ich.» – «Erzähl mir mehr von Lenie.» – «Ach, weiß nicht, vielleicht ein anderes Mal, mir ist irgendwie nicht danach.» – «Wie du willst, ich würde nur gerne mehr über sie erfahren. Ich glaube, sie könnte mittlerweile eine taffe Frau sein.» – «Da wette ich drauf.»

Und dann räumten wir den Tisch ab, setzten uns auf die Couch und sahen uns Tierfilme an, bestellten irgendwann wieder Pizza und später wollte Anja raus und noch mal ’ne Runde drehen, weil ich aber keine Lust dazu hatte, blieb ich in der Wohnung und sah weiter fern.

Als sie gegen sieben immer noch nicht zurück war, überlegte ich, ob ich sie anrufen sollte, entschied mich aber dagegen, aß zu Abend und hörte mir das das Spiel vom VfL im Radio an. Ich war jetzt kein überragender Fan, obwohl ich schon etliche Jahre in Bochum wohnte, aber hörte mir inzwischen durchaus mal die Spiele an, und weil der VfL mittlerweile nur noch in der 2. Liga spielte, kamen die öfter auch mal montagabends und da hatte ich für so was Zeit. Manchmal ging ich sogar ins Stadion, ausverkauft war das neuerdings sowieso nicht mehr, man konnte sich das auch morgens noch überlegen. Kein Vergleich mit der 1. Liga, wo ich manchmal in Erwägung zog, vor der Geschäftsstelle zu campen, wenn die Tickets für das Spiel gegen Schalke oder Dortmund in den Verkauf kamen.

Im Übrigen kannte ich den Stadionsprecher! Wurst hieß der und war ein ulkiger Mann, im Hauptberuf verkaufte der Versicherungen. Ich hatte ihn mal im Zwischenfall in Langendreer kennengelernt. Das Zwischenfall war damals mein Lieblingsladen und manchmal fanden dort gute Konzerte statt, man musste nur aufpassen, dass man die letzte Bahn zurück kriegte. Im Matrix gab’s zwar auch Konzerte, aber irgendwie fühlte ich mich in dem Laden nie wirklich wohl. Der war mir einfach zu groß und außerdem lag der auch in Langendreer, und dann konnte man auch gleich ins Zwischenfall gehen. Am besten war sowieso, wenn man einen mit Auto kannte. Im Matrix, obwohl ich da sehr selten war und es überdies ja auch zu groß fand, hatte ich trotzdem einmal eine zukünftige Freundin kennengelernt, Marie. An dem Abend war Disko gewesen und ich weiß nicht mehr genau, wie wir ins Gespräch gekommen sind, denn eigentlich lernt man doch niemanden in der Disko kennen, weil es immer so laut ist und es auch nichts gibt, worüber man reden könnte. Lange gehalten hatte diese Liebesgeschichte denn auch nicht, aber lediglich, weil Marie nach Niedersachsen wegzog, und dafür konnte ich nun wirklich nichts, weil der Grund ein richtig guter Job war. Ich mochte sie sehr und sie war auch wunderhübsch. Aber als sie unbedingt wollte, dass ich mitkomme, und ich sagte, dass ich nicht einfach so nach Niedersachsen ziehen könne, wurde sie wütend und warf mir vor, dass ich nicht bereit war, etwas für unsere Beziehung zu tun, und das stimmte natürlich überhaupt nicht, weil ich wirklich nicht so einfach nach Niedersachsen ziehen konnte. Ich glaube, sie wollte nach Lüneburg, aber ich wusste ja nicht einmal, wo das war. Und weil sie darauf bestand, als ob es das Normalste der Welt wäre, dass man für seine Freundin nach Lüneburg zieht, ging es erst recht nicht.

Während meiner Studentenzeit war ich jedes Wochenende unterwegs gewesen, um zu trinken und Spaß zu haben, und nicht selten auch unter der Woche, meistens mit Flo oder Tim. Wir waren eine große Clique und dementsprechend wechselte die Besetzung, aber besonders zu Flo und Tim hatte ich immer einen guten Draht. Die waren auch so lieb, mir Bescheid zu sagen, was abends so los war, wenn ich mich wieder nicht um die Planung gekümmert hatte. Zumeist haben wir uns erst bei jemandem zu Hause getroffen, um ein, zwei Bier oder einen Longdrink zu trinken, und sind dann in eine x-beliebige Eckkneipe gegangen, um eine Runde Darts zu spielen und an der Jukebox herumzurödeln, oder sind zu einem Konzert, und je nachdem, ob nach dem Konzert noch aufgelegt wurde, sind wir dort geblieben oder ins Bermudadreieck gefahren für ein paar Drinks, und manchmal ist man von dort aus noch aufgebrochen, um zu tanzen. Meist war es dann schon so spät, dass man vielleicht nicht mehr nach Düsseldorf, Essen oder Dortmund gefahren ist, was sowieso selten passierte, weil Düsseldorf ohnehin ein wenig überschätzt ist, aber wenn es in Bochum etwas gab, konnte man uns da schon noch auf der Tanzfläche wiederfinden.

Ich war das überhaupt nicht gewohnt, weil ich so etwas vom Dorf nicht kannte und während des Zivildienstes und in der Zeit, in der ich mein Abi nachgeholt hatte, keine Zeit oder keine Energie dafür gehabt hatte, aber als Student war ich manchmal auch bis sechs oder sieben oder sogar acht auf der Piste. In Bochum ist zwar irgendwann jede Party vorbei, aber wenn man noch ein Weilchen im Imbiss sitzt und einen Ayran zu seinem Döner trinkt, dann ist das der traurige Höhepunkt des Abends! Der Versuch, die Nacht noch um ein Stündchen zu verlängern. Manchmal, besonders unter der Woche, hatte der Bäcker schon geöffnet und gelegentlich setzten wir uns dort sturztrunken rein und orderten einen Kaffee, aßen noch ein Croissant und redeten.

Wenn andere Leute dort auftauchten, die auf dem Weg zur Arbeit noch ein belegtes Brötchen kaufen wollten, oder die Brötchen holten, um mit ihrer Familie zu frühstücken, war mir das peinlich und ich fühlte mich schuldig, weil ich daran erinnert wurde, dass ich zu lernen hatte, sobald ich wieder nüchtern war, und weil ich insgeheim auch Angst hatte, doch noch zu scheitern. Diese Angst feierte zwar nicht mit, in den Kneipen und im Klub war sie für ein paar Stunden vergessen, aber spätestens um sieben in der Frühe setzte sie sich im Imbiss oder beim Bäcker wieder neben mich und sah mich vorwurfsvoll an. Dann war ich traurig, aber auch erleichtert, weil ich zumindest ein paar Stunden gänzlich froh gewesen war.

Aber dennoch habe ich mein Studium einigermaßen im Griff gehabt und schlussendlich ja auch gemeistert. Das ging beides, Saufen und Lernen, und ich versicherte mir so auch immer wieder, dass ich es so schlecht im Leben doch nicht getroffen haben konnte.

Das Bermudadreieck war die legendäre Kneipengegend in Bochum zwischen Südring und Konrad-Adenauer-Platz, von meiner Wohnung aus gesehen quasi um die Ecke. Mittlerweile zog es mich da aber kaum noch hin. Schon immer traf sich im Bermudadreieck das halbe Bergische Land, um am Wochenende ordentlich abzufeiern, und diese Leute grölten bloß. Zumindest wenn man selbst nicht trank, was ich nicht mehr tat, war es dort hart.

Ich hörte mir dann lieber ein Konzert an, als in der Kneipe zu sitzen und umgeben von Halbstarken aus der Provinz Saft zu trinken, oder ging ins Theater. Falls es mich aber doch mal in eine Kneipe zog, fand ich die eher in Ehrenfeld, also vom Bermudadreieck unter der Eisenbahnbrücke durch in Richtung des Schauspielhauses. Da schrien sie jedenfalls nicht so.

Was ich aber eigentlich erzählen wollte: Im Zwischenfall hatte ich bei einem Konzert von Agnostic Front damals Michael Wurst, den Stadionsprecher des VfL Bochum, kennengelernt. Ich war überrascht, den dort anzutreffen, weil der mal bei SAT.1 bei einer Popmusiksendung mitgemacht hatte und Dritter geworden war und es im Zwischenfall nämlich ein bisschen was Härteres auf die Ohren gab. Wir kamen jedenfalls an der Theke ins Gespräch, damals trank ich noch ordentlich, und spendierten uns gegenseitig ein paar Schnäpse. Ich fand ihn sympathisch, aber wir sind uns nur noch zwei- oder dreimal eher zufällig über den Weg gelaufen. Wahrscheinlich war der Mann auch viel beschäftigt.

Das Spiel, das ich im Radio verfolgte, während Anja unterwegs war, ging letztlich 0:1 verloren und war grässlich mit anzuhören, weil so gut wie nichts passierte. Ich schaltete das Radio aus, hastete zum Supermarkt und kaufte Zahnpasta und Toilettenpapier und Lebensmittel, damit wir in den nächsten Tagen etwas kochen konnten, und als ich zurückkam, saß da Anja ein wenig zerzaust am Küchentisch und wedelte, ein Glas Wasser trinkend, mit der Hand, setzte dann das Glas ab und sagte: «Hui, ich hab mich ein bisschen verlaufen, ich hab eine richtig große Runde gemacht. Ich war zwischendurch irgendwo im Grünen und bei einem Golfplatz und dann an einem See und das war auch alles noch in Ordnung, aber als ich zurückwollte, habe ich keine Straßenbahn mehr gefunden, auch nicht mehr zur Stadt zurückgefunden oder in eine andere Stadt. Ich war plötzlich an einer umzäunten Wiese angelangt und da irrte ein Pferd umher und sah mich an. Da wurde es mir doch ein wenig schaurig. Es wurde sowieso immer finsterer. Hinter der Wiese lag ein Bauernhof und ich lief über einen Schotterweg hin und klingelte, weil ich mich total verloren fühlte. Ich dachte immer, dass bald die nächste Stadt kommen müsste, aber die kam nicht, da kam nichts mehr. Endet denn das Ruhrgebiet irgendwo? Oder ist es so grün, dass man die Stadt nicht mehr wiederfindet? Eine nette Frau öffnete verwundert und bat mich rein und gab mir ein Glas Wasser und dann sprach sie mit ihrem Mann und brachte mich mit ihrem Auto zu einer Haltestelle an einer großen Kreuzung am Rande eines Gewerbegebiets und dort saß ich dann. Aber da waren nur Lager- und Produktionshallen und abgedunkelte Bürogebäude und die Frau fuhr wieder davon. Das war unheimlich. Manchmal fuhr ein Auto vorbei, hielt an der Kreuzung und die Leute sahen mich an. Sie musterten mich ungeniert. Und dann fuhren sie wieder, sobald es grün war. Irgendwann kam der Bus und ich stieg ein, fuhr erst mal ein paar Stationen und sah angestrengt aus dem Fenster. Die Bebauung wurde stetiger, und als wir in Hattingen-Mitte waren, wusste ich, dass ich umzusteigen hatte, das hatte die Frau gesagt, und von dort fuhr ich dann mit der Tram und irgendwann kannte ich mich auch wieder aus, stieg dann hier in Bochum am Schauspielhaus aus und von dort konnte ich laufen. Ja, aber nun habe ich richtig Hunger. Hast du schon gegessen?» – «Ja, ich hatte ein paar Brote.» – «Na ja, aber keinen Nachtisch, oder?» – «Nein, den nicht!» – «Wie wäre es, wenn wir noch irgendwo hingehen, wo man gut essen kann und du zumindest noch einen Nachtisch bekommst?» – «Also mir ist Nachtisch gar nicht so wichtig, aber ich komm gerne mit!»

Und dann saßen wir wenig später in einem griechischen Restaurant in der Innenstadt, eines der wenigen, die noch geöffnet hatten. Auf dem Rückweg sahen wir einen kleinen Blätterwirbel und ich rannte darauf zu, drehte mich um und sah Anja an und wurde dabei von einer Laterne angeleuchtet und von den Blättern umwirbelt, breitete meine Hände aus und sah nach oben, aber da war nichts zu entdecken, weil die Laterne zu grell war, und dann wehte der Blätterwirbel erst zu Anja rüber und löste sich schließlich an einer Hauswand auf.

Wir kamen am Knappschaftskrankenhaus vorbei. Hier hatte ich meinen Zivildienst abgeleistet, aber danach hatte ich diesen riesigen Koloss nie wieder betreten. Es war nicht die schönste Zeit meines Lebens gewesen, aber ich hatte zum ersten Mal für längere Zeit fern von zu Hause gewohnt und in dem Sinne war es schon prägend gewesen.

Ich wurde in die Notaufnahme eingeteilt, was eigentlich nicht üblich war, aber zumindest musste ich dadurch keine Hintern abwischen. Die Frühschicht dauerte von sechs Uhr bis halb drei und die Spätschicht von halb zwei mittags bis zehn am Abend. Eigentlich machte das aber keinen Unterschied, die Leute kamen zu jeder Tageszeit mit den unterschiedlichsten Beschwerden an, da gab's kaum Muster. Die meisten Leute kamen auf eigenen Füßen herein und hatten meist auch nur Krankheiten oder Verletzungen, mit denen sie auch ganz einfach zum Arzt hätten gehen können. Mit dem Rettungswagen kamen die härteren Fälle, bei denen es dann auch schnell gehen musste. Der Arzt sagte dann der Schwester oder einem Pfleger, was passieren sollte, und die sagten es dann mir, und ich schob die Leute in ihren Betten oder Rollstühlen durch die Gegend. Wer laufen konnte, irrte selbstständig durch das Krankenhaus-Labyrinth. Manche mussten zum Röntgen oder auf eine Station, alle hatten irgendwelche Zettel, und manchmal hatte ich drei oder fünf Patienten gleichzeitig, die ich zwischenparkte, später wieder abholte oder weiterschob. Manchmal vergaß ich auch jemanden irgendwo, aber häufig passierte das nicht und ich hatte sowieso einen Beeper, mit dem man mich erreichen konnte. Im Winter, wenn Glatteis war, kamen Dutzende Leute auf einmal, da musste man auch schon mal rennen, um der Sache Herr zu werden, manchmal kam auch niemand und ich konnte faulenzen oder in aller Ruhe ein paar Betten beziehen, oder ich hörte mir ein paar Geschichten an, die die Leute so erzählten. Man glaubt gar nicht, wie viele Menschen einem noch vom Krieg erzählen. Hatten die in den nachfolgenden sechzig Jahren nichts Spannenderes erlebt, dass die immer noch darauf zurückkamen? Außerdem musste ich die Angehörigen unterrichten, auf welche Station Oma Annegret oder Opa Erwin nun verlegt worden war. Wenn man sich gut anstellte, und das versuchte ich, waren alle nett zu einem, die Ärzte, die Patienten, die Schwestern und alle anderen auch. Wenn sie Zeit hatten, erklärten sie mir auch mal was.

In eine Ärztin war ich mächtig verknallt, was aber völlig aussichtslos war, weil sie mindestens zehn Jahre älter war, aber ich fand es so eindrucksvoll, wie sie alles klar und routiniert wegarbeitete, leider konnte ich ihr kaum behilflich sein, weil ich ja auch so gut wie nichts konnte. Sie hat mich dann auch so behandelt, als sei sie meine gutherzige Mutter, und hat mir ein paar Läden genannt, in die sie früher mal gegangen war, als sie so alt wie ich gewesen war. Irgendwelche Jugendkulturzentren, in denen sie keinen Alkohol ausschenkten und Schülerbands ihre ersten amateurhaften Auftritte hatten und manchmal Filme gezeigt wurden. Das interessierte mich überhaupt nicht, so jung war ich nämlich auch nicht mehr, aber ich ging trotzdem hin, um ihr nach dem Wochenende berichten zu können, wie es gewesen war. In meinen Tagträumen fasste ich ihr an die Brüste. Sie war die absolute Wucht von einer Frau, wunderhübsch und erwachsen, wusste auf alles eine Antwort und war nicht aus der Ruhe zu bringen. Aber sie war mindestens zehn Jahre älter und hatte sowieso einen Freund, der am selben Krankenhaus, aber auf einer anderen Station, auch als Arzt arbeitete. Das war nicht meine Liga.

Auch blieb sie völlig ungerührt, wenn da jemand reingerollt kam mit einem offenen Bruch oder Ähnlichem. Manchmal starben auch Leute. So was war das Schlimmste für mich. Dort im Krankenhaus habe ich das erste Mal in meinem Leben einen Toten gesehen.

Soweit ich mich erinnere, habe ich keinen gravierenden Fehler gemacht. Einmal hat mich einer, der irgendwo im Haus verwaist auf einem Flur lag und einen Schlauch im Arm hatte, aus dem nach der OP angesammeltes Blut und Wundwasser rauslaufen sollte, angesprochen und geklagt, dass da nichts komme, und ich meinte, dass der Schlauch auch noch abgeriegelt sei, dass da gar nichts kommen könne. Der Patient sagte, dass er so ein Druckgefühl im Arm habe, das sei beißend und schmerzhaft, und die Schwester habe gesagt, dass da bald Blut rauslaufen würde. Da sagte ich zu ihm, dass ich es dann halt aufdrehen würde, obwohl ich das auf keinen Fall durfte, so etwas durfte ich überhaupt nicht anrühren, weil ich nur ein Zivi war, aber ich tat es trotzdem, weil ich mir sicher war, dass man das einfach nur vergessen hatte. Der Mann kriegte plötzlich große Augen, weil da innerhalb von einer Minute bestimmt ein halber Liter rauslief und sich der ganze Druck aus dem Arm abbaute und dem Mann wurde warm und kalt. Ich schaute mich panisch um, ob das einer mitgekriegt hatte, denn plötzlich war ich mir überhaupt nicht mehr so sicher, ob das alles so in Ordnung war. Für einen Augenblick dachte ich, dass nun irgendwas Schlimmes passierte, aber natürlich geschah nichts. Dann kam eine Schwester, die mich ausschimpfte und fragte, was das solle, und ich erklärte ihr dann, dass nach der OP jemand vergessen haben musste, den Schlauch aufzudrehen, aber sie sagte, dass das Drainage heißt, die Wundwasser ableite, dass es aber normal sei, dass man das erst später aufdrehe, und ich verkrümelte mich schnell. Später fragte ich einen Arzt, der mir sagte, dass man ganz sicher nicht erst ein paar Stunden damit warte, so was drehe man sofort auf, aber vor dem Patienten hätte er das auch nicht zugegeben, weil die sonst klagten, denn das täten sie neuerdings wegen jedem Blödsinn.

Ich habe aber auch viele langweilige Dinge gemacht, Kaffee gekocht oder irgendwelchen Leuten Wasser gebracht. Ich durfte zwar oft zugucken, wenn einer behandelt wurde, aber das war's auch schon. Oft habe ich auch einfach nur Wäsche in Schränke geräumt oder etwas kopiert. Wenn man ein Interesse an Medizin hat oder große komplizierte Geräte mag, ist es bestimmt aufregend in einem Krankenhaus, weil man immer mal wieder etwas Neues sieht, aber der Knüller ist es auch nicht, solange man selbst nichts machen darf. Ich fand noch am interessantesten, zu erfahren, wie und wo die Leute sich eigentlich verletzt hatten, da gab's die wildesten Geschichten. Wer schon länger im Krankenhaus arbeitete, ließ sich von den meisten Fällen aber nicht mehr beeindrucken. Weil ich meist nur unter der Woche und vielleicht einmal im Monat tagsüber am Wochenende arbeiten musste, bekam ich die harten Saufverletzungen aber sowieso nicht mit.

Weil ich im Schwesternwohnheim direkt neben dem Klinikum wohnte, hatte ich auch Kontakt zu anderen Zivildienstleistenden. Die hatten alle Dienst auf einer Station und da ging es weniger heiß her. Dort hörte ich auch, dass man, besonders von den alten Leuten, bei der Entlassung gelegentlich ein Trinkgeld bekam, wenn man sich dann und wann mal Zeit genommen und mit denen einen Tee getrunken oder für sie eine Zeitung besorgt hatte. Hier noch zehn Mark, für dich armen Zivi. Besonders um Weihnachten wurde da nicht ge-

geizt, aber so was gab's in der Notaufnahme leider nicht, obwohl ich das Geld auch gut hätte gebrauchen können.

Dort im Schwesternwohnheim fragte mich eines Abends beim Abendbrot ein anderer Zivi, was ich später vorhabe. Dem erzählte ich, dass ich studieren wolle, um Lehrer zu werden, aber erst noch mein Abitur nachholen müsse. Und damit war es in der Welt. Das erste Mal habe ich es vielleicht nur aus Verlegenheit gesagt, ich wusste selbst nicht genau, wie ich darauf gekommen war. Aber mit der Zeit gewöhnte ich mich an den Gedanken und mir wurde bewusst, dass ein Studium der einfachste Ausweg war, nicht nach Zwingenberg zurückzumüssen. Am Wochenende fuhren die meisten Zivildienstleistenden zu ihren Eltern zurück, während ich in meinem Zimmer saß, mir überlegte, welche Fächer ich studieren wollte, und mir meine Zukunft ausmalte. Kurz vor Ende des Zivildienstes habe ich sogar dieser Traumprinzessin von Ärztin erzählt, dass ich jetzt mein Abitur machen wolle, und sie hat gelächelt und gesagt, dass das eine vernünftige Idee sei. Schließlich hat es dann trotzdem noch weit über ein Jahr gedauert, bis ich mich beim Berufskolleg anmeldete, weil ich erst mal in eine WG in Bochum-Stahlhausen zog und bald darauf anfing, in der Spedition zu arbeiten, und alles so neu und seltsam war, dass ich anfangs überhaupt nicht dazu kam, mich darüber zu informieren, wie man eigentlich sein Abitur nachholte. Andererseits war es mir aber auch gar nicht so wichtig, das nun möglichst schnell anzugehen, weil ich sowieso schon so überwältigt war von der Tatsache, dass ich nun einfach in Bochum wohnte und nicht nach Zwingenberg zurückkehrte. Langsam, aber bestimmt einen Schritt vor den anderen setzen, so dachte ich mir das.

Als Anja und ich wieder in der Wohnung waren, tranken wir noch ein Glas Wasser und spielten eine Partie Mau-Mau. Dann saß ich noch auf der Couch und las, während Anja sich bettfertig machte und schlafen ging. Ich habe noch sehr lange gelesen, weil das Buch so spannend war. Es ging um einen alten Fischer mit einer Pechsträhne, der sogar noch zur See fährt, als selbst sein Gehilfe schon bei erfolgreicheren Fischern angeheuert hat, und schließlich hat er doch noch einen riesigen Fisch am Haken, ringt über Tage mit ihm und kann ihn zwar töten, aber weil er ihn nicht ins Boot hieven kann, essen leider Haie den Fisch auf. Die Geschichte faszinierte mich sehr und deshalb hatte das Frühstück am nächsten Morgen wohl schon lange auf dem Tisch gestanden, als ich mich langsam aus der Decke geschält hatte und in die Küche geschlichen war. Anjas Teller war schon abgeräumt gewesen. Sie sah von der Zeitung auf und lächelte mich an und sagte: «Aha!», und ich grinste zurück und setzte mich. Nach ein paar Minuten sagte sie: «Ich denke, du solltest doch noch versuchen, Lenie zu finden. Ich glaube, du würdest dich freuen, wenn du sie noch mal triffst. Einerseits habt ihr euch bestimmt viel zu erzählen, und andererseits könnte es einfach auch aufregend sein, sie zu finden. Ein bisschen wie ein Detektivspiel könnten wir das angehen, was denkst du?» – «Ich glaube, das ist eine dumme Idee. Vor allem, weil ich keine Ahnung habe, wo sie ist. Ich habe im Internet geschaut, dort ist sie nicht aufzufinden, einfach nicht zu finden. Die Adresse, die Gonzos Frau mir gegeben hat, ist auch nicht mehr aktuell. Das ist aussichtslos.» – «Das ist doch Blödsinn! Ruf doch mal beim Bürgeramt an, die sollten das doch wissen.» – «Weil die nichts Besseres zu tun haben, als Wildfremden die Adressen von irgendwelchen Menschen zu geben, oder wie?» – «Na ja, du bräuchtest halt eine gute Story. Vielleicht sagst du, dass es um ein Erbe geht oder so was, wie wäre das denn?» – «Okay, nehmen wir mal an, das hilft. An welches Bürgeramt soll ich mich denn dann bitte wenden? Ans Weltbürgeramt?» – «An das in Amsterdam. Erst mal rufst du in Amsterdam an.» – «Aber da wohnt sie ja nicht mehr.» – «Nicht in der Straße, aber vielleicht noch in der Stadt.» – «Gut, das könnte klappen. Aber dann bleibt noch die Frage, ob ich das eigentlich will. Das ist ja alles Jahre her. Ich glaube, es hat nichts mehr mit meinem Leben zu tun.» – «Das glaube ich dagegen sehr wohl. Du hast immerhin ein Foto von ihr aufgehängt, gleich neben eins von Anne Frank und deinem Bruder.» – «Ich weiß nicht», sagte ich, sah aus dem Fenster und schmierte mir ein Brot und biss und kaute und sagte dann mit vollem Mund: «Was, wenn sie mich gar nicht sehen will?» – «Hat sie denn Grund dafür?» – Ich kaute und schluckte und sagte: «Natürlich. Ich bin damals einfach verschwunden. Ich glaube zwar zum einen, dass die Stimmung in allen Familien in ganz Doel und auch auf der Straße ganz allgemein vergiftet war, und zum anderen, dass unsere Zuneigung eine jugendliche Zuneigung war, die sowieso oft die schnellsten Umschwünge erfährt, und auch, dass sie vielleicht ebenfalls allmählich das Interesse verloren hatte, dass sie Ärger hatte mit ihrem Vater, ihrer Mutter, dass sie in der Schule zu knapsen hatte, aber trotzdem glaube ich auch, dass ich mich ehrlicher hätte verabschieden können. Vielleicht waren wir Seelenverwandte und vielleicht sind wir es sogar noch und deshalb hätte ich nicht einfach den Kontakt wegsterben lassen dürfen.» – «Aber vielleicht hat *sie* ja auch den Kontakt einschlafen lassen. Kam das vielleicht von ihr?» – «Das weiß ich halt nicht so genau. Das bilde ich mir ein, aber ich war ein kleiner, dummer Bengel, ich hab die Größe von Gefühlen nicht verstanden, ich war ein Anfänger, was Menschen anbelangt. Sie war der erste Mensch, der mir jemals etwas bedeutet hat, der mich in Aufruhr versetzt hat, ich war gnadenlos überfordert und unerfahren und gerade deshalb verstehe ich es immer weniger, wie das nun alles gewesen ist. Aber wenn sie das hat einschlafen lassen, dann sollte ich erst recht nicht mehr hin.» – «Sie war ja auch unerfahren. Ich glaube, falls sie wirklich enttäuscht war, dann war sie das mit siebzehn, aber jetzt ist sie ja doppelt so alt, und solche Wunden geraten doch in Vergessenheit, aber wenn das unbewusst noch schmerzt, dann habt ihr ja umso mehr zu reden, aber wie gesagt, du übertreibst das ein wenig: Wahrscheinlich kann sie sich kaum noch erinnern, genau wie du dich kaum noch erinnern kannst.» – «Ich kann mich noch sehr gut an vieles erinnern und an anderes halt nicht, aber an vieles sehr gut.» – «Und was bedeutet das jetzt?» – «Weiß ich nicht.»

Ich sah aus dem Fenster und erinnerte mich an einen unserer glücklichsten Tage. Wir waren mit dem Rad zu einem See gefahren, um schwimmen zu gehen. Ich hatte eine Rolle Doppelkekse und meine Badehose dabei. Sie hatte Apfelschorle mitgebracht und wir fuhren fast bis nach Kieldrecht, weil da ein kleiner See war. Dort lagen wir in der Sonne und badeten und schrien herum und küssten uns und es war auch egal, was die anderen Leute wohl dachten. Wir waren ausgelassen und alles um uns herum war uns egal, nur wir zwei zählten. Ich kramte gerade die Kekse hervor und wollte Lenie einen geben, da holte sie aus ihrem Rucksack ein kleines batteriebetriebenes Radio und schaltete es an. Dann stand sie auf, reichte mir die Hand, ich legte die Kekse beiseite und ließ mir von ihr aufhelfen. Ich stand ihr gegenüber und sie hielt meine Hände, ließ dann meine rechte Hand los, kam näher, hob meinen linken Arm und zog ihn nach rechts rüber, drehte sich darunter und rechts an meinem Körper vorbei, wobei ihre langen Haare flogen und sich fächerförmig ausbreiteten und nach der Drehung wieder sanft auf ihre Schulter fielen und wieder kam sie mir näher, drehte sich noch mal unter meinem linken Arm rechts herum durch und lachte, und erneut kam sie näher, griff meine Hände, schob mich dann wieder weg, machte selbst auch einen Schritt zurück und dann kam sie wieder näher, glitt an mir vorbei und hielt meine Hände und zeigte mir so, wie ich mich bewegen sollte. Ich stellte mich bei der ganzen Sache etwas trottelig an, aber ich hatte kein Rhythmusgefühl und konnte überhaupt nicht tanzen. Schließlich gab sie auf, aber ich war fasziniert, wie grazil sie sich bewegte und mich in die richtige Richtung lenkte, ohne irgendetwas sagen zu müssen. Dann setzten wir uns wieder und sie erzählte mir von ihrer Tanzgruppe und dass es leider kaum Jungs gab, die dort mitmachten, und ich gab ihr einen Keks.

Dann holte Anja mich aus meinen Träumereien zurück: «Ich will doch nur sagen, dass du davon profitieren könntest, sie zu treffen, weil du sie vermisst. Anscheinend vermisst du sie und dann ist es besser, du suchst sie, weil du doch sowieso nichts zu tun hast. Das kann doch schön sein, oder? Überhaupt: Du solltest all das nun auch nicht zu etwas Größerem aufblasen, als es ist, denn sie ist eine Jugendliebe. Die hatte jeder, aber niemand macht sich so einen Kopf wie du. Ich glaube, es hätte sogar etwas Heilsames, sie zu finden. Du kannst nämlich gar nichts verschlimmern, wenn du sie findest, denn seit eurer letzten Begegnung ist so viel Zeit vergangen, eigentlich kann alles nur leichter werden. Entweder ihr freut euch oder eben nicht, aber ihr werdet euch nicht böse sein, das ergäbe doch gar keinen Sinn. Fahr doch einfach hin, wo auch immer sie nun ist, und trink einen Kaffee mit ihr. Ich glaube, Gonzos Frau übertreibt, es wird ihr schon nicht so schlecht gehen.» – «Ja, ich weiß. Aber es ist halt ewig her, ja? Und deshalb ist es dumm, also, wahrscheinlich ist es schrecklich dumm, sie zu suchen, weil es zwar nicht gefährlich ist oder so, aber es mir doch auch nichts bringt.» – «Doch, doch, es wird dich entschlacken.» – «Entschlacken?» – «Genau! Also, was wirst du tun?» – Ich überlegte lange und sagte schließlich: «Okay, abgemacht, ich ruf bei diesem Bürgeramt an und frag nach ihrer aktuellen Meldeadresse, und wenn ich die Adresse bekomme, fahr ich hin, aber wenn nicht, dann ist Schluss und ich trinke noch eine Tasse Kaffee und setze mich ins Wohnzimmer und lese noch ein Buch und werde niemals mehr an sie denken.» – Anja lachte vergnügt.

Nach einer kurzen Internetrecherche zu Nachlassverwaltern hatte ich mir eine Story zurechtgelegt. Frau Lenie Vermeylen, geboren 29.10.1979 in Beveren, letzter bekannter Wohnort in Palmstraat 90, 1015 Amsterdam, ist als Erbin im Testament der kürzlich verstorbenen Johanna Emilia Guthäuser verzeichnet. Nach derzeitigem Erkenntnisstand handelt es sich um eine Großnichte zweiten Grades. Es geht um ein nicht unerhebliches Vermögen, das Testament kann aber erst vollstreckt werden, wenn alle Erben ausfindig gemacht sind.

«Weißt du überhaupt, was eine Großnichte zweiten Grades ist?», fragte mich Anja. «Nein, nicht so genau. Aber das ist, glaube ich, nicht wichtig, oder? Soll ja nur anzeigen, dass es ein weitverzweigtes verwandtschaftliches Verhältnis ist und deshalb auch angeblich so schwierig gewesen, Lenie ausfindig zu machen, beziehungsweise deshalb hat sie nie selbst vom Tod erfahren, das ist doch die Idee, oder?» – «Also gut. Aber sprich am besten Deutsch, so als wärest du ein richtiger Beamter oder so was, das wirkt seriöser. Wenn du jetzt auch noch Niederländisch mit denen redest, denken sie, dass du ein lausiger Betrüger bist.» – «Okay, mal schauen.»

Ich rief also beim Meldeamt an, wurde zweimal durchgestellt, und alle waren skeptisch und meinten, dass sie für so etwas nicht zuständig seien oder nicht gut Deutsch sprächen, bis ich eine neue Nummer bekam und dem Dienststellenleiter persönlich die Geschichte erzählen durfte, der dann völlig unkompliziert war und es genoss, in seinem beinahe perfekten Deutsch mit mir zu plaudern, währenddessen tippte er immer eifrig etwas in seinen PC und sagte schließlich: «Aha, die gute Lenie Vermeylen, hier haben wir sie. Soso, zunächst verzogen von Palmstraat nach Cliffordstraat und dann ist sie vor acht Monaten ins Ausland verzogen. Verzogen nach Schaarbeek. Kennen Sie das? Das ist ein Stadtteil von Brüssel, aber eigentlich eine unabhängige Stadt, das ist alles ein bisschen Kuddelmuddel dort, oder wie sagt man?» – «Ja, ja, Kuddelmuddel, das kann man so sagen. In Ordnung, danke sehr, aber die neue Adresse erfassen Sie nicht bei Verzug ins Ausland?» – «Nein, nein, es betrübt mich sehr, Ihnen darüber Mitteilung machen zu müssen, aber da legen wir nur die Stadt ab, was auch schon ein Fortschritt ist, wobei die oftmals auch nicht korrekt ist, das sage ich Ihnen gleich, denn da gibt es keinen Datenabgleich. Überhaupt meldet sich kaum jemand ab, wenn er ins Ausland zieht, das machen die wenigsten, da hatten Sie also bereits Glück. Ich hoffe, ich konnte Ihnen helfen?» – «Ja, das war eine große Hilfe. Wiederhören!» – «Wiederhören!», und dann saß ich da und erzählte nach, was der Mann gesagt hatte, und Anja sagte: «Okay, jetzt in Schaarbeek anrufen.» – Ich sah sie mit großen Augen an, aber sie wirkte sehr bestimmt, also suchte ich auch noch die Nummer des

Bürgeramts von Schaarbeek raus und rief an, das gleiche Spiel noch mal und letztlich war alles überraschend einfach, dachte denn niemand an Datenschutz? *Lenie Vermeylen, Wijnheuvelenstraat 221, 1030 Schaarbeek, Brussels Hoofdstedelijk Gewest.*

Ich lachte und umarmte Anja, strich ihr das Haar aus dem Gesicht und küsste sie auf die Stirn und freute mich, wirklich und aufrichtig. Es fiel etwas von mir ab.

Ich fragte Anja, ob sie mitkommen wolle, und sie sagte: «Klar, gerne, wenn ich darf», und natürlich durfte sie. Ich buchte uns einen Zug und schaltete den Computer aus und lehnte mich zurück und verschränkte die Arme hinter dem Kopf, sagte nicht mehr viel und wollte auch nicht mehr viel. Irgendwann sah ich aber Anja an und wollte auch für sie das Beste und sofort fiel mir wieder der Anzug ein, den ich noch zu kaufen hatte: «Einen Anzug, einen Anzug!», rief ich. «Was?», fragte Anja. «Ich brauch noch einen neuen Anzug. Es sind zwar noch ein paar Tage, aber ich brauch für die Hochzeit einen neuen Anzug, vielleicht können wir den jetzt schon kaufen, bevor wir losfahren, vielleicht kannst du mir helfen, ich vertraue Meinungen von Verkäuferinnen und Verkäufern eigentlich nie», sagte ich. «Also, willst du Tatsachen schaffen?», fragte sie. «Ich will keine Tatsachen schaffen, ich will dich auch nicht unter Druck setzen, aber auch nicht großartig spekulieren, ob die Hochzeit nun stattfindet oder nicht. Ich geh jetzt mal vom Normalfall aus und der Normalfall ist, dass ihr das auf die Reihe kriegt, und für den Fall hätte ich gerne einen guten Anzug. Außerdem braucht man sowieso immer mal wieder einen Anzug. Piekfein sollte der sein und piekfeine Anzüge kann man nie genug haben, oder? Vielleicht schaffen wir das heute Nachmittag noch?» – Anja verdrehte die Augen und sagte etwas widerwillig: «Gut, wie du meinst, ich komm mit!»

Und so liefen wir nachmittags noch in die Innenstadt und streiften durch ein paar Läden in der Fußgängerzone, das war mir aber alles zu beliebig und die Musik war anstrengend laut und kein Anzug passte so richtig. Wir machten eine kurze Pause und kauften eine Cola und setzten uns auf den Rand eines kleinen Springbrunnens und ich überlegte, wo man noch schauen könnte, und dann fiel es mir ein: «Man darf nicht nehmen, was sie einem anbieten, man muss ihnen selbst zeigen, was man braucht.» Ich schleifte Anja also in ein Geschäft für maßkonfektionierte Anzüge, und Anja sagte mehrmals, dass das nun echt nicht nottue, aber ich versicherte ihr, dass der Anzug nicht allein für die Hochzeit sei, sondern auch für mich und so teuer sei es auch wieder nicht, weil die das alles in Asien machen lassen würden – das hatte ich mal zufällig in einer Doku gesehen.

Ich suchte einen Stoff aus und probierte Sachen an, die ungefähr passten, um einen Eindruck vom Stil und vom Schnitt zu bekommen, und Anja war plötzlich von einer Kombination aus Form, Farbe und Stoff so begeistert, dass ihr ein breites Grinsen auf dem Gesicht stand, und das freute selbst den Verkäufer. Ich plauderte dann noch mit ihm über die Taschen und warum die bei Sakkos immer zugenäht waren, wenn man die kaufte, und auch noch über Innenfutter, ob das etwas besagt, wenn das Innenfutter sehr schrill ist, denn ich wollte da keine besondere Aussage machen, mir gefiel lediglich der Gedanke, ein goldenes Blumenmuster als Innenfutter zu haben. Als wir uns einig waren, tippte der Mann auf einem Taschenrechner herum, präsentierte mir eine Summe und ich stutzte, aber das war nur aufgesetzt, um den

Preis zu drücken, und der Verkäufer spielte das Spiel mit, stöhnte routiniert und zog zehn Prozent ab, und als ich sagte, dass ich den Anzug in nicht mal zwei Wochen brauchte, meinte er, dass die ja alle aus Vietnam kommen und dass deshalb noch mal 90 Euro Expresszuschlag obendrauf seien, wenn das in zehn Tagen schon fertig sein solle, aber das machte den Kohl dann auch nicht mehr fett, und ich unterschrieb und wir schüttelten ihm schließlich beide die Hand und gingen nach draußen und dort schaute mich Anja an und klopfte mir auf die Schulter und meinte, sie sei überzeugt, dass das ein guter Kauf wäre, und ich sagte: «580 Euro sind eine Stange Geld, so viel hab ich wahrscheinlich noch nie für irgendetwas ausgegeben, aber der Anzug passt dann wenigstens und ein guter Trauzeuge gibt auch seine letzten Dollar für 'nen feinen Zwirn aus.» Wir aßen dann noch eine Erbsensuppe in einer Gaststätte und gingen heim.

Bevor wir uns am nächsten Morgen um kurz nach neun zum Bahnhof aufmachten, steckte ich noch einen Futterklumpen in den Vogelkäfig und füllte Wasser nach. Kurz darauf zog ich einen kleinen Rollkoffer hinter mir her und war sehr aufgeregt. Im Hauptbahnhof suchten wir dann unser Gleis, und als der IC eingefahren war, stiegen wir ein, sanken an einem Vierertisch auf unsere reservierten Plätze und ich kramte die Zeitung aus meiner Jackentasche und gab Anja die Hälfte, und bis wir in Köln umsteigen mussten, sagte kaum jemand ein Wort, und erst als wir dann im ICE Richtung Brüssel saßen, wurde mir klar, dass nun alles ernst und unvermeidlich geworden war: Auf dem Weg nach Brüssel würde es noch zwei Stopps in Aachen und Lüttich geben, an denen man aussteigen und umdrehen konnte, aber auf der elektronischen Anzeige über dem Gang lief ein gelber Film durch, der mich unermüdlich daran erinnerte, dass es eigentlich galt, sitzen zu bleiben, weil alles andere kindisch war. Nicht nur für mich, aber auch für mich flimmerte dort: *ICE 16 – Bruxelles Midi/Brüssel-Süd/Brussel-Zuid.* Ich akzeptierte das, denn es war wirklich meine vermaledeite Bestimmung, dort hinzufahren, und mein Herz brodelte und draußen rauschten die Wälder vorbei und in den Wäldern waren Jäger, die Wildschweine schossen, und zwischen den Wäldern wechselten sich Wiesen und Lärmschutzwände ab. Ich musste. Ich musste nach Brüssel. Ich freute mich aber auch. Ich freute mich sehr.

Kurz nach Aachen lief ich ins Bordbistro und holte Kaffee und Croissants und kurz vor Lüttich musste ich plötzlich auf Toilette, und weil es kein Toilettenpapier mehr gab, musste ich mir den Hintern mit den furchtbar rauen Papierhandtüchern abwischen. Aber danach ging es mir sofort wieder besser.

Um 13:15 fuhr der Zug in den Brüsseler Nordbahnhof ein, und weil wir eh noch kein Hotel gebucht hatten, stiegen wir schon dort aus.

Brüssel

Brüssel ist eine große Stadt, und obwohl ich noch nie dort gewesen war, fühlte ich mich augenblicklich wohl. Man hat nicht einen Moment lang das Gefühl, sich benehmen zu müssen, weil alle Menschen ruppig, unhöflich und zielstrebig ihres Weges gehen, die soziale Ungleichheit schon am Bahnhof deutlich zu erkennen ist und die Straßen, zumindest rund um den Nordbahnhof, gesäumt sind von Bauten in der brutalen Architektur der Siebzigerjahre auf der einen Seite und heruntergekommenen Backsteinhäusern mit Prostituierten in den Schaufenstern auf der anderen.

Wir gingen erst planlos eine lange und breite Straße entlang und schlängelten uns dann durch ein eher innerstädtisches Viertel, gingen vom Place Rogier aus um zwei Ecken und standen schließlich vor dem etwas schäbigen *Hotel des Colonies*, das wir beide für angemessen hielten, und nahmen ein Doppelzimmer. Es gab sogar einen Balkon, aber die Aussicht war schauerlich. Wir stellten ohnehin nur schnell unsere Sachen ab und tauchten wieder in die Stadt ein und machten uns auf die Suche nach einem Bistro. Wir aßen Quiche und tranken Saft und Anja rauchte eine Zigarette und ich wunderte mich, dass niemand um uns herum Niederländisch sprach, aber hätte ich mich vorher schon über Brüssel informiert oder wäre schon mal dagewesen, hätte ich das wissen können. Dann sahen wir uns noch das alte Börsengebäude an und machten ein Foto vorm Manneken Pis, und als es halb sechs war und weil sich den Nachmittag über schon eine leichte Anspannung in mir aufgebaut hatte, sah ich ein, dass es nun Zeit war, verabschiedete mich von Anja und ging mit langen Schritten Richtung Schaarbeek und Richtung Wijnheuvelenstraat und Richtung Lenie, und weil ich keine Lust hatte, mich für diese kurze Strecke mit dem Ticketsystem der Metro zu beschäftigen, ging ich einfach zu Fuß. In der Hand hielt ich einen kleinen Stadtplan, den ich im Hotel erhalten hatte, und verlief mich dennoch, aber keine halbe Stunde später war ich in der richtigen Straße und fand bald die Nummer 221. Die Tür war in sanftem Blau gestrichen und die Farbe blätterte ab. Ich war erschrocken, wie schnell es dann doch plötzlich gegangen war. Mein Herz pochte und ich schloss kurz die Augen und dann sah ich auf das Klingelbrett: tatsächlich! Neben dem obersten Knopf war mit Tesafilm ein kleines Stück Papier befestigt, auf dem *L. Vermeylen* stand. Das ließ mich nicht kalt. Ich strich mit dem Finger über ihren Namen und durch meinen Kopf fegten tausend Bilder und brauste das Leben und ich ließ meine Schultern kreisen und meinen Kopf kreisen und atmete noch ein paarmal stoßartig aus. Ich musste plötzlich wieder daran denken, dass wir einst darüber nachgedacht hatten, sobald wir alt genug gewesen wären, zusammen nach San Sebastián zu ziehen. Dazu war es nie gekommen, aber nun würde ich Lenie trotzdem zurückhaben. Ich war nun bereit und klingelte. Und dann sank es wie Blei in mir herunter, als niemand auf mein Klingeln antwortete.

War sie nicht da? War ich zu früh? Arbeitete sie noch? Welcher Wochentag war überhaupt? Ich sah mich um, trat zurück und überquerte die Straße, um das Haus betrachten zu können. Ein sehr schmaler Altbau mit zwei Fenstern pro Stockwerk und insgesamt vier Stockwerken und wenn die Klingelreihenfolge irgendetwas mit den Stockwerken zu tun haben sollte, dann müsste sie in der obersten Etage und direkt unter dem Dach wohnen, und dort brannte in der Tat kein Licht, aber andererseits war es draußen auch noch nicht so dunkel, dass man unbedingt die Lampen hätte einschalten müssen. Hundert Meter weiter war eine Bushaltestelle, in die ich mich setzte, und ich schloss den Reißverschluss meiner Jacke und verschränkte meine Arme und saß da und sah die Minuten verrinnen, sah, wie die Straße düsterer und die Straßenlaternen immer imposanter wurden, und starrte auf den Eingang, aber außer einer Teenagerin mit einem Kinderwagen und einer pinken Daunenjacke, einem alten Ehepaar mit Gehstöcken und einer Gruppe Vorschulkinder ging niemand rein oder kam raus. Vielleicht hatte ich sie verpasst, war nicht aufmerksam gewesen, hatte im entscheidenden Moment weggesehen und nicht auf die Haustür geachtet? Aber unter dem Dach brannte nach wie vor kein Licht, obwohl es mittlerweile schon halb neun war. Wahrscheinlich war sie einfach woanders.

Weil es nun kühl wurde, klingelte ich noch mal, diesmal heftiger, und als wieder keine Antwort kam, gab ich auf und versuchte, den Weg zurück zum Hotel zu finden, machte aber bewusst ein paar Umwege, sodass es schon kurz nach zehn war, als ich durch die Lobby schritt und auf die Fahrstuhltaste drückte. Als ich das Hotelzimmer betrat, sah ich durch die geöffnete Badezimmertür, wie Anja vor dem Spiegel stand und Lidschatten auftrug. Sie setzte den Stift ab und sah mich an: «Und, wie war's?», fragte sie. «Sie war nicht da. Ich habe lange vor ihrem Haus gewartet, aber sie ist nicht gekommen. Sie steht aber auf dem Klingelschild. Die Adresse stimmt. Ich hab Lenie gefunden, sie ist hier irgendwo, irgendwo ganz nah. Vielleicht ist sie mit Freunden aus oder sonst was. Oder ist bei ihrem Freund oder brät Burger, who knows? Aber mittlerweile denke ich, dass es ihr gut geht. Sie meldet sich vorbildlich beim Bürgeramt ab und beim neuen an und wohnt in einer mittelpassablen Gegend in der Hauptstadt Europas, ach, es wird ihr schon gut gehen! Ich schätze, Gonzos Frau hat das mit ihrer Reihenhausmentalität alles ein wenig überbewertet – was auch immer sie gehört haben mag.» – «Hast du einen Zettel hinterlassen?» – «Ich hatte das erst vor, aber ich will morgen noch mal versuchen, sie selbst anzutreffen.» – «Na ja, wie du meinst. Aber nun mal zu mir! Ich war in einem Café und der Kellner hat mir von einem Konzert erzählt, er hat mich eingeladen mitzukommen, aber ich muss mich jetzt beeilen, willst du nicht auch mit?» – «Ja, gern, gern. Wo ist es denn?» – «Lass uns einfach mit dem Taxi fahren, ich weiß es von hier aus auch nicht genau.» – «In Ordnung, dann los!», sagte ich und schnappte mir eine Tüte Nüsse aus der Minibar, während Anja die Rezeption anrief, um ein Taxi zu bestellen, und eine Minute später saßen wir schon im Taxi und rauschten durch die Nacht und halb Brüssel und die Fahrt kostete 25 Euro, aber das war mir auch egal.

Der schon erwähnte Kellner umgarnte Anja den ganzen Abend über und die beiden amüsierten sich köstlich. Ich trank drei Colas und lauschte der Musik. Alles ein wenig experimentell, aber angemessen ruhig, und so verschwand ich dann auch völlig in meiner Gedankenwelt, dachte nur noch an Doel und an die Schiffe und die Wellen und die Grachten, den Kirchturm und die Karottenbeete und Lenie und die Kartoffeln, an Arno und an unsere Fahrräder und dann war das Konzert vorbei und ich verabschiedete mich von Anja mit der Begründung, dass ich müde sei, und lächelte dem Kellner zu, den ich überhaupt nicht verstanden hatte, weil er nur Französisch sprach, das beherrschte Anja zwar sehr gut, aber ich überhaupt nicht, und lief hinaus in die Stadt.

Ich wusste nicht, wo ich war, obwohl ich Anja zuvor versichert hatte, dass ich es genau wüsste. Ich lief einfach geradeaus, was nicht weiter schlimm war, weil ich sowieso nicht wusste, wohin ich wollte. Müde war ich jedenfalls nicht, ich wollte lediglich allein sein. Mittlerweile hatte ich großen Hunger. Ich ging in einen Imbiss und bestellte einen Schawarmateller und danach Milchreis und trank eine Fanta und musste aufstoßen, weil ich zu schnell gegessen hatte, und auf dem Fernseher flimmerte ein arabischer Nachrichtensender, aber ich konnte mir keinen Reim darauf machen, was passiert war. Der Imbiss war leer und auch die Straße war leer und als ich wieder nach draußen trat, fühlte ich mich plötzlich fremd und wurde unruhig. All das war Lenies Wartezimmer. Das Vorzimmer. Ich musste nur noch ein wenig warten, dann würden sie mich aufrufen und bitten, in eine Welt, die lange zurücklag, einzutreten.

Ich nahm also wieder ein Taxi und fuhr zum Hotel zurück und versuchte zu schlafen.

Verschwinden

Anja sah ich erst am Frühstücksbüffett wieder. Sie wirkte ziemlich aufgekratzt, hatte Augenringe und roch nach Alkohol und erzählte, dass sie noch mit dem Kellner tanzen gewesen wäre, dann hätten sie noch ewig vor einem Palast gehockt und auf die Stadt herabgeschaut und zusammen mit einem Dutzend Verliebter einem Geigenspieler gelauscht und dann noch einen Kaffee in einer Bäckerei getrunken. Als der Mann sie am Taxistand versucht habe zu küssen, sei sie fortgelaufen. Ich antwortete nichts, aber konnte mir ein leichtes Grinsen nicht verkneifen und schüttelte seufzend den Kopf. Anja grinste auch. Danach putzten wir uns die Zähne und Anja ging schlafen und ich lief wieder zu Lenies Haus und ging auf dem Weg noch in eine Bäckerei und kaufte zwei Stücke süßes Gebäck und klingelte. Zu meiner Überraschung antwortete sie und zum ersten Mal seit einem gefühlten Jahrhundert hörte ich wieder ihre Stimme.

So viel wurde plötzlich wachgerufen. Der Klang ihrer Stimme hatte sich kaum verändert, ihre Stimme war nur ein wenig rauchiger und abgeklärter, jedenfalls fragte sie, wer an der Tür sei: «Ja, wie is daar?» – Und ich antwortete wahrheitsgemäß: «Hey Lenie! 't Is Botho hier! Botho van Dijck uit Doel! 't Is al efkens geleden. Mag ik binnenkomen?» – «Botho? Botho! Wat een verrassing! Ja, tuurlijk, kom maar binnen! 't Is op de vierde verdieping!» – Und dann summte das Schloss und ich ging die knarzenden Treppenstufen nach oben, Absatz für Absatz, bis ich Lenie unterm Dach im Türrahmen stehen sah mit einem verlegenen Lächeln auf den Lippen. Ihre Haare sahen erwachsen aus, hatten das Verspielte unserer Jugend verloren. Sie trug ein weites Kleid und mir schien, als sei sie schwanger. Ihre Augen sahen verschlafen aus. Ich trat auf sie zu und umarmte sie lange und schaute sie dann ein wenig ungläubig an. Sie hatte ein paar Linien im Gesicht, aber sie war immer noch wunderschön. Außerdem fiel mir auf, dass ich kaum größer war als sie, war ich nicht mal größer gewesen? Sie trug Badelatschen, und weil es sehr warm war, zog ich meine Jacke aus, legte die Tüte mit dem Gebäck auf den Küchentisch und sah mich um. Es gab noch zwei weitere Türen, die von der Küche abgingen: *Maja* stand auf der einen Tür und auf der anderen stand nichts.

«Waarom zijt ge hier?», fragte sie, aber ich konnte es nicht genau sagen. «Ik weet het niet zeker, ik weet het gewoonweg niet. Ik dacht dat het misschien nodig was», antwortete ich ehrlicherweise. Wir tauschten ein paar Floskeln aus und ratterten unsere Lebensläufe seit damals herunter. Sie hatte in Antwerpen Architektur studiert, irgendwann war ihr Vater gestorben und Gonzo aus Doel weggezogen, seitdem war sie nur noch ein paarmal aus Rührung oder Langeweile dort gewesen, aber nun auch schon seit Jahren nicht mehr. Ihre Mutter war gänzlich in ihrer neuen Familie aufgegangen, sie hatten keinen Kontakt mehr. Im letzten Studienjahr war

Lenie schwanger geworden und hatte daraufhin ihr Studium abgebrochen. Das war auch die Zeit gewesen, in der sie erstmals begann, Dinge zu vergessen. Ihre Vergangenheit zerfaserte allmählich. Vielleicht hatte sie zu viel Zeugs geschluckt im Laufe der Zeit, von Acid über Speed bis zu MDMA oder Koks ungefähr alles. Vielleicht war es aber auch was anderes. Sie war sich nicht sicher. Ihr Kind hieß Maja und der Vater, ein Dozent an der Universität, hat niemals von Majas Existenz erfahren, weil Lenie kurzerhand nach Amsterdam gezogen war. Ob Maja denn keinen Vater brauche? Aber Lenie sagte, dass Väter Glückssache seien.

In Amsterdam hatte sie eine Zeit lang alles Mögliche gemacht, bis es ihr zu eng geworden war, weil sie zu viele Leute kannte, ihre Anonymität eingebüßt hatte und sich überfordert fühlte. Dann war sie nach Brüssel gezogen und arbeitete nun in der Spätschicht im Callcenter einer Airline und Maja brachte sie in der Zeit immer zur Nachbarin eine Etage tiefer. Eine herzensgute und verwitwete Frührentnerin musste das sein. Außerdem war Lenie zum zweiten Mal schwanger und wusste selbst nicht, warum.

Ich sah Lenie an, sah ihr in die Augen, merkte, dass sie nun zitterte. «Waarom zijt ge hier?», fragte sie wieder, aber ich wusste nicht, warum ich da war, außer, dass es nötig war. Ich fragte nach dem Vergessen, wollte wissen, was genau sie vergaß. Ich fasste sie an den Oberarmen und sah sie an und sie wich mir mit ihrem Blick aus und heftete ihn an die Decke: «Alles! Wel maar langzaam aan, maar uiteindelijk toch *alles*!», sagte sie. Ich sagte, dass sie dringend zum Arzt müsse, aber sie sah enttäuscht an mir herunter und meinte, dass die Leute eine klare Vorstellung davon hätten, was gut und was schlecht sei im Leben, aber dass das manchmal gar nicht so einfach zu durchdringen sei. Anfangs habe sie noch detaillierte Kalender geführt, hätte Register mit Freunden, mit Emotionen erstellt, mit Zielen, mit Träumen, mit Strukturen und Gedanken, habe manisch versucht, ihre Vergangenheit zu erhalten, aber das hätte sie spätestens hier in Brüssel aufgegeben. Alles verblasste, aber das war der Lauf der Welt. «En ik? Ben ik ook aan het verdwijnen? Is onze geschiedenis opgelost als sneeuw voor de zon?», fragte ich, weil ich nicht wahrhaben wollte, dass auch ich aus ihrer Erinnerung verschwand, aber sie nickte nur: Ja, ja, auch du verschwindest! Wir lösen uns auf! Und dann beschrieb sie, wer ich noch für sie war: ein Mensch mit Namen, eine schemenhafte Erscheinung ihrer Jugend, ein Kreidestrich an der Hauswand. Sie konnte sich nicht erinnern an Heuböden, an Berührungen, an das Lachen am Telefon, an das Gras am Scheldeufer und unsere glücklichen Blicke, nicht erinnern an die Wärme meines Atems, an Kaugummis und Küsse und unsere nackten Körper, konnte sich nicht erinnern an die Boshaftigkeit von Doel und auch nicht an die Geborgenheit von Doel. Sie wusste nur noch, dass sie dort gewesen war. Und das machte mich fertig. Die Tränen quollen mir aus den Augen und fingen den umherschwirrenden Staub ein. Ich war müde und bei Licht besehen völlig am Arsch und wusste plötzlich, warum ich nach Brüssel gekommen war.

Lenie nahm mich in den Arm und versuchte, sich zu entschuldigen, aber wiederholte nur immerzu, dass sie mir nicht helfen könne, mich nur vom Namen her kenne, dass unsere Jugend verschwunden sei. Sie verstehe nicht, warum ich da sei. Aus ihrer Jugend blieben ihr noch ein Impfbuch und eine Schienbeinnarbe und eine Heuschnupfenallergie und sonst nichts. Als wäre sie nicht dabei gewesen.

Ich war hilflos und fragte, ob ich Maja sehen dürfe. Wir gingen in Majas Zimmer und setzten uns auf den Teppichboden und schauten ihr zu, wie sie erregt ihre Puppen durchs Zimmer führte und uns nicht zu bemerken schien, und als sie mich schließlich doch ansah, grinste sie zunächst und erschrak dann, weil sie meine roten Augen bemerkte und kam zu mir und legte ihren Kopf auf meinen Schoß und streichelte mein Knie und sagte: «Niet huilen, niet huilen.» – Ich beugte mich über sie und flüsterte ihr zu, dass ich überhaupt nicht traurig sei, obwohl ich natürlich schrecklich traurig war. Und dann fragte ich sie, wofür man lebe: «Maja, wat heeft het leven ons te bieden?» – und sie sah hoch und antwortete gelassen: «Wij leven voor aardappelpuree, de vogels en de hemel.» – Und dann fragte ich sie noch, wo ich als Nächstes wohl hinmüsse, und sie sagte, dass ich zu meiner Frau müsse, aber ich konnte nur lächeln bei dieser Antwort, und dann stand ich auf und holte mir aus der Küche ein Zimtteilchen, steckte es mir komplett in den Mund und sah Lenie an, die mir in die Küche gefolgt war. Ich musterte jede Faser ihrer Haut und sah ihr tief in die schwarzen Pupillen, strich ihr mit dem Finger über ihre Lippen, sah auf ihre Hände, zerkaute und schluckte währenddessen allmählich das Zimtteilchen, und als mein Mund wieder leer war, sagte ich: «Tschüss, Lenie!», und sah noch kurz zu Maja hinüber, die im Türrahmen ihres Zimmers stand und die Haare einer Puppe glatt strich, und sagte: «Adieu, Maja», und sie schaute mich an und winkte fröhlich und dann blickte ich noch ein letztes Mal auf Lenie, die mir mit hängenden Schultern und grauen Händen im fahlen Licht des Dachfensters gegenüberstand und flüsterte, dass ich gehen müsse und etwas Neues tun solle und hier nicht bleiben könne. Geh raus und finde einen Mond und einen Berg und all den Nebel, der das Leben wirklich ausmacht, aber verschwinde aus dieser Stadt!

Und dann liefen auch ihr Tränen über die Wangen, aber die hatten nichts mehr mit mir zu tun, sondern mit dem ganz bestimmten Leben, das Lenie beschieden worden war. Unsere Blicke trafen sich und dann stürmte ich aus der Wohnung und die Treppe hinab, nahm mehrere Stufen gleichzeitig, und unten angekommen, stieß ich die Haustür auf und rannte los.

Ich rannte und rannte an Tankstellen vorbei, wich Gemüseständen und Bushaltestellen aus und hastete über rote Ampeln und Häuserblock nach Häuserblock strich an mir vorüber. Irgendwann landete ich in einem Park, lief auf die Mitte einer Grünfläche zu und ließ mich auf den feuchten und kalten Boden herabsinken, blickte in den Himmel und versuchte, statt zu weinen, zu lachen, rang mir ein verkrampftes, trockenes Lachen ab, musste aber plötzlich husten, und dann hustete ich und danach konnte ich auch nicht mehr lachen.

Nach einer halben Stunde beugte sich ein Herr zu mir herab und fragte, ob alles in Ordnung sei, und ich beschwichtigte ihn und stand auf, säuberte mich, nickte dem Mann zu und verschwand aus dem Park. Ich setzte mich dann in der nächstbesten Kneipe an den Tresen und bestellte ein Blondes, zog Zigaretten am Automaten und steckte mir eine an und genoss es, mich mit Alkohol zu begießen. Ich trank und verlor mich und zweifelte, ob ich Trinkender oder Getränk war, ob ich Raucher oder Rauch war: Die große Gleichgültigkeit hatte mich gepackt und radierte an meinem Selbst herum.

Hotel

Ein paar Stunden später zahlte ich, stieg in das nächste Taxi und ließ mich zum Hotel fahren, schritt durch die Lobby, nahm den Fahrstuhl und öffnete die Zimmertür und fand Anja, wie sie in ihrem Pyjama auf dem Bett lag und fernsah.

Irritiert schaute sie mich an, während ich die Schuhe auszog, meine Gürtelschnalle lockerte und die Hose fallen ließ und mich zu ihr legte. Sie bettete ihren Kopf auf meine Brust und ich atmete den Geruch ihrer Haare und schloss die Augen und fand es großartig, dass sie da und so nah war, und versuchte, mich gegen meine Erektion zu wehren, aber dann ergab ich mich, weil mir eigentlich in dem Moment alles nicht mehr so wichtig war, und presste sie fest an mich, dann löste sie sich von mir und ich sah an mir herunter, wie sie meine Boxershorts herunterstreifte und meinen halbsteifen Penis in ihren Mund nahm. Ich konnte ihr Gesicht nicht sehen, aber ich wollte es sehen, um alles verstehen zu können, doch dann überkam mich eine Ruhe und ich ließ ihre Lippen über meine Eichel gleiten und stöhnte, dann setzte ich mich auf und Anja schaute mich an und ich küsste sie und knöpfte hastig ihre Pyjamabluse auf, biss ihr in die Schulter und packte sie fest. Ich tat das nicht für Arno oder wegen Arno oder gegen Arno, und auch mit Anja hatte das eigentlich nichts zu tun, die beiden waren mir als Personen in dem Moment ganz egal, auch mit Lenie nicht, denn es ging um mich! Weil es nämlich um mich ging, weil ich jetzt am Zug und wichtig war – für einen Moment war ich der wichtigste Mensch auf der Welt und das ließ ich Anja auch spüren, aber Anja war aus ihrer Sicht auch gerade der wichtigste Mensch und ließ mich das ebenfalls spüren, grub ihre Fingernägel tief in meinen Rücken und stöhnte, als ich mich zwischen ihren Beinen vergrub und sie leckte. Als wäre ich eigentlich nicht da oder beliebig und alles Weitere selbstverständlich und jeder Gedanke unwichtig – so klang sie. Wir waren zwei Autopiloten. Ich blickte auf und sah in ihre farbarmen Augen und drang in sie ein und von da an war ich gänzlich rausgesaugt aus der Welt, ein fickender Schatten, der sich über Anja beugte, aber sie nicht mehr als Menschen, sondern als Fetzen Wahrheit oder irgendetwas noch Komprimierteres wahrnahm. Für mich war sie ein dichtes Stück Leben. Ein Moment, der stockte. Ein Gefühl, in das ich meinen Penis schob. Und dann war ich schließlich zerstäubt und im Raum verteilt und alles war dunkel und miteinander verwoben. Für einen Moment entkam ich all der Hoffnungslosigkeit, hatte die Trennlinie zwischen mir und der Welt, die mich umgab, verwischt, aber wenig später lag ich keuchend auf der Matratze, fuhr mit den Fingern durch Anjas Haar und das Unwohlsein kehrte zurück, schlimmer noch: Ich fühlte mich verlogen. Was hatte ich getan?

«Und jetzt ist für immer alles anders?», fragte ich Anja, die aufsah und ruhig und bestimmt antwortete: «Nein, warum? Nein, ist es nicht, es ist nichts passiert, begreif das doch! Nur weil wir miteinander Sex hatten, ist eigentlich nichts anders, weil das doch nicht die Welt ist, denn wir können immer noch genauso glücklich sein oder werden, wie wir es immer gewollt haben! Unser Leben und unsere Handlungen, Umstände, Gedanken und Aktionen sind doch nur das Transportmittel. Das Ziel ist ein anderes. Das Ziel ist, glücklich zu sein. Glück um jeden Preis. Und das Ziel bleibt doch immer gleich. Und deshalb fahre ich demnächst auch nach Hause, weil ich Arno noch heiraten muss, weil ich das immer noch kann, morgen oder übermorgen fahre ich, in einer Woche ist unsere Hochzeit, und die findet statt! Weil ich es will! Weil ich will, mach ich all das. Ich mach alles, was ich will! Und manches ist dumm, aber das gehört dazu, und manches hätte man anders machen können, aber irgendwie muss man es ja machen, aber vor allem muss man es dann auch machen. Das ist, glaube ich, der Punkt.» – «Ja, und was soll ich jetzt machen?» – «Auf diese Frage habe ich schon die ganze Zeit gewartet. Aber die Antwort ist nicht einfach. Und darum hast du Lenie auch nicht wiedererkennen können, weil du nämlich gar nicht mehr weißt, worum es wirklich geht.» – «Woher willst du überhaupt wissen, was passiert ist?» – «Schau dich doch an, du bist besoffen und verdreckt und stinkst. Du wurdest ausgetrickst. Denn natürlich hat Lenie dich enttäuscht, aber sie konnte dich auch nur enttäuschen. Natürlich war sie eine andere. Aber das musste sie auch sein, und du musstest das erfahren, du musstest weg von ihr, weg von dem alten Abziehbildchen einer Jugendliebe, das in deiner Erinnerung existiert hat! Und dafür musstest du enttäuscht werden. Damit du abschließt.» – «Du wolltest, dass ich enttäuscht werde?» – «Deshalb sind wir doch hier. Ich wollte dich aufwecken und daran erinnern, dass du selbst der Navigator bist, aber bitte benimm dich nun auch wie einer. Mach, was du willst! Es gibt Lenie nicht mehr, sie ist jetzt jemand anders! Du bist traurig und verunsichert und du bist jetzt auch jemand anders, aber das ist gut. Irgendwann müssen wir uns alle aus unserer Ohnmacht herausschälen. Und nun schließ die Augen und lass uns schlafen: Das neue Leben ist eine Sache von morgen!», und dann schloss ich wirklich meine Augen und Anja löschte das Licht und legte ihren Arm auf meine Brust und als sie schon lange schlief, dachte ich immer noch darüber nach, was sie gesagt hatte. Aber ich verstand es einfach nicht und irgendwann schlief ich ein.

Aufwachen

Ein paar Stunden später wachte ich vom Handyklingeln auf und Arno war dran und plötzlich simmerte Panik in mir: «Ja?» – «Hallo, Botho, ich hab ein Problem. Anja ist noch mal weg, aber sie ist gar nicht in den Urlaub gefahren, also sie wollte in den Urlaub, aber eigentlich ging's um was anderes, sie wollte noch mal nachdenken, und dann wollte ich sie trotzdem auf dem Handy anrufen, obwohl wir eigentlich abgemacht hatten, dass ich für zwei Wochen nicht anrufe: zum letzten Mal ganz allein sein und nicht anrufen, das hatten wir abgemacht, und danach sollte alles klar sein wegen der Hochzeit. Im Grunde verstehe ich aber selbst nicht mehr, was das alles sollte. Ihr Handy ist jedenfalls aus, was ja auch nicht weiter schlimm ist, aber im Hotel hat sie gar nicht eingecheckt, meinten die an der Rezeption, da hab ich nämlich als Nächstes angerufen, weil ich doch mit ihr reden wollte, ganz dringend, irgendwie war mir ganz unwohl, und weil sie halt meine Prinzessin und eine tolle Frau ist, das wollte ich ihr nur noch mal sagen, weil ich auf einmal Angst bekommen habe, aber nun ist sie gar nicht in dem verdammten Hotel auf Madeira, und dann dachte ich, ist sie vielleicht bei ihren Eltern oder so? Aber ist sie auch nicht, und jetzt werde ich ganz verrückt, weil sie nämlich auch nicht ins Flugzeug gestiegen ist, das haben die bei der Airline gesagt, verstehst du das? Sie ist noch in

Deutschland, aber ich weiß nicht, wo! Also sie ist weg, und das macht mich fertig, denn ich habe sie ja zum Flughafen gebracht, aber sie ist nicht geflogen, ist auch nicht bei ihren Eltern und auch nicht bei Linda, das ist ihre beste Freundin, aber wo ist sie dann bloß und warum? Verstehst du das? Meinst du, ich soll zur Polizei, oder meinst du, es ist alles gut? Was mach ich denn nur?» Und dann herrschte lange Stille, weil ich nicht wusste, wie ich beginnen sollte, und dann fragte Arno nach: «Bist du noch dran? Ist was? Soll ich später noch mal anrufen oder besser morgen früh? Stör ich? Es ist aber wichtig!», und wieder Stille und dann sagte ich: «Ich bin gerade in Brüssel und heute Morgen hab ich Lenie getroffen und das war aber nichts, keine Ahnung, also ich weiß überhaupt nicht mehr, was passiert ist, aber um Anja musst du dir keine Sorgen machen, sie ist hier. Anja ist hier und war die ganze Zeit bei mir, also erst in Bochum und jetzt in Brüssel, die ganze letzte Woche, weil sie plötzlich überhaupt keine Lust mehr auf Strand hatte, und dann habe ich gesagt, wenn sie will, kann sie bei mir schlafen, und wir haben ein bisschen geredet und ich kenne die ganze Story, dass sie noch mal kurz Ruhe haben wollte, und ich weiß, sie will dich heiraten, ich bin mir ganz sicher, weil sie das eben noch gesagt hat, sie liegt nämlich gerade neben mir!», und dann habe ich kurz gezögert, redete schließlich aber weiter: «Allerdings hatten wir gerade auch Sex. Anja und ich – ich hab mit deiner Freundin gevögelt. Tut mir echt leid. Auf einmal dachte ich, dass das gut ist. Plötzlich wollte ich das. Und sie auch. Aber sie will dich auch heiraten! Ach, Scheiße!!!» – Ich schlug auf die Matratze, riss meine Augen auf und sah Anja an, die sich in meinen Körper krallte. «Scheiße, Arno, es tut mir so leid! Soll ich dich mal weitergeben?», und ohne dass von Anja etwas gekommen wäre, reichte ich das Telefon weiter, Anja richtete sich auf und sagte: «Arno, bist du dran? Hör mal ...» und dann setzte sie sich auf die Bettkante, sah noch einmal über die Schulter auf mich, musterte mich von Kopf bis Fuß, strich mir mit der Hand über den Arm und wirkte ernst, aber nicht schockiert, nicht panisch, sondern ruhig, sehr ruhig und fast glücklich. Genau so, wie ich sie einmal kennengelernt hatte.

Dann verschwand sie ins Badezimmer und ich konnte noch ein paar Blicke auf ihren Körper erhaschen, es fühlte sich alles verflucht verboten an und ich krümmte mich und mein Magen schmerzte, sie schloss die Tür und ich konnte nicht mehr hören, was sie besprachen, aber ich konnte es mir denken.

Ich blieb noch fünf Minuten liegen und wusste nicht, was ich tun sollte, ging dann zur Minibar, öffnete einen Sekt und kippte ihn mir halb rein, halb tropfte er mir am Kinn herunter. Dann ging ich auf den Balkon, sah mich um und fuhr mir durch die Haare, kraulte mein Brusthaar und versuchte abzuschätzen, ob irgendjemand erkennen konnte, dass ich nackt war, aber die Brüstung war hüfthoch und blickdicht und das gegenüberliegende Haus war ein Bürogebäude und ein wenig höher, aber mittlerweile unbeleuchtet. Es war sehr dunkel draußen. Es war mindestens 23 Uhr, hätte aber auch zwei oder vier Uhr nachts sein können.

Ich war nicht wütend über mich selbst, aber enttäuscht, enttäuscht von meiner Geilheit. Ich fühlte mich klein und elend. Brüssels größte Ratte hatte im *Hotel des Colonies* eingecheckt und die Verlobte seines Bruders geknallt! Toll! Und das Schlimmste daran: Ich bereute das gar nicht. Nein, am liebsten hätte ich Anja aus dem Badezimmer geholt, sie genommen und von hinten gestoßen, das ein Leben lang immer wiederholt und ein Haus mit ihr gebaut und Kinder gezeugt. Ich hatte das Gefühl, dass mir das zustände.

Ich setzte mich auf den Boden, lehnte mich mit dem Rücken an die Brüstung und dachte darüber nach, warum ich ein so seltsamer Mensch war. Das konnte doch nicht normal sein, oder?

Ich schluchzte und schloss die Augen und sackte in mich zusammen, öffnete sie wieder, sah auf meine Hände und dachte an Lenie. Wer sich wohl um sie kümmern würde? Irgendjemand würde es tun. Aber ich musste es nicht und könnte es auch nicht und vielleicht konnte sie es ja auch selber. Das wäre das Schönste.

Eine Viertelstunde verging, dann eine halbe Stunde, und ich hörte nichts aus dem Badezimmer, weil die Straße unten so brummte, aber ich stand auch nicht auf, und zehn Minuten später kam Anja aus dem Badezimmer und zog sich Slip und Hose an und klippte ihren BH zu und kam auch auf den Balkon. Sie zog sich noch ein Shirt über und sagte hastig und ein wenig euphorisch: «Ich werd ihn heiraten. Mach dir keine Sorgen. Er ist sauer auf dich, aber er ist auch stolz, weil er etwas Neues in dir erkennt. Er sagt, dass ihr Brüder seid und dass er nur einen einzigen hat und dass er den nicht verlieren darf. Und dass du ein Stück Scheiße und ein Horst bist, hat er auch gesagt und dass er dich auf der Hochzeit verprügeln wird. Aber du darfst kommen. Und es tut ihm leid wegen Lenie. Es tut ihm aufrichtig leid. Und was mich betrifft, darfst du übrigens auch gerne zur Hochzeit kommen, ich würde es mir sogar wünschen. Aber ich werde nie wieder mit dir schlafen. Nie wieder.» – Ich sah sie ein wenig verwundert an. Ich verstand es nicht: «Anja, keine Ahnung, ich versteh's halt nicht. Was soll das alles?», sagte ich und stand auf, sah auf die Straße hinunter und stützte mich auf und versuchte nachzudenken, aber mein Kopf war leer, und dann drehte ich mich zu ihr und sie musterte mich von oben bis unten, legte mir die Hand auf die Brust und ging wieder ins Zimmer, sagte nichts und begann, ihre Tasche zu packen und ich stand noch ewig, ans Geländer gelehnt, nackt auf dem Balkon und sah ihr fassungslos dabei zu. Irgendwann blickte sie noch mal nach draußen und lächelte und bat mich, reinzukommen, weil es kalt wurde im Zimmer und sie die Balkontür schließen wollte.

Ich zog mich dann auch an und packte und wir zahlten und fuhren stumm im Taxi zum Bahnhof und warteten dort ewig im McDonald's und aßen Fritten und sagten über Stunden kein Wort und nahmen dann den ersten Zug zurück nach Deutschland.

Ehe

Die Hochzeit war schön und es gab ein gutes Fest, ich trug meinen Maßanzug und außer mir und Arno waren wirklich alle Leute lattenstramm, und mein Vater redete am Nachbartisch, dass jetzt nur noch sein Ältester eine Frau finden müsste, obwohl ich doch sein jüngster Sohn war, aber dann korrigierte er sich auch flott wieder und schwitzte den ganzen Abend wie ein Tier. Ich sprach kaum mit ihm, weil er mir leidtat.

Arno hingegen guckte mich ein paarmal schief an, wollte mir die ganze Sache mit Anja aber nicht übelnehmen, obwohl er das zu Recht gekonnt hätte. Aber er brauchte das nicht. Er war dort angekommen, wo er hinwollte: auf seiner eigenen Hochzeit.

Wahrscheinlich konnte ihn nichts mehr brechen, vielleicht war er wirklich wieder gesund. Jedenfalls lachte er, er lachte sehr viel an diesem Tag. Vielleicht hatte er diesen Sieg sogar gebraucht: Er musste drüberstehen und stärker sein als ich, deshalb ließ er die Hochzeit auch nicht platzen und suchte nicht mal eine Aussprache, bei der ich vor ihm niedergekniet wäre, um mich zu entschuldigen. Es schien ihm wirklich egal zu sein, oder vielleicht fand er es sogar gut, was ich getan hatte, weil ich es nun nie mehr wiederholen durfte. Das wussten wir beide. Dennoch wurde unser Kontakt von da an allmählich unsteter, denn es fühlt sich auch heute noch in meinem Herzen wie ein mieser Betrug an, und wahrscheinlich haben wir auch weniger Kontakt, weil ich in ein anderes Land gezogen bin. Anja ist in dem Spiel ja auch wichtig, aber ihr hat das vielleicht wirklich nichts bedeutet oder sie wollte einfach nur noch mal sichergehen, dass es ihr nichts bedeuten würde, als Test, ob sie etwas für irgendjemand anders empfinden würde.

Mir tat es schrecklich leid, so kann man das zusammenfassen. Mir tat es leid, dass ich so schwach gewesen war. Ich werde das nicht wiedergutmachen können und werde es auch nicht versuchen. An diesem Abend, auf dieser Hochzeit, stand ich manchmal am Rande der Tanzfläche und sah den beiden fasziniert zu, wie sie über das Parkett schwebten. Für mich war diese Hochzeit auch meine Abschiedsfeier, ich hab's nur keinem gesagt. Vielleicht auch, weil ich es selbst noch nicht wusste.

Arno hielt dann auch noch eine kurze Rede, die sehr schön war. Er sagte: «Anja, ich freue mich außerordentlich, dass wir jetzt verheiratet sind. Alle Menschen haben etwas Großartiges an sich, das sie besonders und bewundernswert macht, und an dir finde ich toll, dass du eine gute Seele hast und mich in liebevoller Weise davon abhältst, durchzudrehen, und dafür liebe ich dich, und für den Rest unseres Lebens habe ich mir vorgenommen, für dich und auch für andere ein ehrlicher und guter Mensch zu sein, und obwohl kein Leben ohne Ballast auskommt, blicke ich trotzdem mit Zuversicht nach vorne und deshalb feiern wir und feiern auch, weil heute ein schöner Tag ist und ich viele der hier Anwesenden lange nicht mehr gesehen habe, und einen Dank an euch alle dafür, dass ihr hier seid! Merci! Und vergnügt euch!» – Alle klatschten und Anja legte nach: «Lieber Arno, ich bin entzückt von dir und jeden Tag oder zumindest fast jeden Tag aufs Neue entzückt und schätze mich glücklich, nun mit dir verheiratet zu sein. Wir beide haben noch eine tolle Zeit vor uns. Ich freu mich einfach auf unser gemeinsames Leben. Genauso freu ich mich aber auch, dass heute so viele kommen konnten, um das mit uns zu zelebrieren, ich freue mich insbesondere, dass meine Familie hier ist und viele Freunde, die ich schon seit Kindestagen kenne, und viele Freunde, die ich erst später kennengelernt habe, aber die ich genauso wenig in meinem Leben missen möchte! Auf euch alle!», und dann kam tosender Applaus.

Später wurde noch viel getanzt und ich rauchte draußen ein paar Zigaretten mit Anjas Bruder und ihrem Schulleiter und irgendwann um fünf lockerte ich meine Krawatte und fiel völlig erschöpft ins Hotelbett und schlief eine Ewigkeit, sodass ich den Aufpreis für spätes Auschecken zu zahlen hatte.

Abflug

Ein paar Wochen später zog ich nach San Sebastián, saß zum ersten Mal in meinem Leben in einem Flugzeug, glitt durch Wolken, umkreiste diesen verdammt riesigen Planeten zumindest ein Stück weit und sah gebannt aus dem Fenster, als die Sonne unterging über dem Meer.

Ich musste erst mal Spanisch lernen und brauchte dafür fast all meine Ersparnisse auf, aber als ich es zumindest leidlich konnte, fand ich schnell einen Job. Ich bin nun schon seit drei Jahren Deutschlehrer an einem privaten Sprachinstitut und die Bezahlung ist miserabel, aber ich komme zurecht. Mein Spanisch wird auch immer besser. Ich habe sogar angefangen zu surfen. Der Vormieter meiner ersten Wohnung hat mir ein Surfbrett vermacht, das ich seither regelmäßig nutze.

Hauptsächlich zog ich her, weil ich Deutschland und ungefähr alles satthatte. Ein wenig aber auch, weil ich dachte, es Lenie schuldig zu sein. Anja und Arno haben mir einmal zu Weihnachten einen Besuch abgestattet und noch mal im Sommer und bei ihrem zweiten Besuch sind wir viel gesurft: Ich hab den beiden die Grundlagen beibringen können und wir hatten dann auch ein paar gute Ritte auf dem Brett und die beiden waren begeistert, wie viel Spaß es machte. Anja hat es geradezu gefeiert, auf dem Meer zu stehen.

Damals erzählten sie mir auch, dass sie ein Kind erwarteten. Ich freute mich für die beiden, auch wenn ich mittlerweile mit der Idee abgeschlossen habe, jemals selbst eine Familie zu gründen. Ich will das nicht mehr. Wegen des Kindes würden sie in eine größere Wohnung ziehen. Sie überlegten gerade einen Namen für die Kleine. Magdalena war ihr momentaner Favorit. Es war schön, dass sie zu Besuch gekommen waren, aber ich war auch sehr erleichtert, als sie letztlich wieder abreisten.

An einem der letzten Abende hat Arno mich am Strand zur Seite genommen und ist mit mir am Meer entlangspaziert und hat gesagt: «Menschen haben ja verschiedene Talente und du hast anscheinend das Talent, zukünftige Ehefrauen eine Woche vor der Hochzeit zu ficken, und was soll ich noch dazu sagen? Das ist jetzt lange her, und ich vergebe dir zwar, und das möchte ich auch noch zum zehnten Mal betonen, wirklich, ich vergebe dir, aber du verstehst, dass ich das niemals vergessen werde, oder? Und dabei ist auch nicht wichtig, ob du in Spanien oder in Panama wohnst, verstehst du? Und auch Anja habe ich vergeben, der habe ich auch vergeben! Weil ich sie nämlich liebe, genau wie dich ja auch, aber nie werde ich ganz verstehen können, warum ihr mir das angetan habt. Also das ist mir schleierhaft, Bruderherz, obwohl das ja nicht nur für mich wichtig ist, denn *du* solltest dich das vielleicht auch mal fragen, warum ihr das getan habt, und versuch doch mal durchzusteigen, warum du deinen eigenen Bruder so vernarbst, ja? Anja hat sich einfach entschuldigt und gesagt, dass so etwas mal passieren kann, und ich habe ihr das abgekauft, weil ich ihr das unbedingt abkaufen wollte, und letztlich war es ja vielleicht sogar die Wahrheit. Vielleicht war ihr das alles wirklich völlig egal, obwohl es mir schwerfällt, daran zu glauben, aber nun zu dir. Du tickst so nicht, du tickst anders, und deshalb will ich es wissen: Warum hast du das getan, du mieses Stück Dreck, du Halunke? Ich müsste dich mit einer Kettensäge vierteilen und in den Fluss werfen oder dich zerhacken, und wenn du nicht mein Bruder wärst, hätte ich das auch schon längst getan. Aber weil du mein Bruder bist und ich dich immer lieben muss und lieben werde, weil wir zusammengehören und du mir so oft geholfen hast, habe ich dir vergeben, aber, Botho, du primitive Kreatur, im Grunde hättest du all das verdient, wenn du nicht mein Bruder wärst und ich dir nicht so viel schulden würde.» – Lange antwortete ich nicht, und dann sagte ich: «Ich hab das gemacht, um dich zu besiegen und zu demütigen, um dir all die Probleme heimzuzahlen, die du mir über die Zeit bereitet hast, und ich hab das gemacht, weil Anja sehr attraktiv und ein interessanter Mensch ist, weil sie eine klasse Frau und ein Glücksgriff ist. Darum hab ich das gemacht. Ich hab sie gefickt, weil ich gedacht habe, dass du sie nicht verdient hast. Und hab es auch gemacht, um dir ins Gesicht zu schreien, was ich dir niemals ins Gesicht hätte schreien können: dass das mit dir gar nicht so einfach ist alles.» – Und dann war eine Viertelstunde Stille und wir liefen einfach weiter am Strand entlang und entfernten uns aus der Stadt und ließen die Straßenlaternen hinter uns und irgendwann sagte Arno: «Okay. So etwas habe ich mir schon gedacht. Aber glaubst du, ich weiß nicht, dass ich keinesfalls der beste Bruder bin, den man sich wünschen kann, dass ich einfach nur ein normaler Bruder bin, oder vielleicht nicht mal das. Glaubst du, ich weiß nicht, dass du auch deine Probleme hattest und hast, aber dass ich dir fast nie helfen konnte, du mir aber immer? Du warst mein verdammter Defibrillator, vielleicht bist du es auch immer noch. Der Defibrillator für den Notfall. Und ich hätte nie erlaubt, dass mir der weggenommen wird, deshalb musste ich dir vergeben. Aber trotzdem, glaub mir: Das hat so geschmerzt. Hätten wir nicht mal irgendwann geschworen, niemals aufzugeben, ich hätte sofort aufgegeben.» – «Es tut mir auch wirklich leid, es war sinnlos und schwach von Anja und mir, aber so war's halt, und dann war da ja noch Lenie, für die ich nur noch ein Name zu sein schien. Das hat alles wehgetan an dem Tag, deshalb konnte ich's nicht verhindern! Es tut mir leid. Ich wollte meinem Leben entschlüpfen, wollte kurz mal *du* oder *niemand* sein, ich weiß es nicht. Kurz raus!» – Und dann herrschte wieder lange Stille und schließlich liefen wir zurück und Arno sagte: «Und Kassel, kommst du irgendwann mal wieder nach Kassel? Zu Besuch? Oder gerne auch für länger!» – «Nein, ich glaube, ein paar Jahre bleib ich noch hier und ich weiß auch noch nicht, was dann kommt.» – «Na ja, wie du willst. Anja und ich verstehen immer noch nicht, was du überhaupt hier suchst. Aber wenn du nach Deutschland zurückwillst, wenn du etwas brauchst oder sonst was, also, ich glaube, du könntest erst mal zu uns kommen und eine Zeit dort wohnen!» – «Das weiß ich, aber ich muss noch hierbleiben. Es tut mir gut. Es fegt mich leer. Schau dich doch um, die Wellen und das endlose Meer und die Sandkörner am Strand und die Abertausenden Menschen, die Europa hier auf die eine oder andere Weise angespült hat. Ich glaube, ich gehöre hierhin, also nicht genau hierhin, aber an einen Ort wie diesen gehöre ich, ich muss am Meer sein, weil ich die Brise brauche, und darüber hinaus ist es auch gar nicht so rau, wie es sonst manchmal am Meer ist.»

Scheitern

In Deutschland war ich seither nicht mehr und die Monate in Spanien vergingen und schließlich vergingen Jahre, aber mit Arno telefoniere ich nach wie vor regelmäßig, wenn auch selten. Es scheint ihm gut zu gehen. Ich verstehe nicht, wie er es angestellt hat, aber ich freue mich unendlich, dass er sich noch mal gefangen hat. Kürzlich schrieb er mir eine Postkarte, auf der stand, dass ich mich nicht hängen lassen soll. Und schöne Grüße von Anja und Magdalena, obwohl Magdalena eigentlich noch nicht sprechen kann. Wahrscheinlich denkt Arno, dass ich gescheitert bin. Anja denkt es sowieso, sie versteht nicht, warum es mir so schwerfällt, zurückzukehren oder neu zu beginnen, mich auf Menschen einzulassen. Wahrscheinlich denken mittlerweile alle, dass ich gescheitert bin. Sie halten mich für einen Versager, aber das stimmt nicht, ich bin nicht gescheitert, auch lass ich mich nicht hängen. Es ist anders. Ich hoffe, dass Arno und all die anderen, Anja, meine Eltern, Jennifer, das irgendwann verstehen werden.

Ein paar Wochen liegt die Postkarte nun schon auf dem Küchentisch, ohne dass ich geantwortet hätte. Heute früh habe ich mich endlich zusammenraufen können und meinem Bruder einen Brief geschrieben.

Lieber Arno,

danke für deine Karte, sie hat mich gefreut. Ich finde es rührend, zu erfahren, dass du dich sorgst, aber deine Sorge ist unbegründet. Mir geht es sehr gut!

Im Sommer schlaf ich manchmal mit Touristinnen oder sehe mir Ausstellungen im Kurhaus an und im Winter schlafe ich mit meinen Sprachschülerinnen. Samstags arbeite ich ehrenamtlich in einer Suppenküche, anfangs habe ich gekocht, eventuell habe ich das mal erzählt, aber weil ich nicht kochen kann, teile ich nur noch das Essen aus und spüle danach die Teller ab und wische am Schluss den Saal. Es bereitet mir Freude, dort zu sein, aber manchmal bekommt man auch Schlimmes mit. Es schmerzt, diese vielgesichtige Armut zu erfahren, aber meist kann man das Gröbste ausblenden. Ansonsten ist mein Leben eintönig und unaufgeregt und ich weiß nicht, wo das hinführen soll, aber das stört mich nicht im Geringsten. Ich kann viel lesen und in der kargen Hügellandschaft wandern und baue auf dem Balkon Tomaten an. Vielleicht geh ich irgendwann wieder zurück, wo auch immer das dann sein soll, dieses Zurück. *Vielleicht bleibe ich aber auch auf ewig hier. Es ist mir mittlerweile gleichgültig, das ist das Verrückte. Vieles hat seine Bedeutung und Härte verloren. Und das tut mir gut.*

Vater hat mir im Übrigen vor ein paar Tagen in einer E-Mail mitgeteilt, dass das Haus in Doel nun tatsächlich abgerissen wird. Letzte Woche sei der offizielle Räumungstermin gewesen und übermorgen, wahrscheinlich schon ab sechs Uhr in der Frühe, werde abgedeckt und eingerissen. Eventuell weißt du es bereits. Zusammen mit dem Rest der Straße werden sie alles abtragen und bis Mitte Oktober wollen sie das ganze Dorf ausradiert haben und mit den Bodenarbeiten beginnen und in vier Jahren soll dann schon das erste Schiff am neuen Dock anlegen. Vater meinte, dass das ein ambitionierter Zeitplan sei. Aber: Woher zum Teufel will er überhaupt wissen, wie lange man braucht, um ein Containerdock zu bauen?

Ich löschte die E-Mail und steckte kopfschüttelnd Futter in den Vogelkäfig und betrachtete die Vögel und radelte dann zur Arbeit, weil mir das alles egal war. Kannst du dir das vorstellen?

Sie könnten das Haus auch sprengen oder das ganze Dorf zum Mars beamen und das würde trotzdem nichts ändern, weil ich abgeschlossen habe, denn ich habe Lenie gesucht und nicht gefunden und habe sie noch mal gesucht und wieder nicht gefunden, und dann habe ich mit deiner Freundin geschlafen, eine Woche, bevor ihr geheiratet habt, und es hat letztlich niemanden aus der Bahn geworfen, zumindest ist die Hochzeit nicht geplatzt. Ich habe meine Eltern verloren oder nie gekannt, aber das ist mir egal und ich bin nicht mal traurig und immerhin schreiben sie ja noch E-Mails. Unser Großvater hat dich zwar über Jahre missbraucht, aber zumindest nicht mich, und erschüttert hat das ja eigentlich so recht auch niemanden und du bist zuversichtlich. Wenn man sich das so vor Augen führt, könnte man durchdrehen. Aber ich drehe nicht durch. Wie ich mich stattdessen fühle, ist schwer zu sagen. Nicht, weil ich es selbst nicht wüsste, sondern weil ich fürchte, dass du nicht verstehen würdest, was ich meine. Schau mal: Ich bin vielleicht der erste Lehrer, der seinen Job durch Sex mit einer Nicht-Schülerin verloren hat, aber so etwas muss vielleicht ja auch mal geschehen. Und überhaupt hatte ich seit fünf oder vielleicht sogar fünfzehn Jahren keine Beziehung mehr gehabt, die auch nur annähernd unproblematisch gewesen wäre oder Potenzial für eine gewisse Dauerhaftigkeit gehabt hätte, und wahrscheinlich lag das sogar an mir. Die Klage auf einen unbefristeten Vertrag als Lehrer haben sie aus Fristgründen abgewiesen, aber das weißt du ja schon. Das hätte ich damals alles schon in den Sommerferien eingeleitet haben müssen, aber während der Sommerferien wusste ich ja noch gar nicht, dass das mit dem neuen Vertrag nicht klappen würde, aber als das Urteil zugestellt wurde, war ich schon in Spanien, und es war auch notwendig, dass ich hierhergezogen bin, und deshalb bin ich auch nicht in Berufung gegangen. Hier habe ich jetzt in einem Umkreis von tausend Kilometern keinerlei Band mit wem auch immer und habe den Bezug zu meiner Herkunft hinter mir gelassen und meine Identität gechlort und bin mittlerweile so verloren, dass ich manchmal kurz vorm Einschlafen ernsthaft damit rechne, am nächsten Tag nicht mehr aufzuwachen, weil es mich eigentlich gar nicht gibt, aber das ist im Grunde eine schöne Vorstellung! Das ist der Lohn für ein Leben voller Zweifel. All diese Zweifel haben mein Selbst weggenagt. Ich bin erlöst. Ich bin niemand. *Mich wirft nichts mehr aus der Bahn, weil ich keine Bahn mehr habe.*

Ich bin auch nicht wütend, nicht wütend auf irgendjemanden, vor allem nicht wütend auf dich. Mein Kopf ist einfach leer, und das ist gut so! Glaub es mir ruhig! Es ist gut. Deine oder Anjas Vorstellungen von einem guten Leben gehen mich nichts mehr an, sie sind mir, zusammen mit tausend anderen Dingen, und verzeih mir die Deutlichkeit, völlig egal.

Es ist nämlich so: Wenn mir irgendwer in einer E-Mail sagt, dass irgendein Haus demnächst zerhackt wird, dann ist das trotzdem nicht von Bedeutung, verstehst du? Das bringt mich schon lange nicht mehr aus der Ruhe. Ich weiß einfach nicht, was das mit mir zu tun haben soll! Meinen Pass würde ich auch gern zurückgeben, das fühlt sich alles wie ein Irrtum an! Könntest du ihn an dich nehmen? Verschenk ihn ruhig weiter, soll doch ein anderer mein Leben leben, es würde nichts ändern. Ich bin nämlich kein Belgier, ich bin niemand. *Und ich kenne kein Doel. Lize und Ignaas van Dijck? Meine Eltern sollen das sein? Kann ich mir nicht vorstellen. Doel, Doel? Immer wieder dieses Doel! Welches Doel denn eigentlich?*

Wenn du willst, fass ich es dir also zusammen: Ich wollte

lediglich jenes Leben leben, von dem die Leute immer so redeten, als wäre es das Geilste, doch es kam anders. Aber jetzt will ich dieses Leben auch nicht mehr.

Trotzdem aber keine Vorwürfe an dich oder irgendjemanden persönlich jetzt wegen dem ganzen Mist, der die letzten zig Jahre stattdessen passierte. Lediglich enttäuscht, enttäuscht bin ich schon. Aber jetzt ist die Täuschung halt vorbei, verstehst du? Ent-*täuscht! Und es geht mir gut!*

Ich mache nun erst mal nichts. *Klingt komisch, nicht wahr? Aber es stimmt. Ich mache* nichts. *Aber das heißt nicht, dass irgendwer gewonnen und ich verloren hätte. Denn ich lebe ja noch. In deinen Augen bin ich vielleicht gescheitert, aber ich denke jetzt in anderen Konzepten. Meine Vergangenheit wird mich nicht einholen, weil es sie nicht mehr gibt, und Pech und Glück sind nur Konstrukte. Ich harre hier aus und alles, was mir noch bleibt und was von mir noch bleibt, findest du hier verstreut: Dort liegen Keramikscherben und Schrauben am Strand und der Fluss fließt ins Meer, während der Berg von kaltem Nebel umweht ist. All das bin ich, all das ist San Sebastián und all das ist von jetzt an nicht weiter wichtig, weil die Kategorien, in denen ich bisher zu fassen war, hier ihre Grenzen finden. Weil es für mich keine Gründe mehr gibt, brauche ich auch keine Fragen mehr. Früher hätte man mich unglücklich oder gebrochen genannt, aber meine tiefe Enttäuschung hat auch etwas anderes mit sich gebracht: Ich habe die Leute nämlich durchschaut! Mein Leben lang wollten sie mir ein Ego geben, um mir beim Leiden zuzuschauen, aber das brauche ich nicht. Die Gesellschaft als Ganzes wollte mich persönlich treffen, mich traurig machen, aber das geht nicht mehr. Ich bin nur noch ein Spiegel der Dinge, ein Spiegel ohne selbst.*

Ich sitze gerade in einem Café und schaue mich um: Hunderttausende aschfahle Mosaiksteinchen liegen verbaut auf ei-

nem belebten Platz in der Innenstadt, auf dem manchmal die Leute verweilen und die Statue in der Mitte betrachten oder über den sie einen Kinderwagen schieben, aber das Kind hat nur Augen für die Tauben, die Brotkrumen picken, die eine alte Dame dort hingeworfen hat. Als die alte Dame aber zufällig einen alten Bekannten erblickt, der ein paar Meter weiter an eine Hauswand gelehnt eine Zigarette raucht, grüßt sie ihn herzlich und er grüßt zurück, tritt die Zigarette aus, sagt noch schnell etwas zum Abschied, verschwindet in einer Seitenstraße und dann ist er fort. Aber ob er als Nächstes zur Bank geht, um Geld abzuheben, oder zum Friseur, werden die meisten niemals erfahren. Kein Mensch, der nur mit den Augen schaut, Linien verbindet, Gründe nennt und Ziele entwickelt, wird es je erfahren. Denn Linien, Gründe und Ziele sind nicht wichtig.

Eine Straße weiter wird ein Spüleimer ausgeleert und das Wasser fließt in den Gully. Es schimmert in der Sonne, bevor es in die Tiefe plätschert. Ist das wichtig? Schon eher.

Am Wochenende fahre ich mit dem Rad an der Küste entlang und landeinwärts eine Schotterpiste hoch, aber nicht, weil ich dann schnell oder langsam bin, nicht, weil ich die Küste mag oder von ihr wegwill oder weil ich Fotos machen will, nicht, weil ich irgendwohin will oder etwas transportiere, nicht, weil ich nicht doch wieder zu meiner Wohnung zurückfahren werde am Ende des Tages, und nicht, damit ich schlank werde: Ich fahre Fahrrad, weil ich Fahrrad fahre. Das müsstest du verstehen, dann hättest du alles begriffen. Alles. *Du würdest nachvollziehen können, warum ich hier bin.*

Auf dem Feld laufen Mäuse und der Wind greift in die Bäume und ein Bauer steht neben einem Bullen und eine Frau lacht in der Ferne und durch die Luft wehen Staubkörner, in denen mein Herz genauso laut schlägt wie in meiner Brust.

Stromleitungen leiten den Strom in die Toaster und Fernsehapparate, während die Telefonleitungen die Gespräche zu den Gewächshäusern außerhalb der Stadt leiten, wo Arbeiter Tomaten pflücken. Oder pflücken die Tomaten die Arbeiter? Was würde es ändern?

Vögel setzen sich auf den Cafétisch, während ein paar Meter weiter der Springbrunnen kaltes Wasser in die Höhe spritzt und ein Junge sich nach einer Münze bückt. Zur gleichen Zeit sieht man oben am Himmel schon den schwachen Umriss des Mondes und unten vor dem Gemüseladen hält ein Mädchen einen Einkaufszettel in der Hand und begutachtet die Gurken. Verstehst du nun, warum ich mir in dieser Welt mittlerweile keine herausragende Rolle mehr zuschreibe?

Sitze ich überhaupt noch in dem Café oder bin ich der Mann an der Straßenecke, der gerade ein Eis isst? Ja, genau, der da! Bin ich's nun oder bin ich's nicht? Aber was würde es schon ändern, Arno? Die Welt ist leer und ich bin mit ihr. Ich bin nun auch leer und trotzdem noch nie so glücklich gewesen. Ich habe aufgegeben, stimmt, ich habe aufgegeben, die Leute zu kennen, zu erkennen und anzuerkennen, aber nun bin ich frei und ohne Sorge. Bitte glaub mir wenigstens das.

Ich bin von der Lebensreise erschöpft und erschöpft vom Versuch, meine Vergangenheit zu entschlüsseln und mich durchzubohren zu meinem Kern, durchzubohren in fremde Kerne, erschöpft vom Ringen mit der Vorbestimmtheit, die aus meiner Herkunft und meiner Vergangenheit resultiert, und deshalb suche ich mir nun statt meiner alten keine neue Identität, sondern stehe am Meeresufer.

Die Wellen schäumen und der feuchte Strand duftet nach Algen und Fisch und an den Hängen sprießen Farne und Schuppenmieren und noch ein paar andere Kräuter oder Löwenzahn und irgendwo dort sitzt in einer alten Kiefer ein Eichhörnchen und schaut in die Ferne, als ein Tannenzapfen vom Baum fällt und den Hang hinabkugelt, und ich stehe immer noch am Ufer und muss plötzlich lachen und lache und lache, dass es schallt, und lache mein Herz leer und lache jegliches Begehren und jedwede Zielstrebigkeit und all die Versteifung und die vielen Schichten abgelagerter Bitterkeit einfach weg und lache so laut und heftig wie niemals zuvor! Ich lache das absolute Lachen und zerlache die Zwänge und lache mich zurück ins Alltägliche und dann bin ich letztlich völlig zufrieden. Hörst du? Zufrieden! Einfach so und aus dem Nichts *heraus zufrieden. Ich sinke auf die Knie und fasse in den Sand und bin glücklich. Es gibt nämlich keine Kerne und deshalb gibt es auch keine Fassaden, es gibt aber auch keinen Plan, es gibt auch keine Rangfolge und es gibt keinen Gott – es gibt nur mich als den Spiegel, der alles zurückwirft. Mich selber gibt es nicht.*

Ach, und was aus Lenie geworden ist, willst du noch wissen? Na ja, es gibt zwei Versionen. Ja, genau, du hast richtig gehört. Die erste geht so: Ich habe Lenie ein paar Monate, nachdem ich in San Sebastián angekommen war, einen langen Brief geschrieben und drei Wochen später steckte der wieder in meinem Briefkasten – mit einem roten Vermerk: Retour à l'expéditeur. *Ich glaube, das heißt so viel wie:* Zurück zum Absender. *Ende der Geschichte.*

Die andere Version kann ich dir auch erzählen, aber du würdest sie wohl nicht verstehen.

In Liebe, dein Bruder

Botho